KB079122

금, 돈, 땅
그리고 얽히고 설킨 로맨스

골드(상)

초판 1쇄 인쇄일 2024년 6월 13일
초판 1쇄 발행일 2024년 6월 20일

지은이 정혁종
펴낸이 양옥매
디자인 송다희 표지혜
교 정 조준경
마케팅 송용호

펴낸곳 도서출판 위쉬앤
출판등록 제2019-000116
주소 서울특별시 마포구 방울내로 79 이노빌딩 302호
대표전화 02.372.1537 팩스 02.372.1538
이메일 booknamu2007@naver.com
홈페이지 www.booknamu.com
ISBN 979-11-966956-5-1 (04800)
SET ISBN 979-11-966956-7-5 (04800)

* 저작권법에 의해 보호를 받는 저작물이므로 저자와 출판사의 동의 없이
  내용의 일부를 인용하거나 발췌하는 것을 금합니다.
* 파손된 책은 구입처에서 교환해 드립니다.

© 2024. 정혁종 all rights reserved.

골드 GOLD

글, 돈, 땅 그리고 읽히고 섥긴 로맨스

정혁중 지음

상 하

위시앤

차례(상)

차례(하)

1

정든 고향을 떠나 서울로

"다 실었나요?"

"예,"

"그럼 출발합시다."

그리 크지 않은 용달차에 이삿짐을 싣고 삼십 대 중반의 부부
와 아들과 딸이 각기 엄마 아빠의 무릎에 앉아 있다.

운전기사는 더 이상 별말 없이 운전을 시작하였다.

차가 백여 미터도 채 가지 않았는데 아줌마가 훌쩍거리기 시
작하더니 곧바로 남자도 북받치는 울음을 참지 못하고 훌쩍거
리면서 손등으로 눈물을 닦기 시작했다.

하지만 눈물은 그치질 않고 아예 펑펑 솟기 시작하여, 여자
는 흐느끼는 소리를 내면서 울고 남자 역시 저절로 터져 나오
는 울음소리를 그칠 수 없었다.

"그만 진정하세요. 이 담에 성공해서 다시 오면 됩니다."

운전기사가 형식적으로 진정하라고 말하였으나 그들의 귀에

는 들리지 않았다.

용달차는 삼십여 분간을 시골 국도를 지나서 고속도로에 접어들었다.

이렇게 하염없이 울고 있는 사람은 누구인가?

배만식(裵滿植)과 그의 아내 김진희(金珍熙)이었다. 이들은 조상 대대로 살아온 정든 고향 땅을 떠나 서울로 이사를 가는 중이었다. 종손이었던 그는 대대로 물려받은 선산이 남의 손에 넘어가고 전답과 과수원, 양옥집 한 채는 법원 경매로 넘어가서 알거지가 되다시피 하여 정든 고향 땅을 쫓기듯 떠나고 있었다.

사건은 지난 삼 년 전쯤으로 거슬러 올라간다. 어려서부터 불알친구로 지내온 친구 놈에게 당한 것이다. 만식은 여기 P읍에 있는 초등학교에 다닐 때부터 아주 친한 친구 다섯 명을 사귀고 있었다. 같은 동네나 건넛마을에 살고 있어서 틈만 나면 어울려 돌아다녔다. 그중에 살림이 넉넉한 만식은 대장 노릇을 하곤 했다. 시골이 그렇듯 초, 중, 고등학교를 같이 다녔다. 이 중에 만식은 서울에 가서 K대학교에 다녔고 나머지 네 명은 생활 전선에 뛰어들어서 제각기 열심히 살아가고 있었다.

그때만 해도 우리나라 경기가 썩 좋아서 대학교를 졸업하기도 전에 입도선매(立稻先賣: 아직 논에서 자라고 있는 벼를 미리 돈을 받고 팖.) 격으로 취업이 잘 되었다. 그래서 만식도 서울 소재의 어느 회사에 취업하려고 하였으나 집에 계신 조부모님과 부모님이 결사코 반대를 하셨다. 이유는 종손이기에 선산을 지키고 고향을 지켜야 한다는 것이었다. 이렇게 강력하게 반대를 하니 만식이는 자의 반 타의 반으로 고향 땅에 내려오게 되었다. 고향 땅에 내려와도 먹고 살기에는 충분한 중농(中農) 이상이었으니 살림을 걱정할 필요는 없었다. 그렇게 내려와서 석 달도 안 되었는데 만식이가 대학물을 먹었다니까 아깝다 하면서 아버지의 친구를 통해서 우체국에 특채로 들어가게 되었다. 특채라는 것은 시험 없이 특별히 채용되는 것을 말한다. 처음에는 임시직으로 들어갔다가 일 년이 넘어서 정식 공무원으로 되었으니 운이 좋았다. 이때쯤에 중매로 지금의 아내 김진희를 만나서 결혼하여 남들의 부러움을 독차지하면서 신혼 생활을 시작하였다.

큰애 상호를 낳고는 가끔 30여 분 거리에 있는 W시의 병원에 가는 것이 번거로워서 소형 승용차를 샀다. 당시만 해도 승용차를 소유한다는 것은 매우 드물어서 큰 부자나 소유했던 시절이었다. 우체국장도 자전거를 타고 다닐 때 만식이는 승용차를 갖게 되었다. 그렇다고 가까운 거리인 우체국에까지 승용차로 출퇴근은 하지 않고 집에 주차해 놓았다가 시내에 볼일이 있거나 하면 운행을 한 것이다.

만식이 내외는, 선조들이 그랬던 것처럼 조선 시대 양반집처럼 살았다. 머슴과 종만 없을 뿐이었다. 전답과 과수원은 대부분 소작을 주었고 텃밭이나 가꾸고 우체국에 근무하고 있으니 동네 사람들은 모두 배 씨네 하면 부잣집으로 통했다. 즉, 그 동네에 부잣집 하면 배만식을 뜻했다.

2

친구의 배신

친한 친구인 김광태가 W시에 아주 큰 삼겹살 식당을 내었다. 식당 이름이 '통통 삼겹살'이라고 한 번만 보아도 잊지 않을 이름이었다.

그래서 만식이는 아내와 함께 가 보았는데 큰 식당에 사람들이 빼곡히 차 있고 커다란 놋쇠 불판에 삼겹살을 구워서 먹고 있었다. 이때 당시에 전국적으로 삼겹살 구이가 최고의 인기 메뉴여서 그랬는지 그야말로 손님들이 아주 많았다.

광태는 만식이 부부를 귀히 대접하고는 식대도 받지 않았다. 만식이가 몇 번이나 주려고 하였으나 우리끼리 어떻게 식대를 받느냐고 우기었다.

"야~ 그만해라, 내가 어려서 네 집에서 얻어먹은 것만 해도 셀 수 없이 많은데 이까짓 고기 값 받지 않아도 된다."

이런 식으로 받지 않았다. 사실 그 말도 맞았다. 만식이네가 부잣집이니 만식이 친구들이 오면 어머니가 늘 간식이라도 내놓고 끼니때가 되면 그냥 돌려보내지 않고 먹여서 보냈다. 아무튼 만식이네는 통통 삼겹살을 서너 번이나 얻어먹었다.

사람들 말에도 통통 삼겹살은 무지하게 장사가 잘된다고 소문이 나 있어서 W시에 있는 돈은 다 그리로 들어가게 생겼다고 농담을 하곤 했다.

“야~ 만식이냐?”

“응, 나야, 광태냐?”

점심시간에 조금 한가할 때 전화가 왔다. 목소리를 들으니 광태였다. 둘은 별 시답잖은 인사말을 나누고 안부를 물었다.

“장사는 지금도 잘되냐?”

“응, 요즘 삼겹살이 유행이라 그런지 저녁때는 사람들이 꽉 차. 만석이야.”

“야, 정말 대운(大運) 터졌다.”

“하하하, 고맙다. 식당이 너무 잘돼서 K시에 2호점을 내려고 한다.”

“그으래? 금방 재벌 되겠다. 부럽다.”

“그래서 전화했어.”

“왜? 내가 돼지를 대 주는 것도 아닌데.”

“하하하, 돼지가 아니라 2호점을 내야 하는데, 급전이 필요해서 형식적으로 보증을 서 달라고 말이야.”

“뭐어? 보증? 부모 형제간에도 보증을 서지 말라는 말이 있잖아, 내가 어떻게 보증을 서냐?"

"야아, 그런 고리타분한 소리 그만해라, 돈을 벌려면 신개념이 있어야지, 구태에 얽매여서는 안 돼."

"하긴 그렇긴 한데. 그래도 보증은 어렵다."

만식이가 이렇게 거절했으나 광태는 별거 아니라는 듯이 설득했다.

그날 퇴근 때인데 광태는 고급 승용차를 타고 와서는 만식이를 또 설득했다.

"야, 친구지간에 너무하지 마라, 돈 떼먹는 것도 아니고, 우리 식당 잘되는 거 봤지? 일 년도 안 되어서 본전 뽑았어. 그래서 2호점을 내려는 거야. 그리고 보증이지만 내가 매달 이자 명목으로 이자를 줄 테니 걱정하지 마, 그냥 도장 몇 개 찍고 인감증명서만 있으면 돼."

"아이참, 그래도 만에 하나 잘못된다면 쪽박 찬다는데 그러냐."

"하이구, 그렇게 말을 했어도 못 알아듣네, 돈은 걱정 말라니까. 당장 오늘 저녁때 우리 식당으로 와서 매출을 확인해 봐. 걱정하지 마라. 진짜다."

광태가 원래 달변은 아니었는데 장사를 하면서 말솜씨가 늘었는지 만식이를 아주 구워삶다시피 하였다. 만식이는 어안이 벙벙한 채 서서히 마음이 기울고 있었다.

"진짜 걱정 마. 강요는 아냐. 강요할 수도 없지. 낼 점심시간에 인감 증명서 떼 놔, 퇴근 무렵에 내가 올 테니."

"아이참, 이를 어쩌나,"

"하아 진짜 불알친구끼리 너무 걱정한다. 서류 해 주면 이자 명목으로 매달 300만 원 줄게. 상환할 때까지."

"와아, 그렇게 많이?"

"그렇다니까. 우리 집 장사 잘되는 거 봤잖아, 하루 매출이 일이백이야."

"허허 참, 그런가."

이 말에 만식이는 다 넘어갔다. 지금 월급이 백여만 원 조금 넘을 정도인데 삼백이면 석 달 치 아닌가. 일 년이면 3,600만 원이니 정말 거금이었다.

"그럼 믿어 볼까."

"믿고 자시고 할 게 뭐 있냐. 아무튼 다시 한번 생각해 봐라, 낼 오후에 들를게."

이렇게 만식이는 아내에게 상의도 하지 않은 채 다음 날 인감 도장을 가지고 출근했다가 짬을 내어서 읍사무소에 가서 인감 증명서 세 통을 떼었다.

퇴근 시간이 다 되었는데, 하필이면 그날따라 회의를 한다고 하였다.

그때 광태가 들어와서 몇 가지 서류를 내밀었다.

"여기, 여기에 도장 찍으면 돼."

그래서 만식이가 깨알 같은 글자를 읽어 보려는데 "회의 시작했다."면서 직원이 빨리 들어오라고 채근하였다.

"어라, 오늘따라 무슨 회의네. 그래 이거만 찍으면 되냐?"

"응, 거기에 찍고 인감 증명서 세 통만 주면 돼."

만식이는 주마간산 격으로 서류를 쳐다만 보고는 내용도 잘 모르는 채 도장을 찍고 인감 증명서 세 통을 주었다.

"자, 어서 회의 들어가 봐, 그리고 네가 의심 살까 봐서 여기 선이자 명목으로 삼백 가져왔다."

광태는 두툼한 은행용 돈 봉투를 건넸다.

"하이구야, 진짜네."

만식이는 입이 귀에 걸릴 정도로 좋아하면서 그 돈을 받아 양복 안주머니에 넣고는 급히 회의실로 들어갔고 광태는 서류를 챙겨서 자리를 떴다.

둘은 한없이 기뻤다. 만식이 품에는 거금 삼백만 원이, 광태의 품에는 보증 서류와 인감 증명서가 들어 있기 때문이었다.

집에 돌아간 만식이는 여전히 아내에게 아무 말도 하지 않았다. 그리고 주말이 되어서 W시에 나와서는 대형 TV와 대형 냉장고를 샀는데, 저녁때 와서 설치해 주고 갔다.

거실은 이제 영화에서 보듯 품격 있는 대형 TV가 영화관처럼 자리 잡았다. 아내와 아이들 모두 크게 좋아했다.

그로부터 삼 개월쯤 후,

"때르릉, 때르릉."

"예, 우체국 김만식입니다."

"아, 예, 마침 받으셨군요. 여긴 달빛 저축은행입니다."

생전 처음 들어보는 은행 이름이었다. 은행 거래가 별로 없었던 만식은 그저 백성 은행, 농협 등만 귀에 익었고 대부분의 금융 거래는 우체국을 이용했었기에 매우 낯설었다.

"예, 그런데요."

"김광태 씨 아시죠?"

"예, 친군데요."

"김광태 씨가 대출을 받아 갔는데 대출금을 한 번도 내지 않아서 보증인에게 전화를 드렸습니다."

"뭐요? 대출금을 안 냈다고요?"

"예."

만식이는 쇠몽둥이로 머리를 얻어맞은 듯 아무 생각도 나질 않았다. 그저 실성한 사람처럼 무슨 말인가 했다. 옆에 있던 여직원이 깜짝 놀라서 물컵을 건네면서 무슨 일이냐고 진정하라고 했다.

만식이는 그 길로 조퇴하고는 자전거를 타고 집에 와서 승용차를 타고 W시에 있는 통통 삼겹살로 향했다. 간판은 그대로였다. 간판만 보아도 반가워서 눈물이 날 지경이었다.

"여기 사장이 바뀌었나요?"

"예, 바뀐 지 석 달 다 됩니다."

"그럼 그 전 사장 김광태 씨는 어디로 갔나요? K시에 2호점을 낸다고 하더니만,"

"하이구, 이 양반도 걸려든 모양이네. 그게 다 흰소리(허풍 떠는 말)라오."

사십 중반의 사장이 안타깝다는 듯이 대답했다.

"뭐요? 그럼, 그게 거짓말입니까?"

"내가 볼 때는 그렇다는 말이지요."

"그럼, 여길 팔고 다른 데로 갔나요?"

"팔고 자시고 할 것도 없소이다, 여기저기 빚에 걸려 있어서 알몸으로 나갔소."

"그럼 사장님이 사신 거예요?"

세상 물정을 잘 모르는 만식이는 궁금증이 많았다.

"사긴요. 내 빚 대신에 그냥 간판 값만 인수하다시피 했지요. 그 사람 처음부터 자기 돈 한 푼 없이 시작했다가 고리채에 넘어갔습니다."

"그래도 장사는 잘되었잖아요."

"장사 아무리 잘되어도 고리채에는 감당 못 합니다. 백 원 벌었다면 백오십 원을 이자로 뜯어 가는데 어느 누가 감당합니까. 걸려들면 열이면 열 다 넘어가지요."

"아이구, 세상에 이런 일이. 아이구"

만식이는 머리가 하얘지면서 저절로 눈물이 솟구쳤다.

"보아하니 보증을 선 모양인데 그 사람은 멀리 튀었소. 종무소식이요. 찾았다 한들 불알 두 쪽밖에 없을 거요."

"하이구야, 어어어엉"

참다못한 만식이는 마침내 울음이 터져 나왔다.

그날 저녁,

만식이는 이런 사실을 모두 털어놓고 쓰고 남은 돈 150여만 원을 아내에게 주었다.

아내는 기겁을 하면서 대번에 울기 시작하였다.

"그럼 얼마를 보증 섰나요?"

"나도 몰라, 그때 회의 때문에 바빠서 도장만 찍었어. 귀신에 홀렸었나 봐."

"아이구, 이제 우린 알거지가 되었네. 이를 어째. 흐흐흑."

"걔가 원래 품성이 나쁜 애는 아니니까 조만간에 나타날 거야. 나도 찾아봐야지."

만식이는 아내를 달래면서 가까운 친구들에게 전화하기 시작했는데, 소문은 빨라서 광태가 먹튀(먹고 튀다)했다는 것과 재산이 있는 만식이에게만 보증을 서게 했다는 사실을 벌써 알고 있었다. 그리고 행적에 대해서는 아무도 모른다고 하였다.

하지만 만식이는 포기하지 않고 일요일이 되어서 승용차를 가지고 K시에 갔다. 거기 가서는 최근에 생겼을 것으로 생각되는 큰 음식점이나 삼겹살 식당 등을 찾아다녔다. 두 집이 최근에 개업하였다는데 광태하고는 무관하고 이름 석 자도 알지 못하였다.

결국 밤이 되어서야 만식이는 눈물을 훔치면서 집으로 돌아와야 했다.

만식이는 처자식이 딸려 있기에 죽지 못하고 몇 달을 보내는데, 어느 날인가, 법원에서 누런 봉투가 오기 시작하였다. 그렇게 얼마를 지냈는데 오전 10시경에 아내에게 급한 전화가 왔다. 법원 사람들이 왔으니 빨리 집으로 돌아오라는 것이었다.

만식이가 자전거를 타고 황급히 돌아오니 법원의 집달리였다. 이들은 별말 없이 승용차, 냉장고 TV에 '압류'라는 큰 딱지를 붙이고 있었다.

"언제까지 변제하지 않으면 다 넘어갑니다."

그들이 남기고 간 말이다. 먼저 아내가 울고 만식이가 우니 애들도 덩달아 울음이 전염되어서 울기 시작하였다.

만식이는 선산도 있고 전답, 과수원도 있었기에 얼마간의 재산은 건질 수 있을 거로 생각하고 W시에 있는 달빛 저축은행을 찾아갔다. 겉으로 보기에 은행 같아 보이지도 않고 작은 새마을 금고 같아 보였다.

남자 직원은 동정심이라고는 전혀 없이 사무적인 말투로 응대했다.

총 대출 금액은 팔억이 넘는다는 것이다. 세 명이 보증을 섰는데 두 명은 껍데기 보증이고 재산이 있는 사람은 만식이뿐이어서 만식이가 전체 금액을 변제하든가 아니면 재산 압류에 들어간다고 하였다.

"경매에 들어가면 시세의 반의반 값도 받기 어렵습니다. 아는 사람이 있으면 그 사람들에게 매도(賣渡: 팔아넘김)하세요. 그러면 한 푼이라도 더 건지게 됩니다."

직원이 조언해 주었다.

만식이는 이 말에 크게 고무(鼓舞: 힘을 내도록 격려하여 용기를 북돋움.)되어서 집에 오자마자 각방으로 부동산을 인수할 사람을 찾았으나 일이 쉽게 풀리지 않았다. 당시의 사회 분위기는 시골에서 살기 어려워서 무조건 서울이나 도시로 진출하던 때였기에 살던 집이나 전답 등도 내팽개치다시피 이향(離鄕)하던 시절이라 선뜻 누가 농경지를 산다고 나서는 사람이 없었다.

이러던 중 천만다행으로 선친의 다정한 친구였던 '최갑동'이라는 연로하신 분을 찾아가게 되었다. 이분은 큰 포목점을 운영하다가 지금은 그의 큰아들이 가업을 물려받아서 포목점을 운영하고 있었다. 만식이는 뵌 지 아주 오래되었지만 염치를 불고하고 아내와 함께 가서 울다시피 하면서 도와달라고 하소연했다.

"허허, 그거 참, 세상살이는 살얼음판을 걷듯이 살아야 하는데 남을 너무 믿은 탓이야. 누구 죄라고 할 수도 없지, 내 죄지 뭔가. 내가 남을 너무 믿은 죄과(罪過)야."

최 사장님은 한참이나 훈계를 했다.

"나도 융통할 수 있는 큰돈은 없네만, 어떻게 융통해서 선산은 매수(買收)하겠네. 선친과의 친분도 있고 하니. 나중에 성공하면 찾아가게나."

이 말씀에 만식이는 죽다 살아난 모양으로 크게 절을 하면서 연신 고맙다고 했다.

흐르는 눈물을 주체할 수 없어서 방바닥에 "뚝뚝" 떨어졌다.

"어허, 그만하게, 사내가 눈물이 많으면 되는 게 없어, 그럴수록 이를 악물고 버텨야지."

"예, 어르신, 정말 고맙습니다. 이 은혜 절대로 잊지 않겠습니다."

"그러게나, 바쁠 텐데 어서 가 봐. 그리고 일 처리는 우리 큰애하고 하게나, 서로 간에 잘 알지?"

"예, 잘 알고 있습니다."

이 집은 사실 선친과는 형제처럼 지낸 사이였다. 지난 만식이 혼사 때에도 여기에서 신랑 신부 한복을 모두 맞추었다. 이집에서 천을 끊으면 거래처에서 바느질해 오는데, 한복집에서 맞추는 것보다 이렇게 하는 것이 더 저렴하다고 하여서 아는 사람들은 포목점으로 왔다.

이때 마련한 돈을 달빛은행에 변제하지 않고 몰래 가지고 있다가 지금 서울로 이사가는 것이다. 서울에서 살림은 처음이었기에 알음알음으로 변두리에 방이 딸린 가게로 구해 놓았다.

압류는 속전속결로 이루어지고 있었다. 얼마 후에는 승용차를 끌어가고 가전제품을 들어가더니 집에도 압류라고 딱지를 붙였다. 그리고는 모든 전답과 과수원도 압류에 들어가서 경매에 부쳐지고 대출 금액을 다 변제하고 남으면 남는 돈을 돌려주고 못 되어도 그것으로 마감이라고 하였다. 이와 동시에 봉급도 압류가 들어가서 이제는 빈 봉투나 마찬가지였다. 더 이상 여기에 발자국을 찍고 돌아다닐 수 없게 되었을 때 만식이는 살아남기 위해서 물에 빠진 사람 지푸라기라도 잡는다는 심정으로 서울로 향하였다.

"야~ 서울에 와도 다 살아남아, 너무 걱정하지 마, 우리나라에 제일 잘 사는 사람도 서울에 있고 제일 못사는 사람도 서울에 있어. 굶어 죽지는 않아, 시골처럼 없으면 땅 파먹지 않아도 돼."

먼저 서울에 와 있던 동네 선배인 김상묵이 전화로 위로한 말이다. 농촌에서 살 수가 없어서 무작정 서울에 와서 처음에는 여기저기 공사장에 전전하다가 지금은 아내와 같이 분식집을 운영한다는데, 큰돈은 못 벌지만 애들 학비 내고 먹고살 만하다고 하였다. 이 선배의 주선으로 지금 이사 가는 집도 작은 식당이다.

3

힘든 서울 생활

'할매집'이라고 허름한 간판도 그대로 있었다. 원래 할아버지와 할머니가 운영하다가 할아버지가 돌아가시고 할머니 혼자 있다가 노약해져서 아들네 집으로 갔다고 하였다.

그래서 모든 계약도 아들이 대신하여 매매를 했다.

길가에 바로 붙어 있는 할매집은 안으로 식탁이 6개 있고 그 안으로 주방, 또 그 안에 방 한 칸이 있었고, 방 뒤로는 아주 작은 뜰이 있어서 몇 개의 화분과 꽃들이 심어져 있었는데 아주 정갈하였다. 조리 도구도 그대로 있었고 방안에는 작은 TV를 비롯한 가재도구들도 그대로 있었다.

"식당을 하시려면 여기 있는 것들 그대로 쓰셔도 됩니다. 굳이 새것으로 살 필요 없어요. 방 안에 있는 TV나 가구도 쓰고 싶으면 그대로 쓰세요. 아니면 그냥 버리던가."

"아예, 감사합니다. 쓸 만하면 그대로 쓰겠습니다. 그런데 간판은 어떻게 되나요?"

"지금 할매집으로 영업 허가가 나 있으니 그대로 써도 되고 상호를 바꿔도 됩니다. 그냥 할매집으로 해도 될 것 같아요. 단골이 좀 있었으니까. 시골에서 올라왔으니 음식 맛도 시골 맛 비슷할 거 같네요. 그리고 식자재는 건너편 큰길을 건너가면 작은 시장도 있고 매일 식자재와 야채를 파는 차가 옵니다. 그 사람에게 사도 돼요. 아주 큰 도매시장에 가지 않으면 가격 차이가 별로 없습니다. 대개가 작은 식당들은 트럭 야채 장사에게 삽니다. 그리고 식자재 거래처 스티커를 주방 옆 벽에 쭈욱 붙여 놨어요. 필요한 식자재는 거기에서 찾아 전화하면 다 배달됩니다."

아들이 상당히 호의적으로 설명하였다. 만식이 내외는 한 푼이라도 아껴야 했기에 간판도 그대로 쓰고 조리 도구, 가재도구 등도 대부분 그대로 쓰기로 결정했다.

애들은 큰 집과 넓은 마당에서 살다가 갑자기 단칸방에서 함께 살게 되니 어리둥절하고 답답해했다. 특히 큰아들인 상호는 돌아다니지 못해서 안절부절못했다. 밖에 나가면 곧바로 자동차 길이라서 위험하기 짝이 없었다.

다음 날,

어떻게 알았는지 식자재를 가득 실은 트럭이 새벽처럼 와서 이들을 깨웠다.

아직 적당한 메뉴도 정하지 못해서 되는대로 된장찌개와 김치찌개만을 준비하려고 하는데 트럭 사장이 알아서 이것저것을 준비해야 한다고 알려 주어서 적절히 사 놓았다.

다음 날부터 개업식도 없이 문 앞에다가 "영업합니다."라고 써 붙이고는 영업을 시작하였다. 아내의 음식 솜씨가 좋아서인지 아니면 첫날이라 그런지 사람들이 북적거렸고 첫날 수입도 쏠쏠했다.

여기 음식점을 찾는 사람들은 대부분 서민층이고 또 막일을 나가는 사람들도 많았다. 만식이는 가끔 이들과 어울리면서 막걸리 사발도 주고받으면서 통성명을 하곤 했다.

곧 죽을 것만 같았던 서울 생활에서 죽지 않고 하루하루 살아남았고, 얼마 후에 겨울이 오고 가고 다음 해 봄이 왔다. 이제 만식이네 네 식구는 서울 사람이 되어가고 있었다.

이해에 큰애 상호(裵尙浩)가 인근의 초등학교에 입학하였다.

그렇게 여러 해가 지나 상호가 6학년이 되었고, 유미(裵裕美)가 2학년이 되었을 때 아주 중요한 일이 생겼다.

이 근처가 개발되어 서민 아파트가 들어선다는 것이다. 만식이 부부는 크게 걱정을 하기 시작했다. 여기 작은 식당에서 먹고 살았는데 아파트가 들어서면 어디 가서 무엇을 해 먹고 살아야 할지 큰 걱정이었다. 자주 오는 손님들 중에는 막일이라도 잘하면 먹고 살 수는 있다고 말하기도 하고, 식당이 자기 소유라면 팔아서 이만한 식당을 사서 운영해야 한다고도 말했다. 하지만 무엇하나 딱 떨어지는 해결책은 없어 보였다.

"우리 지분(持分:땅)이 있어서 25평 아파트를 한 채 준다는데, 아무래도 아파트로 들어가야 할 것 같아."

"그렇긴 한데 무얼 해서 먹고 사나요?"

"오는 손님들 얘기 들었잖아. 서울은 넓어서 일당거리 막일도 많다고, 여자들 일거리 많다고 하잖아. 식당에 가서 도와주고, 파출부도 있고, 아직 우린 젊은 축에 속하니까 버텨 보자고."

"글쎄요, 그래도 겁이 나네요. 또 이만한 식당 구하기도 어렵거니와 애들 때문에도 조금 큰 집으로 이사는 가야 할 것 같아요."

만식이 부부가 여러 번 의논을 한 끝에, 애들 때문에 아파트로 이사 가야 한다고 결정했다.

상호가 부쩍부쩍 크기 시작하고 유미도 이제 어린아이가 아니라 초등학생이 되면서 몸이 커지고 있었다. 둘 다 봄에 입던 옷이 가을에 맞지 않을 정도였으니 한창 클 때였다.

"맞아, 25평에 방이 세 개라니까, 애들에게 하나씩 주고 우리 내외가 안방을 쓰면 되겠어."

"그래요. 일단 벌여 놓고 봐요. 남들도 막일하면서 살아간다는데 우리라고 못 할 리 없지요. 애들 다 클 때까지만 버텨 봐요."

"그래, 잘 생각했어."

이렇게 해서 이들은 그리 멀리 떨어지지 않은 곳에 방 한 칸을 얻었다. 아파트 공사 기간이 일 년 반이 조금 넘는다니까 임시로 방을 얻어서 이사하고 둘은 막일을 찾아다녔다. 다행히 할매집에 있을 때 알아 두었던 사람들에게 연락했더니 매일은 아니지만 일거리가 있었다. 일거리는 아주 다양해서 집짓기, 철거하기, 이삿짐, 공사장 등 닥치는 대로 다녀야 했고, 만식이 아내도 식당 일, 파출부 일 닥치는 대로 찾아다녔다. 이때 부부는 처음으로 휴대폰을 샀다. 연락을 주고받으려면 휴대폰은 필수였기 때문이다.

일 년 팔 개월쯤 지나서 만식이 가족은 9층에 있는 25평 아파트로 이사를 하였다. 아직 정식으로 준공이 된 것은 아닌데 만식이 내외가 부탁하여 먼저 입주하게 된 것이다. 상호와 유미는 너무너무 좋아서 펄쩍펄쩍 뛰었다.

"이사는 했는데 가구가 문제네요. 애들 책상과 침대를 사야 할 텐데요."

"그러게. 새것은 비쌀 텐데. 중고품으로 알아볼까?"

"아이참, 책상이나 침대를 남이 쓰던 것은 너무 찜찜해요."

아내가 난색을 표했고 만식이도 어쩐지 떨떠름했다.

"혹시 알아? 중고품에도 한 번도 쓰지 않은 신품도 나오는 수가 있다고 들었어."

"그래요? 그럼 한번 나가 봐요."

만식이는 오가면서 보았던 중고 가구점이 즐비한 거리를 생각해 내고는 버스를 타고 그리로 갔다. 사장은 아주 깍듯이 인사를 하고는 무엇무엇이 필요하냐고 물었다.

"여러 가지입니다. 학생 책상 두 개, 싱글 침대 두 개, 안방에 들어갈 장롱 한 개, 더블 침대 한 개, 거실에 놓을 소파, 식탁입니다."

만식이가 이렇게 줄줄줄 엮어 내니까 사장은 크게 반색을 하면서 입을 열었다.

"아이고, 사장님, 살림 일체를 다시 장만하시나 봐요."

"예, 신축 아파트라 새로 들입니다."

"아하, 그렇군요. 그러면 중고품보다 신품으로 하시지요."

"예에? 여기도 신품이 있나요?"

"있지요. 가구점 폐업하면 우리가 차를 가지고 가서 다 가져옵니다. 나뭇값만 쳐서 가져오는 셈이지요."

"오호, 듣던 대로군요. 그러면 가격이 많이 헐한가요?"

"거저 지요. 하하하, 아니 거저는 아니고 아주 쌉니다. 신품가격의 50%이니까 횡재 가격이지요."

"허허, 그거 잘 되었네요."

만식이와 아내는 크게 기뻐했다. 큰 매장의 좁은 통로를 이리저리 지나서 사장이 추천하는 것들을 주문했다. 붙인 가격표의 50%만 달라는 것이었다. 이렇게 해서 가구 일체를 사고 배달은 내일 오전 9시경에 오라고 하였다. 그 시간이면 애들이 모두 학교 가서 없기 때문이다.

다음 날, 오전 9시경
가구업체 사장이 인부 두 명과 함께 가구를 차에 싣고 왔다. 엘리베이터가 있기 때문에 크게 힘을 들이지 않고 쉽게 가구를 들여놓고는 곧바로 갔다. 애들 방에는 책상과 침대, 안방에는 작은 농과 더블 침대가, 주방에는 냉장고와 식탁이 들어갔다. 거실에는 기다란 소파와 조금 큰 TV를 들여놓았더니 예전에 살던 집보다 훨씬 좋아서 마치 궁전 같았다.

그날 저녁에 상호와 유미는 너무 좋아서 펄쩍펄쩍 뛰고 유미는 엄마 아빠의 품에 안겨서 고맙다면서 어쩔 줄을 몰라 했다. 상호도 책상에 앉아 보고 침대에 누워 보는 등 기쁨을 감추지 못하였다. 상호와 유미는 처음으로 침대를 쓰는 것이기에 기쁨은 이루 말할 수 없었다.
유미는 곧바로 색종이와 종이를 꺼내어 시간표도 만들고 메모장도 만들어서 책상 앞과 옆에 붙이면서 좋아하였다. 상호에게도 시간표를 만들어서 붙여주었더니 고맙다면서 기뻐했다. 아마 이날이 만식이네 가족이 서울에 와서 가장 큰 기쁨을 맛보았던 날일 것이다.

이들은 너무너무 좋아했고 행복감에 젖어 있었다. 이때가 상
호가 중학교 1학년, 유미가 초등학교 3학년 때 가을이었다.

그때쯤부터 상호는 먹성이 아주 좋아져서 아무거나 마구 먹
기 시작하고 물도 한 대접씩 마시기 시작하였다. 먹고 나면 배
고프다는 것이다. 이때부터 상호는 키가 부쩍부쩍 크기 시작하
고 체격도 커졌다.

4

저절로 짱이 되다

상호는 중학교 2학년 초부터 크기 시작하더니 2학기 10월쯤
엔 이미 또래보다 훨씬 커서 177cm에 90kg 가까이 되었다. 이
러니 늘 배가 고팠다. 점심을 먹고 나서 한 시간만 되어도 배가
고팠다.

용돈이 부족했던 상호는 반 애들이 빵을 사오는 것을 보고는
처음에는 얻어먹다가, 돈이 있으면 사 오라고 시키기도 하고,
어느 때는 네 돈으로 사 오라고 했다. 대부분의 반 학생들이 상
호의 큰 덩치에 눌려서 시키는 대로 하고 어떤 애들은 아예 빵
을 하나 더 사서 상호에게 주면서 환심을 사려고 했다.

이때만 해도 상호는 남들이 흔히 말하는 '짱'이니 '일진'이니
하는 데에 전혀 관심이 없었는데 저절로 반짱이 되어가고 있
었다.

11월 중순, 고등학생들 수능시험이 끝나고 며칠 후였다.

중학생들하고는 전혀 관련이 없었지만 어쨌든 그때였다.

식당에서 점심을 먹고 나오는데 3학년 선배 두 명이 앞에 나타났다.

"야~ 네가 상호냐?"

"예."

"너, 잠깐만 보자."

"왜요?"

"그냥 잠깐만 보자고."

"여기서 말하면 안 돼요?"

"어어~ 애가 반항하네. 선배가 오라면 올 일이지."

나중에 안 일이지만 이들 두 명은 3학년 선배로 소위 짱이었다. 세 명인데 두 명이 상호를 데려갔다. 상호는 '잘못이 없는데 무슨 일이 있으랴.' 하는 생각에 선배들이 이끄는 대로 갔다. 3학년 교실이었다.

교실 뒤에 사물함이 있는 곳에는 책상을 앞으로 밀어서 조금 넓게 공간을 확보해 놓고 있었는데 그것이 무엇 때문인지 상호는 전혀 눈치채지 못하고 있었다. 반 애들 이십여 명이 뒤를 쳐다보면서 상호가 들어오는 것을 보고 있었다.

"네가 2학년 배상호냐?"

"예."

"네가 2학년 짱이라면서 맞아?"

"아닌데요. 짱 아닌데요."

"뭐가 아냐, 이 자식아."

이러면서 상호를 데려온 두 명이 양쪽에서 상호의 겨드랑이에 팔을 끼우고 꼼짝달싹하지 못하게 하면서 동시에 어떤 놈이 주먹으로 상호의 배를 세게 가격했다.

"어억~"

방금 점심을 먹었기에 금세 구토증이 나고 심한 통증에 상호는 비명을 질렀다.

"왜 이러세요. 내가 무슨 잘못 있다고?"

"이 자식이 선배를 몰라보네. 네가 2학년 짱이면 선배를 잘 모셔야지."

이러면서 또 주먹으로 배를 가격하는데 이번에는 배에다 힘을 주고 있었기에 어느 정도 참을 수 있었다. 이때 상호는 이대로 맞을 수는 없다고 판단하고 반격을 하기로 했다. 이때까지 체구만 컸지 싸움을 해 본 적이 없었지만 TV에서 본 격투기처럼 싸워야 했다.

상호는 있는 힘껏 주저앉으면서 허리를 굽히니 양쪽에 팔을 붙잡고 있는 두 놈이 앞으로 거꾸러졌다. 상호는 일순간의 틈을 주지 않고 발로 그놈들의 등과 목덜미를 찍어버렸다.

"아악~"

"억~"

단 두 마디뿐이었다. 두 놈은 목을 감싸고 죽었는지 죽는시

늉인지 뻗어버렸다.

앞에서 주먹으로 치던 놈이 어리벙벙한 틈을 타서 그놈의 목덜미를 잡고 뒤에 있는 사물함에 얼굴을 아주 세게 박아 버렸다. 그놈은 대번에 코피가 터져 나오면서 얼굴을 감싸고 주저앉았다.

"아이구, 아야~"

1분도 채 안 되어 세 놈을 해치웠으니 정말로 괴력을 가지고 있었다.

쓰러진 세 놈을 상호가 발길질로 옆구리를 세게 걷어찼더니 세 놈은 "끄으응~"하고 신음을 하면서 나뒹굴었다.

쳐다보던 학생들이 너무 놀라서 다 같이 "어어~"하는 소리인지 비명인지 지르고 있었다.

"선배면 선배답게 굴어야지, 왜 가만히 있는 사람을 불러다 때립니까?"

상호는 벼락같이 소리를 쳤다.

"야~ 이 자식아, 그러고 보니 늬들이 3학년 짱이라던 세 놈이구나. 오늘 잘 걸렸다. 후배들이 늬들 등쌀에 학교 못 다니겠다고 하더라."

"아이고~"

"아이고 나 죽네, 갈비뼈가 부러졌나."

"아이고, 목뼈 부러진 모양이다. 아이고."

"이런 것들이 선배라고 이런 개자식 같은 것들이, 꿇어 자식아!"

상호는 영화에서 봤던 그대로 흉내 내고 있었다.

세 놈은 어기적거리면서 상호 앞에 무릎을 꿇고 신음 소리만을 내고 있었다.

상호는 분이 아직 덜 풀렸는지 무릎 꿇은 허벅지를 있는 힘껏 발로 내려찍었다.

90㎏이나 되는 체중으로 내려찍으니 세 놈은 고통에 또다시 비명을 지르면서 나뒹굴었다.

그때,

선생님들이 들이닥쳤다.

"어떤 놈들이 싸워?"

그런데 상상도 못 할 일이 벌어졌다. 후배인 상호가 3학년 선배 세 명을 무릎 꿇리고 반 학생들이 벌벌 떨면서 쳐다보고 복도에도 학생들이 울타리 치듯이 서서 이 광경을 쳐다보고 있었다.

결국, 상호를 포함한 네 명이 교무실로 불려 내려갔다.

선생님은 이것저것 있었던 일을 자필로 쓰라고 하고, 쓴 경위서를 다 읽어 보고서는 네 명 모두 부모님을 모시고 오라고 지시하였다.

"저는 못 오십니다."

"왜 못 와? 애들을 죽도록 패놓고서는. 어엉?"

학생부장이 죄인 다루듯이 큰소리를 쳤다.

"부모님 모두 일 나가서 밤늦게 집에 오십니다. 그리고 저는 아무런 죄가 없어요. 선배들이 불러서 3학년 교실에 갔더니 다 짜고짜 저를 붙잡고 때리기에 대항했을 뿐입니다."

"뭐라고? 네가 선배들을 먼저 팬 것이 아냐?"

"아닙니다."

"흐흠."

학생부장은 다시 한번 경위서를 읽어 보더니

"야 늬들, 세 놈들, 왜 이런 얘기는 쓰지 않고 맞은 얘기만 썼어, 처음부터 다시 써, 점심 먹고 나온 상호를 어떻게 해서 교실로 끌고 와서 먼저 팼는지 그것부터 자세히 써, 상호는 얻어맞다가 대항해서 싸웠다고 하는데, 그럼 늬들이 먼저 상호를 끌고 와서 팬 것이 맞냐?"

하고 호통쳤다.

"……."

"왜 말이 없어, 이 자식들아!"

"맞습니다. 상호가 2학년 짱이라고 하길래 후배 교육시키려고 불러서 먼저 때렸습니다."

"어라, 그러고 보니 이놈들이 가해자네. 상호는 이제까지 학교에서 말썽 피운 적 없는 애다. 늬들하고는 달라. 어엉?"

"잘못했습니다."

이렇게 해서 상호는 부모님을 모시고 오진 않게 되었고, 사건도 그냥 말로 훈계하는 정도로 끝나고 말았다. 사실 따지고 보면 억울한 건 상호였다.

그런데 이 사건이 있은 후로 상호는 학교 짱에 올라가게 되었다. 누가 짱이라고 붙여 준 것도 아니고 여기저기서 상호만 보면 인사하기에 바빴다. 반 학생들이나 다른 학생들도 환심을 사려고 하면서 빵이나 음료수를 사다 주기도 했다. 그뿐 아니라 상호가 무슨 말을 하면 듣는 척이라도 해야 했다.

교실이 시끌시끌하면
"야~ 좀 조용히 하자."
라고 한마디만 하면 즉시 조용해졌다.

상호가 신통한 것은 그럭저럭 공부도 한다는 것이다. 일 년 내내 학원 근처에도 가지 않았지만, 성적이 반에서 중간 정도는 되었다. 않았다. 상호 아빠는 뼈대 있는 가문의 배씨 집안이 머리가 좋다고 늘 말씀하셨다. 상호의 여동생인 배유미(이 소설의 여주인공)는 중학교에 들어가면서부터 두각을 나타내기 시작했다.

그러니 학교 선생님들도 상호를 나쁜 아이로 보진 않았다. 교내외에서 사고 치는 일도 없고 공부도 중간은 하고, 더구나 떠들썩한 교실도 상호가 한마디만 하면 조용해지니 몇몇 선생님은 상호에게 칭찬을 하시곤 했다.

"야~ 상호야, 너 정말 아깝다. 예전 같으면 장군감인데. 너 공불 더 해서 육사에 들어가라."

"예."

하지만 대답뿐이지 육사에 들어가려면 고등학교에서 1, 2등을 해도 들어갈까 말까 한데 상호에게는 그림 속의 떡일 뿐이었다.

그럭저럭 겨울방학이 가까워지는 12월이 되었는데, 이해는 유별나게 돈 좀 있는 애들이나 없는 애들이나 값비싼 패딩 점퍼를 교복 위에다 입고 다니는 것이 유행했다. 상표만 보아도 그 집안의 수준을 가늠할 정도로 유명 메이커 제품을 입고 다녔다.

아직 마음이 어린 상호도 그런 유명 메이커의 패딩 점퍼를 입고 싶어서 집에 가서 사 달라고 졸랐으나 여의치 못한 부모님은 사 줄 수가 없었다. 수십만 원을 호가하는 그런 옷을 사기 어려웠다.

상호는 어려서부터 새 옷을 거의 입어보지 못하고 엄마나 아버지가 어디서 구해 온 옷을 입고 커 왔다. 후에 알고 보니 버려진 옷들 중에 쓸 만한 것들을 골라서 가져다 상호와 유미에게 입혔다. 그랬던 것이 사춘기에 접어든 상호가 심리적으로 불만을 갖기 시작했다. 부모님이 뼈 빠지게 고생해도 가난하기만 한 집이 원망스러웠다.

마지못해 상호 엄마는 상호를 데리고 시장에 가서 유명 메이커는 아니지만 그래도 고급스러워 보이는 패딩 점퍼를 사 주었다. 상호는 그런대로 만족해했다.

겨울이 지나고 3월이 되어서 상호는 이제 중 3이 되었다. 3학년 1반. 역시 맨 뒤에 자리에 앉게 되었고, 키는 더 커져서 이제 180cm도 넘게 되었다. 체중도 이제 95kg쯤 되었다. 특별히 운동을 하지 않았는데도 온몸이 근육 덩어리이고 힘도 무지하게 세졌다.

상호를 잘 아는 애들은 여전히 빵과 음료수를 사다 주면서 같이 먹고 친하게 지냈다.

학교생활은 그날그날 다람쥐 쳇바퀴 돌 듯이 지나갔다. 겉으로 보기엔 사고뭉치처럼 보이고 불량배 같지만, 상호는 그렇지는 않았다. 이제까지 결석 한 번도 하지 않은 모범생이나 마찬가지였다.

담임 샘은 상호가 자기 반에 오게 된 것을 자랑스럽게 생각하였다. 반 군기(軍紀: 군대의 기강이란 뜻으로 군대에서 쓰는 용어인데 사회에서도 인용한다.)는 상호가 다 잡을 것이라면서 반색을 하였다.

그런데 문제는 엉뚱한 데서 촉발(觸發)되기 시작하였다.
반장이 권찬주인데 이 애가 깐족거리고 있었다. 반장이 무슨 큰 감투처럼 아는지 급우들에게도 깐족대었다. 청소가 잘 안되었다느니, 수업 중에 잡담을 하지 말자느니, 쓰레기를 함부로 버리지 말라는 등 담탱이(담임 선생님) 역할을 제가 다 하고 있었다. 아니 그보다 더했다.

청소는 한 사람도 빠짐없이 구역별로 분담했는데, 상호의 담당은 운동장 쪽으로 나 있는 맨 뒤의 창문과 창틀이었다. 사실 다른 청소에 비하면 할 일도 없었다. 창문 청소 학생들이 다들 대충 빈둥대기 일쑤였다. 그런데 반장인 찬주는 유별나게 상호에게만 다가와서 청소 트집을 잡곤 했다.

보통 키에 다소 마른 편으로 호리호리하고 얼굴은 약간 길쭉한 모양을 한 찬주는 안하무인격으로 애들을 대하고 있었는데, 애들도 별 대항 없이 들어주는 체했다.

얼마 후에 안 일인데, 찬주의 아빠가 어느 병원 의사이고, 엄마는 학교에 어머니회인가에 회장이라고 해서 수시로 학교에 드나들고 있다고 하였다. 애들 말로는 교장과 맞먹는다고 하였고, 학교 발전 기금도 많이 내서 교장, 교감, 행정실장까지 모두 쩔쩔맨다는 소문이 들렸다. 돈이 많은 부잣집이라고 하면서 찬주 엄마는 외제 차를 타고 다닌다고 하였다.

이런 위세를 믿고 찬주는 반 애들 위에 군림하고 있었다. 상호가 봤을 때는 그야말로 한주먹 거리도 안 되는 연약한 여자애처럼 보였지만 그 위세는 정말 대단했다.

상호도 말썽 일으키는 게 싫어서 별 대꾸 없이 무덤덤하게 지내고만 있었다.

그런데 찬주는 상호가 눈에 가시같이 박혀 있어 늘 상호의 일거수일투족을 관찰하다시피 하고 있었다. 왜냐하면 반 애들이 자기를 따르는 것이 아니라 상호를 따르고 빵, 음료수를 사다 주면서 상호 편을 들고 있었기 때문이다. 물론 반 애들이 다 그런 것은 아니지만 적어도 칠팔 명이 상호의 똘마니가 되어 있었다. 뿐만 아니라 다른 반 애들도 상호에게는 크게 대우를 해 주고 있었다. 점심 급식을 먹을 때도 상호가 나타나면 늘 앞으로 가도록 배려해 주었고 누구 하나 새치기했다고 이의를 제기하지 않았는데 찬주의 눈에는 그게 몹시 거슬렸다.

"저런 시건방진 놈, 내가 언제 한번 혼내 주마."

찬주의 생각이었다. 늘 이런 생각을 하다 보니 공부에도 집중할 수 없고 머리가 산만하기만 했다. 혼을 내주어야 하는데 방법이 없기 때문이었다. 할 수 있는 방법이라고는 반장이라는 감투로 괴롭히는 수밖에 없었다. 주먹이나 힘으로는 '계란으로 바위 치기'라는 것을 잘 알고 있었다.

"야, 상호야, 유리창하고 창틀 깨끗이 닦아."

사뭇 명령조로 찬주가 말했다. 이런 말투는 선생님이나 쓸까 말까인데 말이다.

"어엉, 깨끗하잖아, 저걸 봐. 날아다니는 참새가 날아들겠다."

상호는 가급적 좋게 좋게 대답했다. 실제로 방금 애들이 청소할 때도 같이 청소했기에 별 부담 없이 대답했다.

　"야, 그런데 창틀을 봐라, 이리와 봐라."

　상호가 마지못해서 따라갔더니 창틀이 오래되어서 까맣게 때가 절어 있는 곳이 여러 군데였는데 그걸 닦으라는 것이다.

　"너 지금 이걸 닦으라는 거냐? 십 년도 넘게 찔어 있는데 이게 닦이냐? 닦으려면 칼로 긁어내야겠다."

　"그럼 칼로 긁어내면 되잖아."

　"야 말이 되는 소릴 해라. 이게 무슨 대단한 것이라고, 구석져서 보이지도 않는다. 유리창만 깨끗하면 되잖아."

　상호는 속이 부글부글 끓었지만 참고 있었다.

　"너 내가 닦으라면 닦아야지. 어서 칼로 긁어내!"

　"뭐라고? 난 못한다. 네가 해라."

　"야, 이 자식아, 닦으라면 닦아."

　어려서부터 부모님의 위세만을 믿고 자라온 찬주는 속된 말로 겁대가리가 없이 안하무인격이었다.

　"뭐어? 이 자식이, 네가 닦아, 이 자식아!"

　상호가 조금도 지지 않고 말대꾸를 하니 찬주는 그만 꼭지가 돌기 시작했다.

　"야, 이 씨발 놈아, 반장이 시키면 시키는 대로 해!"

　이러면서 가지고 있던 볼펜으로 상호의 턱을 꾹꾹 찔렀다.

　"뭐어? 이런 새끼가 있어."

마침내 상호는 더 이상 참지 못하고 분노가 폭발해서 차마 주먹으로 때리지는 못하고 두 손으로 세게 찬주를 밀쳤다. 덩치가 크고 힘이 장사인 상호가 거칠게 밀치자 마른 체구의 찬주는 뒤로 대여섯 걸음을 공중에 뜨듯 밀려 나가더니 뒤 출입문에 머리를 "꽝~"하고 부딪혔다.

"으악, 나 죽네, 저 새끼가 사람을 패네."
찬주는 죽는소리를 하면서 곧바로 뛰쳐나갔다.
청소가 끝났으니 종례만 하면 집에 가게 되는데 사건이 이렇게 커지자 애들이 모두 불안해하기 시작했다.

곧바로 담임 샘이 올라오셔서 종례도 없이 애들을 보내고 상호를 교무실로 불렀다.
"너, 찬주를 때렸냐?"
"아뇨."
"찬주는 너에게 맞았다고 하던데, 지금 죽는시늉으로 보건실에 누워 있다. 가 볼래?"
"아뇨. 때리지 않았습니다."
"그럼 무슨 일이야?"
상호는 조금도 거짓말을 보태지도 않고 사실 그대로 말씀드렸다.
"하이고, 이거 큰일 났다. 범의 코털을 건드렸으니……."

담임 샘이 혼잣말인지 들어보라는 말인지 말씀하셨는데 상호는 분명히 들었다. 그런데 상호는 그 뜻을 잘 이해하지 못하고 있다가 얼마 후에 깨닫게 되었다.

"너, 지금 내게 한 말을 여기에다 써라. 혹시 모르니깐 사실을 알고 있어야 한다."

담임 샘이 경위서를 두 장을 가져오더니 상호에게 건넸고 상호는 있는 그대로 써 내려갔다. 마음이 앞서서인지 글씨가 제대로 써지질 않고 개발새발 산만하기만 했다.

곧바로 담임 샘은 어디론가 가시고, 상호 혼자서 경위서를 다 쓰고 잠시 멀뚱히 앉아 있는데 담임 샘이 오셨다.

"가 보자."

"어디로요?"

"교장실, 찬주 엄마가 오셨다."

상호는 마음이 아주 착잡해졌다. '학교 어머니회 회장이라더니 무슨 일이 벌어질 모양이다. 하지만 난 큰 잘못 없다.' 상호는 이런 생각을 하면서 덩치에 걸맞게 할 말을 해야겠다고 다짐했다.

교장실에 들어서니 기다란 탁자에 여러 선생님들이 앉아 있었다. 교장, 교감, 학생부장, 학년부장, 행정실장, 또 다른 샘들과 담임 샘까지 일곱 분의 선생님이 앉아 있고 그 한편에 고양이 얼굴에 독사눈을 뜨고 상호를 노려보고 있는 여자는 찬주 엄마가 분명했고 그 옆에 찬주가 고개를 숙이고 앉아 있었다.

상호는 담임 샘 옆에 조심스럽게 앉았다.

"네가 상호니?"

"예."

"학교 짱이라더니 미련한 곰처럼 덩치만 크구나."

찬주 엄마의 첫마디에 가시가 박혀 있었다.

"먼저 애들 얘기를 들어보시지요."

담임 샘이 얼른 말문을 막았다.

"들어볼 게 뭐 있나요? 쟤가 우리 찬주를 두드려 팼다는데, 저런 학생들 학교에 그냥 두었다가는 큰일 납니다. 전학을 시켜버려야지."

여전히 독이 오른 말이었다.

"전 전학 안 갑니다. 그리고 잘못도 없습니다. 때리지도 않았습니다."

"뭐야? 네가 죽도록 때려서 머리가 아파 보건실에 있다 왔다는데 안 때렸어?"

"아이구, 자모님 진정하시고 자초지종을 알아보시고 말씀하시지요."

나이 지긋한 교장 선생님도 난처하다는 듯이 입을 열고 교감 선생님도 애들 얘기를 들어보자고 하였다.

"그래요. 그럼 찬주야, 너 쟤한테 죽도록 얻어맞았다고 했지, 맞냐?"

"……아닙니다. 맞진 않았어요."

"뭐어? 그럼 왜 머리가 아프다고 보건실에 갔어?"

"상호가 세게 밀쳐서 교실 문에 머리를 부딪쳤어요."

"그랬어? 그럼 왜 이유 없이 너를 밀쳤어, 학교 짱이면 아무나에게 폭행을 한다는 거냐?"

"……."

"폭행한 적 없습니다."

상호가 다소 큰 목소리로 대답했다.

"아이구, 이러다가 말싸움 나겠다. 우선 먼저 상호 너부터 자세히 얘길 해봐라, 조금도 보태지 말고."

"예."

이렇게 해서 상호는 있는 그대로 다 말씀드렸더니, 선생님들도 이해한다는 듯이 고개를 끄덕였다.

"아니, 김 선생, 청소 시간에 꼭 임장(臨場)지도 하라고 했는데 그 시간에 뭘 했나요? 그 시간이 가장 취약한 시간인데."

교감 샘이 다소 언성을 높여서 담임 샘에게 꾸짖듯이 말했다.

"그게, 그만, 급한 공문 처리를 하느라고……."

"하이 참, 애들 사고가 중하지, 공문이 중한가요?"

이러니 담임 샘이 몸 둘 바를 모르고 쩔쩔매고 있었다. 사실 청소 시간에 담임 샘은 거의 올라오지 않으셨다. 왜냐하면 반장인 찬주가 잘하고 있으니까, 그렇게 해도 청소 상태가 다른 반보다 훨씬 좋아서 교실 안팎이 깨끗했다.

"어험험, 아무래도 찬주 학생이 조금 과잉 지도를 한 것 같습니다. 자모님이 조금 이해하셔야 할 것 같습니다.”

“뭐라고요? 우리 애가 잘못했다고요? 반장으로서 담임을 대신해서 청소시킨 것이 죄가 되나요?”

“하아 참, 그게 조금 과잉 지도를 했다는 거지요. 창틀을 칼로 닦아내지는 않습니다. 먼지만 제거하면 되는데 찰찰이불찰 (察察不察: 너무 세밀하여도 실수가 있다는 말.)이라고 너무 잘하려고 하다 보니 이런 불상사가 난 것 같습니다.”

교감 선생님이 거들었다.

“교장 선생님, 상호 얘기는 다 들어보았으니 내려가게 할까요?”

“흐흠, 그래요. 큰 잘못을 저지른 것 같지는 않네요. 저 학생이 작년에 3학년 녀석들을 혼내 준 그 학생 맞지요?”

“예, 맞습니다. 얘가 원래 착해서 애들이 건들지 않으면 참하게 있는 아이입니다.”

교감 선생님이 눈물 나도록 상호를 옹호해 주고 있었다.

“상호야, 그럼 이만 내려가거라. 김 선생이 가서 귀가시키고 올라오세요.”

“예.”

그래서 상호가 두 발짝쯤 걸었을 때,

“애새끼가 싸가지가 없네.”

라는 소리가 뒤에서 분명히 들렸다. 찬주 엄마의 목소리였다. 거기에 여자는 찬주 엄마뿐이었다. 이 소리에 상호는 순간적으로 발작하다시피 소리쳤다.

"뭐요? 내가 싸가지가 없다고요?"

이러면서 뒤로 돌아서서 찬주 엄마 앞에 섰다. 곰 같은 덩치가 앞에 서서 두 눈을 부라리고 항의를 하니까 찬주 엄마가 움찔하면서 뒤로 나 앉았다.

"아줌마, 내가 뭘 어쨌길래 싸가지가 없나요? 그럼 저 지랄하는 찬주는 싸가지가 있습니까? 내가 종입니까? 종이요?"

상호는 있는 힘껏 소리를 치면서 대들었다. 이에 선생님들이 깜짝 놀라서 상호를 붙잡았다

"야~ 상호야, 진정해라, 너더러 한 얘기가 아니다."

"뭐가 아니요. 그럼 선생님에게 싸가지가 없다고 했나요?"

상호는 조금도 지지 않고 큰소리로 말대꾸를 했다.

"어마나, 얘 좀 보게, 어디서 배워 먹지 못하게 어른에게 대들어."

이 소리에 더 열 받은 상호는 더 큰소리로 마구 소리 질렀다.

할 수 없이 여러 선생님들이 나서서 상호의 팔다리를 이끌고 교장실을 간신히 나왔다.

상호는 분이 풀리지 않아서 고래고래 소리를 치니 지나가던 학생이나 선생님이 다 듣게 되었다.

담임 샘은 상호를 데리고 나가서 분식집에 들어갔다.

둘은 똑같이 떡라면과 김밥 두 줄을 시켜서 나눠 먹으면서 담

임 샘은 상호를 달래고 또 달랬다.

"상호야, 조금만 진정해라. 찬주도 원래 나쁜 애가 아냐. 공부도 잘하고 모범생이잖아. 이번에 일이 꼬이려고 이상하게 돌아간다. 에휴, 나를 봐서 좀 참아라."

"……."

상호는 배가 고픈 김에 뱃속에 음식이 들어가니 조금 마음이 진정되었는지 한동안 씩씩거리던 게 다소 잠잠해졌다. 담임 샘은 전화를 해서 지금 상호랑 분식집에서 라면을 먹고 있으니 다 먹으면 돌려보내고 가겠다고 했다. 아마 교감 선생님에게 전화를 한 모양이었다.

"선생님, 죄송해요. 찬주는 3월 초부터 나를 깔보고 깐죽대었습니다. 나를 아주 벌레 보듯이 하고 엉뚱한 트집을 걸어서 괴롭히려고 작정을 하고 있었던 것입니다."

"그랬어? 내가 몰랐다. 아무튼 이번 일은 네가 먼저 참아라, 찬주 엄마도 순간적으로 화가 치밀어서 그런 말을 한 것 같다. 지나고 보면 아무것도 아냐, 세상 살다 보면 별의별 해괴한 일이 많단다. 네가 이해해라.

"예."

이날은 이렇게 마무리되고 상호는 집에 왔는데, 아무에게도 오늘 얘기를 하지 않았다. 괜히 걱정만 생길 것이 뻔하기 때문이다.

다음 날,

상호와 찬주는 평상시대로 등교했다. 찬주는 상호에게 청소해라 마라 식으로 더 이상 다그치지 않았으나, 상호는 분해서 견딜 수가 없었다.

"야, 반장, 이리 와 봐라."

"······."

"반장, 권찬주."

상호가 거듭 크게 부르니 반장이 마지못해서 일어나서 다가왔다.

"야, 반장, 저기 휴지 떨어졌다. 좀 주워라."

"뭐어? 나더러 주우라고?"

"그래, 네가 청소 담당 책임이라고 했잖아, 네가 줍기 싫으면 여기 청소 구역 담당 애들 불러서 시켜. 시키면 되잖아."

"너 말 다 했냐?"

"그럼, 어쩔래, 주우라면 주워, 이 짜샤!"

쉬는 시간에 이러니 애들이 모두 일어서서 뒤를 돌아보고 있었다.

"줍기 싫으면 애들 시키라니까 그러네."

찬주는 어이가 없다는 듯이 멈칫멈칫하다가 휴지를 주워서 휴지통에 버리고는 제자리에 들어가서 털썩 주저앉더니 책상 위에 엎드렸다. 분(忿)을 삭이기 위해서였다.

그날 점심을 먹고 난 후 상호는 부지런히 학급으로 돌아와서 물기가 있고 냄새나는 걸레 두 장을 찬주의 책상 위에 올려놓았다. 책상 위에는 책과 공책이 펼쳐져 있었는데 그 위에 올려놓으니 대번에 땟국물이 흐르고 시궁창 냄새가 퍼져 나왔다.

잠시 후, 반장 권찬주가 들어오더니 기겁했다.

"어떤 놈이 여기다 걸레를 올려놨어?"

"으응, 나야, 내가 올려놓았다. 더러우니 빨아 오라고 애들 시켜."

"뭐어? 네가 그랬어? 야 너 진짜 이렇게 나올래?"

"뭐가? 네가 청소 책임자라면서, 애들 시키라고, 걸레 담당 애들 시켜서 빨아 오라고 그래."

반장은 얼굴이 붉으락푸르락하더니만 걸레를 번쩍 들어서 청소함 쪽으로 던져 버렸다.

"아니꼬우면 어서 빨리 가서 담탱이에게 일러바쳐. 네 엄마에게 전화해서 오라고 그래. 그러면 되잖아. 난 내 할 일 할 뿐이다. 네가 청소를 제대로 시키지 않으니까 그런 거야."

상호는 애써 태연한 척 말대답했다. 이런 광경을 반 애들 십여 명도 넘게 쳐다보면서 수군대기 시작했다.

그날 마지막 시간은 학급회의 시간인데, 형식적으로 학급 회의를 하든가 아니면 자습하곤 했다. 반장 권찬주가 교무실에 갔다 오더니만 학급 회의록만 작성해 놓고 자습하라고 했다.

이때를 기다렸다는 듯이 상호가 앞에 나가서 입을 열었다.

"내가 할 말이 있어서 그런다. 늬들 창문틀에 새까맣게 찌든 때를 칼로 긁어서 청소해 본 적 있냐?"

"……."

"없다."

"없어. 누가 그것까지 청소해, 집에서도 안 한다."

반 애들이 그런 적이 없다고 대답하거나 아무 말 없이 제 공부만 하는 애들이 있었다.

"어제 있었던 일 알지? 찬주가 나더러 창틀을 칼로 긁어내서 청소하라고 하다가 내가 싫다고 하니까 볼펜으로 내 목을 찌르면서 삿대질을 해서 내가 밀쳤지, 맞냐?"

"맞아."

"그런데 내가 죽도록 팼다고 담임 샘과 제 엄마에게 일러바쳐서 어제 늬들 다 간 다음에 교장실에 불려 가서 혼났다."

"어어~ 그랬냐?"

"어어~"

이제야 반 애들 모두가 관심 있다는 듯이 상호를 쳐다보았다.

"그래서 내가 그런 일 없다고 사실대로 말했더니 찬주 엄마가 날더러 싸가지가 없다는 등 다른 학교로 전학을 보내라고 하더라."

"진짜냐?"

"그럼, 진짜라니까, 저기 찬주에게 물어봐, 걔도 거기에 있었으니까."

이렇게 말문을 여니까 찬주는 참다못해 뛰쳐나갔다.

"야, 내가 아무 잘못도 없는데 전학을 왜 가냐. 난 안 간다. 찬주가 가면 갔지. 늬들이랑 정 들었는데 어떻게 가냐?"

"하하하, 맞아, 이 학교가 좋아."

"크크크크."

찬주가 없으니까 갑자기 분위기가 화기애애해졌다. 아직 어린 중학교 3학년인지라 부모의 위세를 믿고 까부는 애들이 더러 있었기에 애들도 찬주를 따르는 것처럼 보이지만 속으로는 은근히 싫어하는 애들이 많았다.

상호는 어제 있었던 일과 교장실에서 이러저러한 일들이 있었다고 애들에게 다 말해 버렸다. 속이 다 시원했다.

"나 사실 싸움꾼 아니다. 작년에 선배 짱들이 불러서 무턱대고 때리길래 반항해서 때려 본 것이 다다. 그런데 애들은 저희들끼리 나를 학년 짱, 학교 짱으로 올려 세웠다. 이중에도 내 이름 팔고 돌아댕기는 애들 있다. 우리 학교에 아무개 짱이 내 친구라고 하면서 내 이름 팔고 다닌다더라. 그렇다고 내가 뭐라진 않아. 건들지 않으면 가만히 있는다."

상호는 조목조목 변명도 하고 자기 과시도 하였다. 의외로 상호의 말솜씨는 조리 있게 잘했는데 이는 순전히 상호 엄마 덕분이었다. 상호 엄마가 하나를 알면 열을 알려줄 정도로 말을 잘했기 때문이다. 상호는 몇 마디 더 하고는 제자리에 돌아왔다. 반장은 시간이 다 끝날 무렵에 들어와서 힘없이 제자리에 앉았다.

다음 시간은 청소 시간인데 담임 샘이 오셔서 반 애들과 함께 보냈다. 오히려 선생님이 간단히 청소하라고 말씀하시어서 애들이 모두 좋아하였다.

상호는 다음 날도 찬주를 은근히 괴롭혔다. 또 청소였다. 유리창이 더러우니 애들 시켜서 닦으라고 하고, 휴지 떨어졌으니 애들 시켜서 주우라고 찬주를 닦달했다. 찬주는 그때마다 이마를 찌푸리고 있었으나 감히 대들지는 못하였다. 왜냐하면 곰 같은 덩치에다 괴력을 가지고 있는 상호에게 맞붙을 수가 없었기 때문이다.

이렇게 상호가 찬주를 이틀째 괴롭히는데 이날이 수요일이었다.

그러니까 월요일 날, 사건이 터지고, 화요일부터 괴롭히기 시작한 것이다.

드디어 토요일 저녁때, 참다못한 찬주는 엄마, 아빠에게 학교에서 일어나는 일을 모두 말해 버렸다.

"아이고야, 큰일이다. 그날 다 마무리된 줄 알았더니 그놈이

앙갚음하는 모양이다. 대체 이를 어쩐다니!"

찬주 엄마가 먼저 큰 걱정을 하였다.

"처음부터 네가 너무 나댄 것만은 사실이다만, 이제 점점 확대되어 호미로 막을 것을 가래로 막게 생겼다. 그래 선생님들은 아시냐?"

"모를 것입니다. 제가 말씀드리지 않았거든요."

"그럼 다른 애들이 일러바치지 않나?"

"아뇨, 이를 애들 없어요. 저 혼자만 당하고 있는데 대항도 못 합니다. 워낙 덩치도 크고 힘이 셉니다. 작년에도 까불던 선배 3명을 순식간에 해치웠다고 합니다. 힘이나 싸움으로는 안 돼요."

"그럼 경찰을 부르나. 이를 어쩌지."

"하이고, 이런 학내 문제로 경찰이 뭘 어떻게 해. 처리하려면 학교에서 해야 하는데, 그렇다고 두들겨 패서 상처 난 것도 아니고, 청소하라고 했다는데."

찬주 아버지도 대책 없다는 듯이 말씀하시고는 주방에 가서 안줏거리와 소주를 가져오더니 자작으로 소주를 두 잔이나 마셨다.

"아빠, 저 아무래도 전학 가야 할 것 같습니다. 이 학교에서는 정떨어져서 다닐 맘이 하나도 없습니다."

"전학이 그리 쉽나. 3학년은 전학이 안 된다고 들었는데, 그게 사실인지 아닌지 모르겠다. 전학을 간다고 하더라도 그동안 어떻게 그놈을 피할 길을 찾는 게 먼저이다."

"자고로 짐승이나 사람을 다루는 데는 당근과 채찍이라고 했다. 지금 섣불리 채찍부터 들었다가 오히려 그놈에게 휘말리는 셈이야."

찬주 아빠가 대책 아닌 대책을 말했다. 이에 즉각 반응을 보인 것이 찬주 엄마였다.

"맞아요. 우리가 너무 성급하게 대응을 했어요. 채찍이 아니라 당근으로 해결하면 될 것 같습니다. 찬주야, 걔가 늘 배고파하니까 애들이 빵과 음료수를 사다 준다고 했지?"

"예, 상호를 따르는 똘마니가 여러 명이에요."

"그럼 됐다. 임시방편으로 그런 방법으로 유인했다가 전학이 되면 다른 학교로 가거라. 만약 전학이 안 되어도 내가 그놈을 구워삶아서 너 졸업 때까지는 무사하게 보내게 하마."

"예, 그렇게 해 주시면 되는데, 무슨 방책이 있나요?"

"있어, 있으니깐 걱정 말고 공부나 해, 옛말에 쇠뿔도 단김에 빼라고 했잖아. 월요일 학교 끝나고 상호를 데리고 나와라. 내가 교문 밖에서 기다릴 테니."

"안 나올 텐데요."

"왜 안 나와, 이렇게 말해. 지난번 일 사과한다고 우리 엄마가 잠깐 보자고 하면 나올 게다. 그냥 뛸 리는 없을 게다."

"맞아, 맞아, 엄마 말대로 하면 될 것이다. 그렇게 해 봐라, 그런데 여보 무슨 좋은 묘책이 있어?"

"궁리를 해야지요. 낚싯밥을 던져야지요. 아주 좋은 낚싯밥. 호호호."

아무튼 이날 밤은 이런 대화가 찬주네 집에서 오갔다.

월요일,

상호는 또 은근히 찬주를 괴롭혔다. 찬주는 아무 말도 없이 들어주고는 청소 시간에 상호에게 다가갔다.

"상호야, 저기 있잖아, 우리 엄마가 지난번 일 사과한다고 학교 끝나고 잠깐만 보자고 한다. 끝나고 같이 나가자."

찬주가 의외로 호의적으로 나오니 상호는 딱히 거절할 말도 떠오르지 않았기에

"그래? 그러지 뭐, 사실 내 잘못이 없었으니까."

하고 답변하고 말았다.

하교 후 둘은 서먹서먹한 채로 교문을 나와서 오른쪽으로 한 모퉁이를 지나니 거기에 찬주 엄마가 서 있었다.

"안녕하세요?"

상호가 마음에 없는 인사를 했다.

"그래, 잘 있었어, 내가 지난번에 잘 알지도 못하고 성급하게 역정을 낸 것 같아서 사과를 겸해서 빵이라도 사 주려고 나왔다. 빵 좋아한댔지?"

"예."

"찬주랑 같이 가자. 어디로 갈까, 차 타고 좀 큰 데로 갈까?"

"아뇨."

"그럼 어디로 갈까? 이 근방에 빵집이 있던가?"

"있어요. 엄마, 저쪽으로 한 블록만 가면 돼요."

"오호, 그렇구나. 그럼 그리로 가자."

이렇게 해서 셋은 걸어서 빵집으로 향하였다. 그런데 상호가 찬주 엄마를 보니까

지난번에는 독사눈을 한 고양이 같더니, 이번에는 여우 눈을 한 고양이 같았다.

'사람이 이렇게도 변할 수 있구나.'

상호는 이런 생각을 했다. 자기 엄마는 그저 무덤덤한 표정인 편인데 찬주 엄마는 변신의 천재인 모양이었다.

잘 알려진 유명 P빵집에 들어섰다. 사실 여긴 비싼 집이라 상호는 친구가 사 준다고 하여 몇 번 와 봤을 뿐이었다. 잘 사는 찬주는 단골인 모양인지 주인 여자가 알아보고 서로 인사를 하였다.

찬주 엄마는 고급 빵을 소쿠리에 한가득 담아 오고 콜라도 큰 병으로 시켰다.

"아이고 이거 너무 많아요."

"괜찮아, 실컷 먹어, 한창 먹을 때인데 다 못 먹으면 싸 가지고 가도 된다."

"예, 고맙습니다."

셋은 각자 빵 하나씩을 집어 들고 콜라와 함께 먹기 시작하였다.

그렇게 빵 두 개를 다 먹었을 때 찬주 엄마가 입을 열었다.

"상호야, 네 집이 좀 어렵다고 들었다. 먹고 싶은 간식도 제대로 못 사 먹지. 덩치가 커서 아주 많이 먹어야 할 텐데, 너 같으면 먹고 나서 뒤돌아서면 또 배고플 거다."

"……."

"앞으로 내가 빵값을 대줄게. 우리 찬주랑 사이좋게 지내. 너머리도 좋다고 하더라, 공부 별로 안 하는 것 같아도 성적이 중간은 된다고 하더라. 맞냐?"

"예."

"으음, 정말 안타깝다. 부모님 탓인데 탓할 수도 없고, 방법은 네가 열심히 공부해서 훌륭한 사람이 되는 것뿐이다. 그러니 학교에서 사이좋게 지내고 수업 시간에도 공부 열심히 하면 된다. 애들이 네 말을 잘 듣는다고 하더라."

"……."

찬주 엄마는 이런 말을 하면서 핸드백을 열었다.

"상호야, 이거 받아, 체크 카드다."

"예에? 아니 이걸 왜요. 받을 수 없어요."

"아까 말했잖니. 내가 네 빵 값이라도 대 준다고, 여기 체크 카드에 지금 30만 원 있어, 이걸로 간식 사 먹어. 내가 매달 30

만 원씩 넣어 줄 테니까, 부담 없이 사 먹어."

"아이고 그래도 받을 수 없어요, 빵 안 사 주셔도 돼요."

상호가 거듭 사양했으나 여우 같은 찬주 엄마는 이리저리 구슬리면서 상호에게 받으라고 말했다.

"정 부담되면 받기만 해. 네가 안 쓰면 되잖아. 그리고 네가 졸업 때까지만 넣어 줄 테니 너무 부담 갖지 마."

"……."

"알았지? 부담 갖지 말고 그냥 받아 둬."

"……예."

상호는 마지못해 체크 카드를 받았다. 갑자기 마음속이 풍요로워지면서 훈훈해졌다.

반 애들 몇 명 빼놓고는 모두 체크 카드를 가지고 있었기에 어딜 가든 카드로 돈을 내고 있었다. 그럴 때마다 상호는 움츠러들곤 했었는데 이제는 어깨가 한없이 펴지는 듯한 것이다.

"고맙습니다."

"그래, 잘 생각했어, 다 너와 우리 찬주를 위해서 하는 일이야. 너무 부담 갖지 마."

그러면서 또 찬주 엄마는 작은 종이 상자를 꺼냈다.

"이것도 받아, 스마트 폰이야. 너 폰 없다고 하더라, 요즘 폰 없는 학생이 어딨니. 이거 청소년 요금제로 내가 내줄 테니 부담 갖지 말고 써. 이것도 졸업 때까지다."

"아이참, 진짜 안 됩니다. 너무 부담돼요."

하지만 체크 카드를 받은 이상 마음속에는 이미 다 받아 놓았다.

"얘는 부담 갖지 말라니까, 청소년 요금제니까 부담 갖지 마라. 이것도 정 쓰기 싫으면 해약하면 되니까 걱정 마라. 어서 받아. 박스 안에 폰 번호가 있다."

"아이참, 너무 신세를 집니다."

곰 같은 상호는 한없이 쭈그러들어서 기가 죽은 채 말대답을 하고는 폰 상자를 받아들었다. 포장을 보니 구형폰이 아니라 요즘 신형폰이었다.

"고맙습니다."

이렇게 해서 상호는 체크 카드와 스마트 폰을 받아 들고야 말았다.

이들은 잠시 몇 마디 더하고 일어서려는데 찬주 엄마는 빵을 더 담아오고 고급 케이크까지 가지고 와서 포장한 후에 상호에게 건넸다.

"상호야, 이거 가지고 가서 먹어. 어차피 산 것이라 가지고 갈 수밖에 없는 데다 케이크 하나 더 샀다. 집에 부모님 계시지?"

"예, 초등학교에 다니는 여동생이랑 네 식구예요."

상호는 정말로 눈물을 글썽이면서 대답해야 했다.

초등학교에 다니는 여동생(배유미)이 이 빵을 보면 기겁할 것이다. 고급 빵에 생전 처음 보는 고급 케이크가 아닌가.

"집이 어디냐?"

"신달동이에요."

"으응, 멀지는 않다만 이거 들고 걸어가기는 어렵겠다. 택시타고 가라."

"아닙니다. 무겁지 않아요. 이거보다 더 무거운 것도 들고 다닐 수 있어요. 그냥 걸어가면 돼요."

"아냐, 오늘만 택시 타고 가, 내가 택시비 줄 테니."

찬주 엄마는 더 이상 물어보지도 않고 지나가는 택시를 불러세우더니 상호를 태우고는

만 원짜리를 꺼내어 기사에게 건넸다.

"가까운 거리니 잔돈은 이 학생에게 줘요."

"예, 알았습니다."

상호는 너무 감사하기도 하고 기쁘기도 해서 고개를 숙이면서 인사도 제대로 못 하고 집으로 향하였다.

일 나가신 부모님이 늦게 돌아올 때는 여동생의 저녁을 차려줘야 한다. 아직 초등학교 5학년인 유미에게는 가스레인지 사용이 위험하기 때문이다.

집에 들어서니 오늘도 유미 혼자서 숙제를 하고 있었다. 유미는 눈이 크고 계란형의 얼굴에 약간 서구적인 이미지로 어려서부터 예쁘다는 소리를 많이 듣고 공부도 아주 잘했다. 학교에 갔다 오면 곧바로 책을 펴서 들고 숙제도 하고 혼자서 공부

도 하곤 하면서 가끔 상호에게 물어보기도 하였다.

"어맛! 이게 다 빵이야. 이건 케이크고 와아~"

예상했던 대로 유미는 너무 좋아하면서 아무 빵이나 입에 넣고 마구 우물거리고 있었다.

"그렇게 먹으면 탈 나, 물이랑 같이 천천히 먹어야지."

"우웁, 맛있다. 이런 빵은 처음 먹어 본다. 이거 어디서 났어?"

"으응, 아는 사람이 사 주었어. 천천히 먹어."

배가 부른 상호도 또 한 개의 빵을 집어 들고는 같이 먹기 시작했다.

유미가 이렇게 좋아하는 것을 보니 상호는 고개를 돌려 눈물을 훔쳐내야 했다.

밤늦게 돌아오신 부모님이 웬 빵이냐고 묻기에 학교 친구의 엄마가 사이좋게 지내라고 하면서 빵도 사 주고 먹다 남은 것을 집에 가져왔다고 얼버무리니 더 이상 말씀이 없으셨다. 피곤해서 잠을 자는 것이 우선이었기 때문이었다.

이때만 해도 상호의 아버지는 되는 대로 막일을 다닐 때여서 일이 있으면 밤늦게 오시고 일이 없으면 집에서 쉬거나 아니면 폐지라도 수집하러 다닐 때였다. 엄마는 파출부 일을 하거나 식당에서 홀 아줌마 일로 서빙을 하거나 할 때였다.

이렇게 둘이 벌어도 큰 돈벌이가 되질 못 해서 하루살이 인생처럼 살아가고 있었다.

어찌 되었든 상호는 돈이라는 낚싯밥을 물었다.

다음 날부터는 학교에서 찬주를 괴롭히지도 않고 그저 평범하게 보냈다. 찬주는 다소 기가 살아서 돌아다니고 애들 앞에서 다시 반장 노릇을 하긴 하는데 그전보다는 주눅이 든 모습이 역력했다. 청소 감독은 아예 하질 않았다. 대신 그 시간에 담임 샘이 늘 올라오셨다. 지난번 사건 때 교감, 교장 선생님께 문책을 들은 탓이었다.

이때가 3월 말쯤인데, 그로부터 한 달 후인 4월 말쯤에 느닷없이 찬주가 전학을 갔다.

담임 샘이 여기보다 학군이 좋은 K중학교로 간다고 하였다. 찬주는 형식적인 인사를 하고는 가 버렸다. 학군이 좋다는 것은 잘사는 동네라는 의미이다. 잘사는 동네의 중학교니까 애들도 수준 높고 착할 것이라는 얘기를 했다.

그날 오후에 상호가 가지고 있던 폰과 체크 카드는 모두 중지되었다. 30만 원이 들어있다는 체크 카드는 십만 원도 채 못 썼다. 백여만 원 가까이 된다는 스맛폰은 몰래 쓰다 보니 열 통화 정도 썼고, 나머지는 시간을 때울 용도로 유튜브나 인터넷 검색을 해 보았을 뿐이다.

상호는 학교가 끝나고 혼자서 큰 하천 변으로 가서 주먹만 한 돌멩이를 주워 들었다.

그리고는 최신형 스맛폰과 체크카드를 넓적한 돌에 올려놓고는 주먹 돌로 마구 내려찍었다. 대번에 액정이 깨지면서 파편이 튀고 껍데기가 분리되고 알맹이가 산산조각 났다. 체크카드도 몇 번 찍어 버리니까 찢어지고 구멍이 나고 너덜너덜해졌다.

상호는 주먹 돌로 내려찍을 때마다 뭔지 모를 희열감을 느꼈다. 그동안 알지 못할 족쇄를 찬 것만 같았는데 이제는 그 족쇄를 부숴버리니 마음이 한없이 후련해졌다. 다 부서져서 가루가 되다시피 한 것들을 대충 손으로 모아서 근처에 있는 휴지통에 던지고는 하천 변에서 올라와서 집으로 향했다. 마음이 후련하니까 발걸음도 가벼워졌다.

그다음 주 금요일, 찬주가 전학 간 지 열흘째 된 날이다.

상호의 반에 찬주와 조금 친하게 지내는 '박경희'라는 여자 이름을 가진 애가 있었는데 애가 찬주와 함께 같은 학원을 다니고 있었다. 이것도 그때서야 알았다. 경희는 심성이 여자처럼 연약한 편이었고 상호에게는 다소 호의적이었다. 가끔 매점에서 빵을 두 개 사 와서 하나를 상호에게 주기도 했던 애였다.

"야, 상호야. 빅 뉴스다. 아니 별거 아닌 뉴스인가?"

"왜? 무슨 일 있어?"

"으응, 찬주 있잖아, 반상, 지난번에 전학 간 애."

"그래, 보름도 안 되었잖아,"

"맞아, 어제 학원에서 만났는데 전학 가자마자 그 학교 짱인지 다른 학교 짱인지 모르겠는데 골목길에서 만나서 얻어터지고 다 뺏겼다더라."

"그랬어? 찬주가 그렇게 말했어? 언제 그랬대?"

"학원이 화, 목인데 화요일 날 찬주가 안 나왔더라고. 그 전날 월요일에 당한 거야. 어제(목요일)는 나왔는데 얼마나 맞았는지 눈이 멍들어서 안대 쓰고 입술도 터져서 밴드 붙이고 있었어, 온몸이 멍투성이라고 하면서 죽다 살아났대."

"아이고야, 진짜 운 없다. 몇 놈이 때렸대?"

얘기가 이렇게 전개되니 순식간에 십여 명도 넘는 애들이 빙 둘러서서 흥미진진하게 듣고 있었다.

"다섯 놈이라더라, 학교 야자 끝나고 나오는데 어떤 놈이 너 영수학원 다니냐고 묻길래 그렇다고 대답했더니 학원에 대해서 몇 가지만 물어보자고 해서 따라나섰다나 봐. 그랬더니 골목길에 들어서자마자 다섯 놈들이 뭐 하나 물어보지도 않고 마구 때린 모양이야. 찬주가 쓰러지니까 다 털어갔지. 에휴, 참, 재수 지지리도 없다."

"그러게, 뭐 뭐 뺏어 갔어?"

"아무튼 그놈들이 다짜고짜 달려들어서 마구 패고, 폰도 가져가고 돈도 가져가고 책가방 뒤져서 참고서 문제집도 다 가져갔대. 하이구 참."

"아이구야, 아깝다. 스맛폰 최신형인데."

찬주랑 짝꿍이었던 석진이가 안타깝다는 듯이 말했다.

"맞아, 그거 백만 원도 넘는 거야, 그놈들이 미리 알고 있었나 보다. 거기 학군 좋다고 하더니만 똘마니들이 많은가 봐."

뒤에서 듣고 있던 달궁이도 거들었다.

"그으래? 그 학교 똘마니인가?"

"그건 모르지, 일진이나 짱들은 다른 학교 애들과도 어울리니까, 그 학교가 아닌 다른 학교 일진들에게 정보를 제공하고 강탈했을 수도 있다."

"야~ 그러냐. 난 처음 알았다. 완전 영화감이었겠다."

"영화감은 안되지, 영화라면 치고받고 싸워야 하는데 댓놈들에게 일방적으로 얻어맞고 뺏겼다니까."

"와아~ 그 정도구나. 그럼 경찰에다 신고를 하지."

"아마 걔 엄마가 신고했을 거야. 그런데 잡기도 어렵고 잡아도 별거 아닌 것처럼 취급한다더라. 찬주 지금 엄청 후회하고 있더라, 괜히 전학 갔다고. 사실 너 때문에 전학 간 것이나 마찬가지인데. 찬주가 잘 모르고 있는 게 있어. 너 때문에 우리들이 편하게 학교 다니는 거야."

"뭐라고? 그게 무슨 소리냐?"

"야, 너 정말 모르냐? 네가 우리 학교 짱이라고 소문나서 다른 학교 애들이 접근을 못 하는 거야. 애들도 어떤 놈들 만나면 "우리 학교 상호가 내 친구다."라고 한다더라. 그런 얘기 못 들어봤어?"

"하하, 그렇구나. 애들이 내 이름 팔고 다닌다는 소리는 여러 번 들었다. 그러니까 다른 학교 일진들이 우리 학교에는 내가 있으니까 넘보지 못한다는 거란 말이지."

"그래, 울 학교 애들 모두 너에게 감사패라도 줘야 한다. 하하하."

"그러냐, 하하하."

"맞아, 맞는 말이다."

둘러서서 듣고 있던 애들도 이구동성으로 동조했다.

정말 세상사가 예측하지 못하게 이상하게 돌아가고 있었다. 찬주 엄마는 상호에게 미끼로 매달 30만 원씩 넣어주기로 한 체크 카드와 스마트 폰 때문에 속병이 생길 지경이었다. 졸업 때까지면 앞으로 열 달간 용돈과 폰값 포함하여 매달 40만 원씩이면 자그마치 400만 원이란 거금을 미끼로 계속 던져 주어야 했던 것이 너무 억울했던 것이다. 그래서 각방으로 알아보고 교육청까기 찾아가서 간신히 전학을 시켰는데 보름도 안 되어 이런 사태가 벌어진 것이다.

그 후로도 찬주는 그 학교에 쉽게 적응을 하지 못하면서 성적이 날로 떨어졌다. 그래서 외고(외국어 고등학교)에 갈 목표를 접고 일반고로 방향을 돌려야 했다.

그제서야 또 찬주의 부모는 한탄하기 시작했다.

"아이고, 그 돈 아까워서 전학을 시켰더니 노루 피해서 범을 만난 격이네, 상호라는 놈을 돈으로 구워삶아서 학교생활 잘하고 있던 애를 전학시켰더니 지옥 구덩이에 몰아넣은 꼴이네."

찬주 엄마가 사설을 늘어놓으면서 눈물을 훔치고 있었지만 이미 때는 늦었다.

이후로 상호는 별 탈 없이 아무런 문제도 일으키지 않고 졸업을 하게 되었다. 졸업식 때는 담임 샘이 주선하여 무슨 상도 하나 받았다. 중학교 들어와서 처음 받아보는 상이기에 엄마 아빠는 한없이 좋아했다.

5

돈을 벌어야 한다

상호는 근처의 일반계 제이 고등학교로 진학하였다. 다행히 여기서 찬주는 만나지 않았다. 찬주는 다른 일반계고로 입학하였고 더 이상 소식을 들을 수는 없었다.

제이 고등학교는 상호가 다녔던 신흥 중학교에서 직선거리가 이백여 미터 밖에 떨어지질 않았고, 신흥 중학교에서 수십여 명이 여기로 배정받아서 아는 애들이 많았다.
애들을 통해서 상호가 누군가 금세 소문이 나기 시작했는데, 처음에는 있었던 그대로 혼자서 세 명을 대적하여 순식간에 해치웠다는 내용이 점차 부풀려져서 다섯 명, 여섯 명, 일고여덟 명을 혼자서 혼내 주었다는 식으로 부풀려졌다.

그러더니 입학 후 3월 20일경,
3학년 선배라면서 여섯 명이 상호가 있는 1학년 3반 교실로 찾아왔다. 한눈에 보아도 일진 패거리처럼 불량스러웠다. 이들은 익히 상호의 소문을 듣고 찾아와서 자기네 모임(일진)에 들어오라고 했지만 상호는 싫다고 한마디로 거절했다. 상호는 그런 무리에 속해서 애들에게 삥이나 뜯고, 물건이나 강탈하는 것을 극히 싫어했기 때문이다. 상호는 어려서부터 아버지가 "뼈대 있는 가문인 배씨 집안의 언행을 해야 한다."라는 교육을 듣고 자라왔기 때문이다.

그럭저럭 한두 달이 지나가면서 상호는 점차 공부에 흥미를 잃기 시작했다.

'저렇게 어려운 수학 문제를 풀어서 당장 먹고사는데 어떻게 쓰나?'

'돈벌이에 평생 영어 한마디 없어도 되는데 저렇게 어려운 영어를 배워서 어디다 쓰나?'

이런 생각이었다. 즉, 자기가 앞으로 살아가는 데 있어서 학교 공부는 별 도움이 되질 않는다고 판단을 한 것이다. 그냥 사회가 그러니까 대학에는 못 가도 고등학교 졸업장은 있어야 된다고 생각했다.

유유상종(類類相從: 같은 무리끼리 서로 사귐.)이라고 '끼리끼리 논다.'라는 의미다. 상호가 이런 식으로 학교생활을 하면서 야자(야간 자율학습)도 하지 않은 채 하교하여 용돈이라도 있으면 PC방에 가서 놀거나 거리를 배회하기 시작했는데, 곧바로 같은 부류의 친구들이 생겼다. 상호처럼 체격이 크진 않지만 학교 공부에 관심 없이 떠도는 학생들이 친구로 생기면서 상호는 저절로 대장격으로 올라갔다. 여섯 명 중에 대장인 셈이다.

모두 집안 형편이 어려운 애들이었다. 이들은 한 가지 공통 관심이 있었는데 바로 '돈'이었다.

"우리 또래가 돈을 벌려면 알바밖에 없다."

"맞아, 학교 끝나고 알바하는 애들 있어. 커피숍도 있고 음식점도 있고 여러 군데인 모양이야."

"그러냐?"

상호도 크게 관심을 갖고 이들의 대화에 동참했다. 그래서 궁리 끝에 무가지(無價紙)인 '교차로'를 보고 알바를 시작하기로 했다.

"알바를 하려면 제일 먼저 폰이 있어야 한다."

여섯 명 중 폰이 없는 애는 상호뿐이었기에 하는 말이다.

"맞아, 폰이 있어야 어딜 가든 연락받아. 상호도 이번 기회에 폰을 하나 장만해라. 중고폰도 있고 구형 폰은 공짜야, 다음 달부터 요금이 나오니까 알바해서 내면 돼, 아니면 폰값 정도는 집에서 대 줄 테니 가서 졸라봐."

"으응, 그 말이 맞다."

그날 밤에 상호는 엄마에게 폰이 필요하다고 말씀드리니 별

말씀 없이

"요즘은 폰 없이는 못 사는 세상이 되었다. 어디 공짜 폰으로 알아봐라,"

돈 없다고 거절하실 줄 알았던 엄마가 호의적으로 나오시면서 이번 주 토요일 오후에 나가 보자고 하였다.

상호는 정말로 뛸 듯이 기뻤다. 늘 무엇을 사달라고 하면 돈 없다고 거절만 했었는데 그냥 순순히 사 주신다니 얼마나 기뻤을까.

토요일 저녁때,

엄마와 상호 그리고 이제 초등학교 6학년인 유미도 데리고 나갔는데, 엄마는 의외로 딸에게 휴대폰이 더 필요하다면서 폰 두 대를 샀다. 공짜폰은 너무 구형이어서 최신형은 아니지만 신형 축에 속하는 넓적한 스마트 폰을 샀다. 요금은 제일 저렴한 청소년 요금제이고 기기값과 요금은 모두 엄마가 자동 이체로 내는 것으로 했다.

유미는 너무 감격해서 덩실덩실 춤을 추고 폰에다 뽀뽀를 했다. 제 또래들 대부분이 폰을 가지고 있었기에 그동안 얼마나 시샘이 났을까. 이렇게 해서 온 가족 네 명이 모두 폰을 가지게 되었다.

잠시 후, 엄마는 아버지와 통화를 하더니

"얘들아, 저쪽에 있는 흑도야지 식당에 가서 삼겹살 사 먹고 가자, 아빠도 오신다고 했다."

이러니 상호의 두 눈은 소 눈처럼 커졌고 유미는 소리치면서 좋아했다.

엄마와 상호, 유미가 먼저 식당에 들어가 앉아 있는데, 아빠가 오셨고 유미가 벌떡 일어나서 아빠 품에 안겼다.

"많이 기다렸어?"

"아니요, 방금 도착했어요."

"웬일로 여기까지 왔어?"

"얘들 폰 사주었어요."

"어 그랬어, 잘했네, 요즘 세상은 폰 없이는 폰 살아."

의외로 아빠도 호의적으로 말씀하시었다.

이들은 정말로 모처럼 만에 외식을 하였다. 가끔 고기를 먹더라도 식당은 비싸다면서 고기를 사다가 집에서 먹곤 하였다. 이런 외식은 일 년에 한두 번이나 있을까 말까였으니 상호와 유미는 좋아서 어쩔 줄 몰라 하며 덩실덩실 춤이라도 출 지경이었다.

그들은 삼겹삽을 구워 먹으면서 담소를 나누었다.

"상호야, 너 공부하기 싫은 모양이다."

"예."

"그럼 뭐해 먹고 살래?"

"꼭 공부 아니어도 먹고살 만한 직업이 많을 것 같아요."

"그렇기는 하다만, 요즘 세상은 도나 개나 다들 대학물을 먹어야 사는 세상인데 안타깝다. 뭘 하든 열심히 하고 나쁜 짓을 해서는 안 된다."

도는 돼지를 뜻한다. 윷놀이에서 도, 개, 걸, 윷, 모는 돼지, 개, 양, 소, 말을 뜻하는 것으로 돼지나 개나 대학에 간다는 뜻이다.

"예."

아빠는 또 배씨 가문을 이야기하면서 착하게 살 것을 말씀하시었다.

그런데 이때까지 삼겹살을 구워 먹느라고 정신이 팔려서 모르고 있었는데, 앳된 여자애가 서빙을 하고 있었다. 음식을 나르고, 추가 주문하면 뭘 가져다주고, 다 먹은 자리는 그릇들을 주방으로 옮기고 있었다.

'으음, 식당에서 알바하면 이런 일을 하는 모양이다.'

상호는 혼자서 생각했다.

마침 그 여자애가 상호 쪽으로 다가왔다.

"애, 너 몇 학년이니?"

"저요? 고2입니다."

"어렵지 않아?"

"홀 서빙은 할 만한데, 설거지는 힘들어요. 전 서빙만 해서 할 만해요."

"으응, 그렇구나."

상호는 간단히 물어보았다. 학년으로 따지면 자기보다 일 년 선배인데 그 여학생은 상호보기를 나이 먹은 아저씨로 보고 있었다. 워낙 덩치가 크기 때문이었다.

그들은 거기서 배가 부르도록 고기를 먹고, 집으로 돌아왔다.

며칠 후,

상호는 저녁때 애들과 어울려서 알바에 대해서 의논했다. 친구들은 상호가 스맛폰을 샀다고 하니까 뛸 듯이 좋아하였다.

다만 걱정되는 것은 식당에서 남자들을 잘 뽑지 않을 것이라는 것이다.

"어찌 되었든 한번 부딪혀 보자, 안 되면 마는 거지. 커피숍에도 남자애들 있던데."

"맞아, 맞아, 사장이 어떤 사람을 선택하느냐에 달려 있으니까 한번 나가 보자."

이렇게 해서 여섯 명은 교차로를 보고 적당한 곳에 전화를 걸어서 가 보기로 했다.

여섯 명 중에 상호를 포함해서 네 명은 즉시 와 보라고 하고, 둘은 내일 와보라고 해서 이들은 각기 흩어졌다.

상호는 버스를 십여 분 타고 어느 삼겹살 구이 식당에 들어섰다.

"제가 아까 전화한 학생인데요. 알바 해 보겠다고요."

"뭐어? 너였어, 하하하, 야~ 대단하다. 천하장사가 온 줄 알고 고기깨나 팔 줄 알았는데. 하하하."

남자 주인인 사장은 호탕하게 웃으면서 농담을 했다. 상호의 키와 덩치를 보고 놀란 것이다.

"서빙해 보았어?"

"아뇨, 처음입니다."

"그런데 우리 식당에선 안 되겠다. 홀에서 사람들 사이의 좁은 틈으로 왔다 갔다 서빙을 해야 하는데 네가 오면 손님들이 모두 물러나겠다."

"그럼 다른 일은 없을까요?"

"없지, 주방에서도 네가 할 일은 없고. 야~ 너 정말 뭘 먹고 이렇게 컸냐. 꼭 씨름선수 같다."

사장은 더 이상 말할 것도 없다는 듯이 손님들이 부르는 곳으로 갔다.

상호는 혼자 서서 쭈뼛거리다가 그냥 뒤돌아서서 나오려는데, 상실감이 매우 컸다.

그렇게 두어 발짝 나오는데 뒤에서 사장이 불렀다.

"학생, 거기 있어봐."

이러기에 상호는 다시 뒤돌아서서 홀 안에서 음식을 먹는 사람들과 커다란 TV만을 물끄러미 쳐다보아야 했다. 갑자기 뱃속이 뭉클하더니 시장기가 들었다. 아니 배가 막 고프기 시작했다. 뱃속에서 고기 냄새를 맡았기 때문이다.

"너, 체격 보니 이런 음식점에서는 아무도 받아 주질 않겠다. 커피숍도 안 돼. 딱 한 군데 있다면 힘을 좀 쓰는 식당이 있다. 그리로 가 볼래?"

"예에? 힘 쓰는 식당도 있어요?"

"하하하, 있다 있어, 무거운 숯불 들고 다니는 숯불 갈비집이야. 한 번 가 볼래?"

"아하, 거기요. 저를 쓴다면 가 보겠습니다."

"그럼 잠시 기다려라."

사장은 스맛폰으로 전화를 걸었다.

"어 나야."

"알아, 바쁠 시간인데 웬 전화?"

"저기 지난번에 알바 학생 구한다고 했지, 구했어?"

"아직, 누가 있나?"

"응."

"고등어야?"

고등학생이냐고 물어본 것이다.

"아마 그럴걸."

이어서 사장은 상호더러 가까이 오라고 하더니 고등학생이냐고 물었다.

"예, 제이 고등학교 1학년이요."

"고 1이래, 그런데 체구가 대단해, 천하장사야. 하하하."

"오 그래? 그러면 힘 좀 쓰겠네. 숯불 들고 다니는데 애들이 힘들어해, 뜨겁고 무겁다고, 한번 보내 봐."

"알았어, 지금 보낼게."

이렇게 대화를 하고 끊었다.

"한 번 와 보라는데 가 볼래?"

"예, 어딘데요?"

"여기서 버스 타고 네 정거장이야, 바로 길옆에 '우가네 숯불갈비'라고 큰 간판 보인다. 지금 전화했으니 곧바로 가 봐라."

"예, 감사합니다.

상호는 곧바로 버스를 타고서 숯불갈비 식당으로 갔다.

"야아~, 진짜 천하장사가 왔네. 하하하."

보통 체격인 사장인데 목소리만큼은 우렁찼다.

"알바 해 봤어? 식당 알바."

"아니요. 처음입니다."

"하하, 그래? 처음엔 조금 힘들 텐데. 뜨거운 숯불 들고 다녀야 하고, 음식 나르고 다 먹은 손님들 그릇 치우고, 마지막엔 설거지까지 해야 한다. 해 볼래?"

"예, 해보겠습니다."

상호는 문득 지난번 부모님과 삼겹살을 먹을 때 알바 여학생이 설거지가 힘들다는 말을 떠올렸다.

"힘들어야 얼마나 힘들겠나. 남들도 다 하는데."

이렇게 해서 그날부터 상호는 '우가네 숯불갈비'에서 알바를 시작하였다. 거긴 홀 아줌마라는 불리는 아줌마 혼자서 서빙을 하고 손이 모자르면 사장도 함께 서빙을 하고 있었다.

처음에는 사장이 일일이 할 일을 일러 주었다. 숯불이 뜨거우니 어떻게 운반하고 손님이 있으면 반드시 옆으로 비키라고 해서 한사람 들어갈 자리를 확보한 다음에 숯불을 넣고 불판을 놓고, 손님에 따라서는 고기도 올려놓아야 한다는 등 비교적 세심하게 알려 주었다.

"무엇보다 안전이 최고다. 집게로 꼭 집고 있어야 해, 다 되었다고 손에서 힘을 뺏다가는 털썩 떨어져서 화상 입는다. 손님 화상 입으면 다 치료해 줘야 한다. 그러니 조심조심해야 한다."

"예, 할 만합니다."

체구가 크고 힘이 장사인 상호에게 숯불 옮기기는 어려운 일이 아니었다. 반찬을 옮길 때도 바퀴 달린 카트를 이용하기 때문에 별 어려움이 없었다. 집게로 숯불을 올리거나 내릴 때만 각별히 주의하면 되었다.

그때쯤, 상호는 갑자기 시장기가 들더니 배가 고파서 창자가
뒤틀리기 시작하였다.

아까 빵 하나와 우유만 먹고 돌아다니다가 고기 냄새를 창자
가 알아채고 창자가 꿈틀대기 시작한 것이다.

"사장님."

"왜? 어려워?"

"아니에요. 너무 배가 고파서요, 아까 낮에 빵 하나만 먹고
돌아다녔더니 너무 배가 고파요."

"허허허, 그랬구나. 이리 와라."

사장은 주방으로 데리고 갔다. 주방장은 40대쯤의 남자였다.

"얘가 오늘부터 일하기로 한 알바 학생이요. 아 참, 너 이름
이 뭐더라?"

"배상호라고 합니다."

"배상호, 아까 삼겹살 사장이 천하장사라고 하던데. 하하하.
그냥 본명 말고 천하라고 부르자."

이렇게 해서 상호는 식당에서 천하로 불리게 되었다.

"여기 얘가 배가 고프다는데 뭐 요기할 것 좀 챙겨 줘요."

"예."

주방장은 인상이 좋아 보였다. 며칠 후에 안 일이지만 주방
장의 큰아들이 고등학생이라고 하였다. 아마 아들 같은 기분이
들었는지 모르겠다.

"야~ 덩치가 너무 커서 많이 먹겠다."

주방장은 한쪽 그릇에 모아둔 숯불 갈빗살과 밥 한 공기, 그리고 김치를 차려 주었다.

"이거 손님이 먹다 남긴 것인데 깨끗한 거야. 우리도 이거 먹는다. 저쪽에 앉아서 먹어라."

"예."

상호는 이렇게 숯불로 구운 소 갈빗살을 처음 먹어 본다. 돼지고기는 가끔 먹어 보았지만 값비싸고 고급 요리인 숯불 갈빗살을 처음 먹어 보는 것이다.

상호는 그야말로 춘향전에 나오는 "마파람에 게 눈 감추듯"이 뚝딱 먹어 치웠다.

"고맙습니다. 주방장님."

"그래, 어서 홀에 나가 보고 이따가 배고프면 이리로 와서 먹어."

"예."

그런데 그 한마디가 상호의 가슴을 뭉클하게 하였다. 덩치 큰 상호는 늘 배가 고팠기 때문이다.

5월, 스승의 날이 지난 다음 날인가.

교내 식당에서 점심을 먹고 교실로 터덜터덜 걸어오는데 덩치 큰 2학년 선배가 접근했다. 처음 보는 얼굴이다.

"네가 상호냐?"

"예."

"네가 학년 짱이냐?"

"아뇨."

첫마디가 시비조였다. 상호는 중학교 2학년 때 3학년 짱 세 놈을 때려눕혔던 기억이 떠올랐다. 이들은 2학년 학교 짱인데 3학년 선배들도 꼼짝을 못하였다. 3학년 일진들이 지난 3월에 상호에게 자기들 모임에 들어오라며 찾아온 이유도 그중에서 학교 짱 노릇을 할 만한 인재가 없었기 때문이다. 그러니까 몇 달 사이에 2학년 짱들에게 세력이 밀렸던 것이다. 상황이 이렇게 돌아가니 2학년 짱 두 놈이 3학년에게도 가끔 삥을 뜯고 있었다. 이때만 해도 상호는 이런 사실을 전혀 모르고 있었다.

"어어~, 2학년 선배가 나를 건드리려고 하네."

상호는 선배를 따라가면서 단단히 마음먹고 그동안 TV에서 본 UFC 격투기를 생각했다. 먼저 기선을 제압하고 항복할 때까지 그냥 주먹이건 발이건 때리면 되는 것이다.

덩치가 크다고 해도 상호보다는 작았다. 힘이 얼마나 센지는 몰랐지만 일 대 이로 맞붙어 볼 생각을 단단히 했다.

이들은 학교 건물 뒤쪽으로 갔다.

"야, 거긴 안 돼. 이쪽으로 와."

두어 걸음 먼저 가던 놈이 위를 올려다보면서 말했다. CCTV 카메라에 찍히지 않는 사각지대로 오라는 것이다.

상호가 속으로 카운트다운을 세면서 몇 걸음 옮기자마자, 뒤에 있던 녀석이 상호를 끌어안자마자, 앞에 있던 놈이 주먹으로 배를 때리려고 하였다. 지난 중학교 2학년 때도 3학년 선배가 뒤에서 붙잡고 배를 때린 것처럼 그렇게 했다. 상호가 힘이 세다니까 꼼짝 못 하게 하고 일단 주먹으로 배를 가격하려는 것이다.

상호는 기다렸다는 듯이 몸을 급히 주저앉으면서 허리를 공처럼 굽히니 뒤에 있던 놈이 앞으로 한 바퀴 돌아서 떨어지면서 주먹으로 때리려는 놈에게 떨어졌다.

"어어~"

"어엌~"

두 놈은 예상치 못하게 벌어진 사태에 비명을 질렀다. 부딪힌 두 놈은 그 자리에 주저앉다시피 했는데, 그와 동시에 상호는 한 놈씩 목덜미를 걷어찼다. 체중이 95kg쯤 되는 거구가 발로 걷어차니 두 놈은 비명을 지르면서 나뒹굴었다. 그렇지만 상호는 연속적으로 달려들어서 주먹으로 목덜미 배, 가슴 등을 마구 때리고 일어나서는 또 발로 찍어 누르고 걷어찼다.

"어쿠쿠~"

"아이구~, 나 죽네."

소리를 지르거나 말거나 상호는 주먹과 발길질로 마구 때렸다. 그때 한 놈이 맞아서 엎어졌는데 모둠발로 뛰어서 그놈의 허리를 내려찍었다.

"크억~"

그놈이 죽는 비명을 질렀다.

그제야 아직 덜 맞은 한 놈이 급히 무릎을 꿇더니 "아이고, 형님, 잘못 했습니다." 라고 애원을 했으나 분이 덜 풀린 상호는 그놈의 목덜미를 발로 걷어차고 옆으로 쓰러지면서 엎어진 그놈의 허리도 모둠발로 내려찍었다.

두 놈은 이제 일어서지도 못하고 "살려주세요. 형님!" 하면서 선배가 후배에게 목숨을 구걸하고 있었다.

"이 자식들이 학교 짱이라는 놈들이구나. 선배건 후배건 네 놈들 때문에 학교 못 다니겠다고 하더라. 오늘 죽어 봐라."

이러니 두 놈은 다시 무릎을 꿇고 살려달라고 애원을 하고 있었다.

"야, 오늘 내가 참는다. 늬들 애들 또 괴롭히고 삥만 뜯어봐라. 그땐 진짜 죽는다."

"예, 예."

"아이구, 잘못 했습니다. 형님."

상호는 더 이상 말없이 그 자리를 빠져나오는데 벌써 저쪽에 수십 명이 이 광경을 쳐다보고 있었다. 상호는 별일 없다는 듯이 화장실에 가서 손을 씻고 세수를 하고는 교실에 들어왔다.

다음 날, 걱정스럽게 등교한 상호는 반 학생들에게 여러 소식을 듣게 되었다.

"야~, 너 진짜 굉장하더라. 격투기보다 더 잘하더라."

반 학생 중 유일하게 어제 사건을 목격한 광호가 신이 나서 보충 설명을 하였다.

"야~, 그만해라, 나 건드리지 않으면 순한 양이야."

"맞아, 맞아, 순한 양이지. 어제 그 새끼들 나쁜 놈들이야, 선후배 가릴 것 없이 삥 뜯던 놈이다."

이렇게 한동안 소란이 있었다. 그런데 학교 선생님들은 아무 것도 모르고 있는 모양인지 교무실로 호출하지는 않았다.

그날 점심때, 또 다른 소식이 들어왔다.

어제 그 두 놈이 병원에 입원해서 결석했다는 것이다. 그놈들은 지난번에도 여러 번 사고를 쳐서 한 번만 더 사고 치면 퇴학이라고 부모님이 각서를 썼다고 한다. 그래서 이번에도 사고를 치면 안 되기에 골목길에서 불량배들에게 얻어맞았다고 하고는 병원에 입원해서 결석했다는 것이다.

소문은 입에서 입으로 건너가서 이제 선생님 빼고는 학생들이 모두 알게 되었다. 3학년 선배까지 상호를 알아보고는 "야~ 잘했다. 잘했어." 그러면서 격려를 해주고 어쩌다가 매점이라도 가면 애들이 빵을 사서 상호에게 주었다.

며칠 후에는 3학년 어느 선배가 빵을 한 상자 가득 가져왔다. 상호에게 고맙다는 것이다. 상호는 그 많은 빵을 반 학생들에게 골고루 나누어 주었다.

이후로 상호는 학교에서 애들에게 시달릴 일이 없이 평범하게 순한 곰처럼 다녔다. 다만 공부에 큰 흥미를 갖지 못하여 성적이 겨우 중간 정도에 머물렀다. 이것도 상호가 워낙 머리가 좋으니까 이 정도 성적이라도 유지한 것이다. 이제 키는 184cm가 되었고 체중도 100kg이나 되었다.

6

조폭 건달이 된 상호

그럭저럭 별다른 말썽 없이 고등학교를 졸업하게 된 상호는 실력도 없고 돈도 없어서 대학은 꿈도 못 꾸었다. 체격은 더 커져서 키가 185cm에 체중 110kg 정도로 거구로 변했다. 체격만 봐도 기가 죽을 지경이었다.

식당 알바를 그만두고 몰래 배운 오토바이로 돈을 벌어야겠다고 생각한 상호는 얼마간 모아둔 돈과 부모님의 지원을 받아서 자동차 운전면허를 땄다. 자동차 운전면허만 있으면 오토바이도 운전할 수 있기 때문이다.

상호는 즉시 배달 업체 런닝맨으로 들어가서 한 달인가 보냈을 때였다.

어느 날 부동산 중개업소에 중국 음식 중에 조금 고급스러운 요리를 배달하러 갔다.

"얘, 너 몸 좋다. 배달해서 돈 좀 버니?"

옷차림이나 얼굴을 보아서 부자집 마나님 같은 분이 말을 걸어왔다.

"그냥 용돈 벌이지요. 이거 해서 큰돈 벌겠어요?"

"호호호, 그럴 거다. 너 다른 거 해 볼래? 배달보다는 두세 배는 돈이 된다. 운이 좋으면 더 많이 벌 수도 있어."

"그런 게 있어요? 한번 해 볼래요."

이렇게 아주 간단하고 쉬운 직업을 얻게 되었는데, 그것은 바로 오토바이 타고 일수 명함 뿌리고, 수금 잘 안 되는 곳을 아줌마와 체격이 좋은 부장이라는 사람과 함께 동행해서 거들 먹거리는 것뿐이다.

이렇게 해서 돈을 받아오는 것이다. 후에 알고 보니 일수뿐만 아니라 고리대금업자에 해결사 노릇을 하고 있었다. 아주 간단하게 돈을 버는 것인데 당하는 입장에서는 공갈 협박에 착취당하는 것이다. 늘 돈이 궁하던 상호는 이것보다 쉬운 직업이 없겠다고 스스로 만족했다. 상호는 사채업자들이 적은 금액을 큰 금액으로 만드는 방법은 잘 알지 못하였다. 아주 교묘하게 빠져나가지 못하도록 하고서는 최소 원금의 몇 배를 착취하는 것이다. 맨 처음에 원금 백만 원을 빌려주고 제때에 갚지 못하면 여러 가지 수법을 써서 이백만 원, 삼백만 원으로 만들게 하고 그다음은 온갖 공갈 협박으로 그 돈을 다 받아 낸다. 여기서 돈을 받아 내는 역할이 바로 해결사인 상호의 담당인 것이다.

여기에서 박 부장이라는 사람이 대장인 격이고 또 한 명 최 과장이라는 사람이 동행하고 아직 나이 어린 상호도 같이 따라 다닌다. 그러니 별로 할 것도 없다. 부장과 과장이 다 일을 처리하고 상호는 그냥 덩치만으로 들러리를 하면서 용돈을 얻어 쓰는 형국이었으니 세상에 이보다 편하게 돈을 벌 수 있는 방법은 없었다.

상호는 이렇게 보내다가 군입대를 하고, 제대 후에 박 부장을 찾아가서 똑같은 해결사 노릇을 하였다.

신임을 얻은 상호는 이제 혼자서 수금도 다니기 시작했다. 대체로 불쌍한 영세업체들을 대상으로 공갈쳐서 받아 내는 것이다. 작은 가게. 미장원, 술집, 다방, 옷가게 등 다양하다. 한 번 걸려들면 돈을 다 갚기 전에는 빠져나갈 수가 없었다.

이백만 원을 받아오라면 이백오십만 원을 내라고 하면서 큰 덩치가 죽치고 앉아 있거나 가게에 오줌을 싼다. 핑계는 화장실이 어딘지 모르고 너무 급해서 그렇다고 하면서 말로는 "죄송하다."라고 한다.

이렇게 해서 오십만 원을 착복하고 사장으로부터 해결했다고 30만 원을 받아 낸다.

한 건에 팔십만 원이 생기니 이보다 더 좋은 돈벌이는 없었

다. 영세업체들은 이제 밥이었다. 그들이 죽거나 살거나 상관
없다. 돈만 뜯어내면 되니까.

그렇게 세월을 보내는데 약간의 여윳돈이라도 생기면 부모
님에게도 용돈을 드리는데, 부모님을 그게 무슨 돈인지 잘 몰
랐다.

상호는 하나밖에 없는 여동생인 유미를 끔찍하게 아끼고 있
었다. 자기와는 정반대의 생활을 하고 있는데 미모도 출중할
뿐 아니라 공부를 잘해서 그 어려운 여자대학교의 최고 명문인
I대 영문과에 입학하였다.

어느 날 돈이 조금 생겨서 최신 스마트 폰을 사다 주었더니
유미는 날아갈 듯이 좋아하였다. 워낙 궁색한 집안이라 새 폰
은 엄두도 내지 못하고 있었다. 뿐만 아니라 상품권도 어디서
구했는지 샀는지 유미에게 주니 너무 기뻐하였다. 유미는 빈한
한 집이라 돈이 궁했기에 대학에 입학하자마자 과외 알바를 시
작해야 했다. 여대생이 되니까 들어가는 돈이 많아서였기 때문
이다.

아무튼 상호는 조폭 건달 생활을 하면서 하루하루를 보내고
있었는데. 김 부장이 필리핀으로 사업을 하러 간다고 떠나고
최 과장도 어디에서 무슨 가게를 운영해 보겠다고 그만둔다고
하였다. 그러니 저절로 상호가 부장이 된 셈이다. 상호는 즉시

'부장 배상호'라는 명함을 박아서 가지고 다녔다. 그리고 부하 격인 두 명이 어떻게 들어와서 세 사람이 되었고 그 아래에 따르는 똘마니들이 서너 명 되었다.

이들은 김 부장으로부터 물려받은 구역의 동네를 돌면서 미수금을 받아 내고 해결사 노릇을 하고 상인들과 영세업자들을 갈취해서 삥을 뜯어 내고 술집에 가서 공술을 마시기도 하였다. 중고 승용차도 한 대 사서 타고 다니면서 거들먹거렸다.

한번은 개업한 스텐트 바 형식의 술집에 똘마니들을 데리고 들어가서 한참 술을 먹다가 술병을 던져 깨트리고 욕을 하면서 소리쳤다.

"야, 사장 나오라고 해, 여기 술에다 물 탔지? 맹물 탔어, 술맛이 왜 이렇게 싱거워"

하고 소리치고 똘마니들이 합세하여 손님들이 다 듣도록 술에 물 탔다고 소리치자, 손님들은 눈치채고 슬금슬금 다 빠져나가기 시작했다.

잠시 후, 사십 대 초반으로 보이는 남자 사장이 나와서 굽실거리면서 자그마치 백만 원을 쥐여 주었다.

"우리도 먹고살아야 하니까, 형님이 좀 봐 주세요. 이 동네에 똘마니들이 있다는 얘길 들었습니다."

그 똘마니들이 바로 상호가 패거리를 말하는 것이다.

"알았습니다. 사장님, 우리가 보호하면 어떤 놈들도 한 발짝도 못 들어 옵니다. 걱정 마십시오."

상호는 안색을 바꾸고는 맞인사를 했다. 그리고는 똘마니들과 함께 가게를 나왔다.

이런 식으로 남을 등쳐 먹고 살고 있었는데 본인은 그게 큰 죄인지를 모르고 당연하다고 생각했다. "돈 많은 놈들에게 조금 얻어 가는 것뿐이다. 사회는 너무 불공평하다." "있는 놈, 없는 놈 빈부의 차이가 많아. 어떤 놈은 금수저로 태어나고 어떤 놈은 흙수저로 태어난다더니 세상이 잘못되었다." 이게 상호의 인생관이었다.

7

소개팅

B대학교,

5월 중간고사를 마친 다음 날 아침 1교시 시작되기 전이다.

학생들이 등교하면서 조금 어수선한데 과 대표가 오자마자 이장달(李長達, 본 소설의 남주인공) 옆에 앉으면서 말을 걸어왔다.

"선배님, 이번에 학교 연합해서 소개팅한다는 데 가 보실래요? 우선권은 여친이 없는 사람입니다."

과 대표가 선배님이라 부르는 학생은 복학생인 이장달이다. 이장달은 B대학에 진학하여 1학년을 마치고 다음 해 2월 군 입대를 하여 20개월 복무 후 제대를 하고는 몇 달 쉬다가 2학년 때 복학하여 그럭저럭 학교에 다니고 3학년이 되었다.

"하하하, 그래? 내가 여친 없는 거 어떻게 알아?"

"아이참, 왜 그걸 몰라요. 신문에 다 나와 있잖아요. 인터넷 검색해도 다 나와요."

넉살 좋은 과 대표의 농담에 장달이는 기분이 썩 좋아졌다.

"하하하, 그러냐? 연합이라면 여러 학교가 나오나?"

"그렇죠. 걸리는 대로 나옵니다."

"몇 명이나?"

"지금 18명으로 주선합니다."

"18명? 연합하면 신청자가 많을 텐데. 사람 수를 정하나?"

"탁자가 18개뿐입니다."

"으응, 어디를 빌린데?"

"예, 조용한 커피숍을 통째로 3시간 정도 빌려서 진행한답니다. 그리고 남녀 학생이 추첨해서 짝이 되면 30분간 대화하고, 다시 추첨해서 다른 짝을 만나서 30분 대화하고 이렇게 세 번을 한답니다. 레크리에이션도 하고 장기자랑도 하고, 그러다 보면 총 3시간은 금방 가지요."

"야아~, 그런 미팅도 있구나. 같은 짝 두 번 걸리면 어떻게 해?"

"그야 복불복이고 진짜 인연입니다. 좀 끌리시나요?"

"그래, 가 보고 싶다. 근데 회비가 비쌀 것 같다."

"네. 좀 비싸요. 비싼 대신 아주 고급 커피 빼고 웬만한 커피나 음료는 무제한입니다. 아 참, 다과도 무제한이지요."

"그래서 얼만데?"

"일 인당 10만 원이라네요. 3시간 대여료와 커피값이죠. 그럼 신청할까요? 지금 마감 되었을라나 모르겠네."

"아하, 그래라, 3학년만 나가냐?"

"일, 이, 삼, 사 학년 아무나 나옵니다. 희망자 우선이니까, 어느 학교가 걸릴지도 몰라요. 그런데 세 번이나 돌려가면서 만나니까 웬만하면 짝을 찾을 겁니다."

"여자는 무료냐?"

"이번에는 여자들도 5만 원 내야 합니다. 그 대신 각 탁자마다 과일 바구니가 올라간답니다. 귀족 미팅이죠. 하하하."

"하하하, 그렇구나. 그럼 얼른 신청해라, 외기러기 신세 좀 면해 보자. 잘되면 내가 한턱내마."

"정말이죠? 선배님, 신청은 닉네임으로 합니다. 닉네임 있죠?"

"게임에서 쓰는 닉네임은 복잡한데."

"걍 암거나 쉬운 걸로 해요."

"그러자, 으음……, 그럼 드래곤으로 하자."

"용, 드래곤이요?"

"어엉, 그게 부르기 쉽다."

이렇게 해서 과 대표는 스맛폰을 꺼내서 장달이를 신청했다. 곧바로 접수되었다고

문자가 온 모양이었다.

"아이구, 선배님 운 좋은 줄 아세요. 지금 딱 한 자리 남았답니다."

"그래, 그거 정말 횡재했다. 날짜는 언제?"

"아, 그야 불금이죠. 이번 주 불금 오후 4시부터입니다. 늦으면 안 됩니다."

"아하, 좋다 좋아."

이렇게 해서 장달이는 오래간만에 소개팅에 나가게 되었다.

금요일, 'YOUNG' 커피숍

이장달은 기대에 차서 깔끔한 캐주얼 옷을 입고 나갔다.

커피숍은 2층이었는데 분위기가 차분하였고, 벌써 남녀 학생들이 많이 나왔는데 이들은 앉아 있지 않고 모두 서성이고 있었다. 탁자와 의자를 모두 뒤쪽으로 밀어 놓았기 때문이다.

곧바로 남자 1명, 여자 2명인 진행자들이 나서서 간단한 레크리에이션을 시작하였다.

남, 녀, 남, 녀……, 이런 순서로 둥그렇게 서서 앞사람의 어깨에 두 손을 올려놓고 음악과 사회자의 멘트에 따라서 손발을 움직이는 것이다. 약간 유치하기도하고 촌스럽기도 한 동작들이었다. 기차놀이처럼 앞으로 가다가 "왼발 들어.", "오른발 들어.", "뒤로 돌아." 이런 식인데 의외로 틀리는 인간들이 더러 있어서 웃음 짓게 하였다.

이렇게 해서 긴장을 풀고 A4용지를 가위로 반쯤 지그재그로 잘린 선택지가 바구니에 수북이 담아 놓은 것을 집어 들면 되는 것이다. 이 방법은 약간 원시적인 방법이긴 하나 남녀 어느 누구도 중복 선택이나 꽝이 없는 것이 장점이다. A4 용지의 한쪽 끝에는 빨간 색연필로 표기하고 다른 한쪽은 파란 색연필로 표기한 다음 접어서 가위로 지그재그로 자르기만 하면 된다. 이때 여학생은 파란색 표기 종이, 남학생은 빨간색 표기 종이를 집어 들고 서로 맞춰 보기만 하면 되는 지극히 단순한 방법이다.

장달이는 첫 번째로 '엔젤'이라는 여학생과 짝이 되었는데, 첫눈에 반할 만큼 큰 눈과 시원스런 얼굴, 키도 컸다. 요즘 말로 하늘에서 강림하신 여신급이었다.

둘은 탐색전으로 별 시답지 않은 말로 시간을 보냈는데 금세 30분이 되었는지 또 다른 추첨을 하였다.

두 번째는 키가 좀 작고 얼굴이 통통한 귀염성 있는 여학생이었다. 하지만 '엔젤'보다는 마음에 덜 들었다. '아까 엔젤의 연락처라도 알아둘걸'하는 아쉬움이 생겼다.

그런데 세 번째에 또 '언젤'이 당첨되었다.

"엄마나, 또 드래곤이네."
"그러네요. 천지신명이 점지해 주신 모양입니다."
장달은 애써 태연한 척 대답을 했다. 아까보다 분위기가 훨씬 부드러워졌다.

"그런데 드래곤 씨는 본명이 뭐예요?"

"저요? 본명은 이장달입니다."

"엔젤 씨는 본명이 뭔가요?"

"배유미입니다."

"아주 이쁜 이름입니다. 그럼 장달과 유미가 되겠네요."

"장달과 유미라고요? 무슨 영화 제목 같아요."

"셰익스피어의 로미오와 줄리엣처럼 장달과 유미입니다."

"어머, 장달 씨는 유머 감각이 뛰어나네요. 호호호."

"남들도 그럽니다."

이름 가지고 시시덕대고 또 시답지 않은 얘기로 떠들다 보니 시간이 다 된 모양인지 사회자가 "5분 남았습니다."라고 말했다.

이에 장달은 급히 메모지를 꺼내어 휴대폰 전번을 적어서 건넸다.

"엔젤 씨, 제가 마음에 들면 연락 주세요. 기다리겠습니다."

"호호호, 그래요. 제 전번도 드릴까요?"

"아닙니다. 제가 먼저 연락했다가 거절당해서 발로 차였다는 소리 듣고 싶지 않아요. 엔젤 씨가 마음에 들면 전화하고 마음에 안 들어 전화 안 하면 피차간에 부담이 없을 것입니다."

"호호호, 그러네요."

이렇게 해서 둘은 헤어졌다. 장달은 유미가 아주 썩 마음에 들었지만 더 이상 어떤 방법으로 접근해야 할지 몰랐다. 오늘 첫 미팅에서 적어도 100점 만점에 90점은 될 것이라고 자축했다.

　다음 주 금요일 점심때쯤 문자가 왔다.

　"지난번 만났던 엔젤입니다. 오늘 저녁에 시간 있나요?"

　장달은 급히 답 문자를 보냈다.

　"와우~ 반갑습니다. 저녁 식사 같이 할까요?"

　"네."

　"그럼 먼저 만났던 영 커피숍 3층에 카우보이 경양식이 있어요. 거기가 스테이크를 아주 잘한다는 맛집이랍니다."

　"네, 그리로 나가죠. 몇 시?"

　"5시 이후."

　"6시."

　"OK."

　이렇게 해서 그날 저녁에 장달과 유미는 스테이크를 잘라 먹으면서 와인도 두세 잔씩 했다. 별스런 대화가 아닌데도 무슨 말이든지 재미있었다. 장달은 키가 175cm 정도에 약간 마른 체구이고, 유미도 여자로서는 큰 키라 165cm쯤 보이는데 후에 알고 보니 168cm라고 하였다. 유미는 큰 눈에 약간 살집이 있는 편으로 보기 드문 미인형이어서 장달은 처음부터 혼을 빼앗겼다.

유미는 신촌에 있는 아이(I)대 영문과 3학년이고, 장달은 그보다 한 등급 아래인 B대의 경영학과에 다닌다고 소개했다. 장달은 학교 레벨이 있어서 마음에 걸리긴 했으나 별 신경 쓰지 않았고 유미도 그런 모양이었다.

둘은 헤어지면서 다음 주 금요일에 만나기로 했다. 장소는 장달이가 정해서 문자를 보내기로 하였다.

그날 밤, 장달은 잠 못 이룰 정도로 너무너무 행복하였고, 유미도 쉽게 잠이 들지 못하고 뒤척이다가 잠이 들었다. 둘 사이에는 아주 작은 사랑의 씨앗이 움트고 있었기 때문이다.

이후로 장달과 유미는 일주일에 한 번꼴로 만나서 데이트를 즐겼다. 그런데 유미는 처음과는 달리 매사에 정숙한 듯하면서도 조심스럽게 행동했다. 왜 그런지는 몰랐으나 유미는 어려서부터 빈한한 가정 탓으로 그게 어려서부터 주눅이 들었기에 커서도 대인관계에서 제대로 기를 펴지 못하고 있었다.

나중에 하는 말이 중학교 때 전교 회장으로 나가라고 친구들이 다들 권유하고 담임 샘도 권유했다는데 전교 회장을 하면 부모님이 수시로 학교에도 와야 하고 돈도 들어간다는 얘기를 듣고는 사양했다고 한다. 이 얘기를 들은 장달은 유미의 집안 형편을 대충 가늠하게 되었다. 자기 집과 비교했을 때 거의 극과 극인 셈이었다.

반면에 유미는 자가용을 가지고 다니는 장달이가 무척 부러

윘으나 자존심이 있어서 대놓고 내색은 못 하고 있었다. 자기는 버스 타고 전철 타고 주로 과외 알바를 다닌다고 말했다. 커피숍 알바도 몇 번 해보았으나 푼돈밖에 되질 않는다고 하였다. 다행히 학비는 장학금을 받는다고 하였다.

사실 유미는 집의 생활비를 벌고 있었다. 공교롭게도 유미가 대학교에 입학하자마자 아버지가 일을 하다가 허리를 다쳐서 병원에 2주 정도 입원을 했다가 퇴원했는데 그 이후로도 허리가 아파서 일을 할 수가 없었다. 천만다행으로 허리 수술은 하지 않았다.

이렇게 6개월 정도를 집에 있다시피 하고, 설상가상으로 엄마도 일자리를 점점 잃게 되었다. 주로 식당 홀 아줌마로 일을 다녔는데 그때 사회의 분위기가 홀 아줌마가 없어지고 그 대신에 젊은 여자들이 홀에서 서빙을 하기 시작했다. 이러니 식당 사장들은 너도나도 할 것 없이 젊은 여자(여고생이나 여대생)를 선호하게 되었다. 게다가 백수건달인 오빠는 해결사 노릇으로 돈이 있기도 하고 없기도 했다. 나가서 어디서 무엇을 하면서 지내는지도 모를 지경이었다. 엄마는 그게 안타까워서 가끔 절에 가서 불공도 드리고 집에서도 불경을 읽으면서 "수렁에 빠진 상호를 살려 주세요."라며 눈물을 훔치곤 했다.

이러다가 드디어 아버지가 어느 정도 기력을 회복했으나 예전처럼 막일은 못 하고 아파트 경비원으로 취업하게 되었다.

집에서부터 걸어서 30여 분 거리니까 다닐 만했다.

이런 생활이었으니 유미가 아무리 성격이 좋다고 해도 은근히 기가 죽을 수밖에 없었다.

뿐만 아니라 장달이를 만날 때마다 데이트 비용은 장달이가 모두 냈다. 유미가 얻어먹기만 한 것이 미안해서 커피 값이라도 내려고 하면 막아서면서 못 내게 하곤 했다.

"오빠, 돈 많은가 봐, 승용차 있지? 금수저야?"

"하하하, 금수저는 아니어도 은수저쯤 되는 셈이지. 흙수저는 아냐. 승용차도 있어."

"그으래? 부럽다. 데이트 비용을 매번 내니 내가 부담스러워서 해 본 말이야."

"아니, 괜찮아. 여기 돌과 다이아몬드가 있다고 가정해 봐. 어느 게 돈이 되고 비쌀까?"

"당연히 다이아몬드지, 돌이 무슨 돈이 되겠어?"

"하하하, 맞아, 하지만 돌도 무지하게 많으면 돈이 될 수도 있지만, 팥알만 한 다이아(Diamond)에 비하면 껌값이잖아."

"그래, 맞아."

"사람도 마찬가지야, 겉보기엔 모두 사람 탈을 쓰고 있지만 사람 값이라는 게 있어,

막돌 값이냐, 금강석 값이냐. 이렇게 사람마다 달라."

"우웅, 금광석이면 철인가?"

"아니 금광석이 아니라 금강석, 다이아몬드를 한자로 금강석이라고 하잖아."

"호호호, 그래 맞아, 내가 잘못 알아들었네. 순간 착각했어."

"다시 말해서 사람마다 값이 달라, 막돌 값이냐. 금강석 값이냐. 유명 가수 배우 스포츠 선수들은 바로 금강석 값이지, 일 년 연봉이 천억이 넘으니까. 하지만 저기 노숙자 같은 사람은 값은 막돌 값이야. 개 값도 안 돼. 개 값도 30만 원은 된다는데."

"오호, 역시 경영학과라 사람을 보는 눈이 다르네, 오오, 존경스러워."

"그렇다니까, 너도 마찬가지야, 여신 같은 미모에 대한민국 최고라는 I대 영문학과라면 대학생으로는 금강석이야. 그러니 내가 그 금강석 값을 치러야지, 안 그래?"

"뭐어? 호호호, 내가 여신이고 금강석이라고? 호호호."

유미는 웃어 가면서 맞장구를 쳤지만, 마음 한구석에는 빈한한 자기 집안 사정에 속마음은 어둡기만 하였다. 하지만 장달이에게 이런 말을 들으니 세상에 어떤 여자가 싫다고 하겠는가. 참으로 날개 없이 하늘에 올라가는 기분이었다. "말 한마디에 천 냥 빚을 갚는다."라는 말이 있듯이, 유미는 장달이가 한 말은 마음속에 새기게 되었다.

'이 남자라면 평생을 같이해도 되겠다. 아니 평생 공주 대우를 받을 수도 있겠다. 본인 말로 은수저쯤 된다니 집안 형편이

좋은 것은 사실이다.'

유미는 이렇게 생각하였다.

사실 성실하고 공부를 잘해서 I대에 입학했지만, 한두 달이
지나면서부터 I대 학생들의 생활에 빈부 차이가 있음을 알고는
은근한 스트레스를 받고 있었다.

부모 잘 둔 탓에 고급 승용차를 과시하듯 타고 다니고, 며칠
휴일만 되면 홍콩 무슨 백화점에 세일을 한다고 외국을 내 집
드나들 듯하고 명품 백에 명품 옷으로 치장하고 다니는 것을 볼
때마다 가슴속에서 무언가 뭉클하면서 치밀어 오르는 듯했다.

어렵게 커온 성장 배경을 만회하려 I대에 들어왔더니 중 · 고
등학교 때보다도 더 스트레스를 받고 있었다.

많은 학생들이 방학 때만 되면 해외 배낭여행을 간다고 호들
갑을 떨었지만, 유미에게 방학은 아르바이트 대목(경기(景氣)
가 가장 활발한 시기.)이어서 단 한 번도 배낭여행을 가 본 적
이 없었다.

남들이 여행을 다닐 때 유미는 한 건이라도 더 알바를 찾아다
녀야 했다. 그래도 I대 영문과라고 알바비는 A급으로 대우받았
다. 한 달에 서너 명만 과외를 해도 유미에게는 용돈으로 충분
하고도 남았다. 방학 때는 배낭여행 대신 최고 칠팔 명까지 알
바를 해서 집안 살림에 보태줘야 했다.

오빠인 배상호는 건달에 동네 조폭 똘마니 같은 생활이라 돈

이 생기면 몇 푼 갖다 주고 생색만 낸다. 말썽이나 부리지 않았으면 하는 게 부모님과 유미의 공통된 생각이었다.

아무튼 유미는 장달이를 만난 것이 하늘에서 내려준 복이라고 생각했기에 무슨 방법이라도 써서 장달이의 눈에 들으려고 했고, 장달이에게는 거의 순종적이었다. 실속 없이 덩치만 크고 겁박을 주는 오빠에 비해 선비 타입에다가 조용한 편이고 뭔가 아는 게 많다고 생각한 장달이는 그야말로 킹카였다.

그러면서 여러 차례 데이트를 즐기는데, 장달이가 토, 일요일에는 어딜 가는 모양인 것 같았다. 한번은 토요일 저녁때 만났는데 우연히 길에서 차를 몰고 오는 진주색 SUV를 보게 되었다.

"빠아앙~"

경적 소리에 고개를 돌려보니 장달이가 창문을 크게 열고는 손을 내밀어 흔들고 있었다. 장달이가 승용차를 가지고 다닌다는 것은 알고 있었지만 보기는 처음이었다.

"먼저 올라가 있어."

장달이는 이렇게 큰 소리를 치고는 주차하러 갔다. 그런데 차바퀴를 보니까 황토흙이 여기저기 묻혀 있었다.

"어머나, 어디 시골 길을 다녀온 모양이네."

유미는 별 대수롭지 않게 생각하고 2층 경양식집으로 올라가서 자리에 앉았다. 그때 갑자기 장달이가 어디에 갔다 왔나 궁금하기 시작했다.

'주말이면 어딜 갔다 오는 모양인데. 혹시 나 말고 다른 여친이 있나?'

이렇게 궁금증과 의심이 들기 시작하더니 점점 더 비약하기 시작했다.

"하이구야, 주차할 데 없어서 골목길을 한참 돌았네."

마침 장달이가 오면서 한마디 하는 바람에 유미는 잠에서 깨어난 듯 안색을 바꾸었다.

"어디 멀리 갔다 온 모양이야. 어서 앉아, 물이라도 먼저 마셔."

"으음, 남들 안 하는 짓 하느라고 개고생한다."

"남들 안 하는 짓? 그게 뭔데?"

"사실은……, 아니 이런 말 하면 안 되는데. 나중에 때가 되면 얘기할게."

이러니 유미는 입이 바싹 마르면서 애가 탔다.

"뭔데 그래? 나에게 감출 일이라도 있어? 혹시 숨겨 둔 여친인가?"

"하하하, 미리 질투하네. 그런 게 절대 아냐. 윤리 도덕적으로는 문제없는 일이야. 다만 남들이 이해를 못 하기에 말을 안 할 뿐이지. 그러니 더 이상 묻지 마."

"으응, 그렇다면 할 수 없지, 내가 고을 사또가 아닌 이상 주리를 틀 수도 없고."

"하하하, 거 참 심한 표현이다. 사극 꽤나 본 모양이야."

"대한민국 여자치고 사극 안 보는 여자 있어? 호호호."

"하긴 그래, 우리 엄마도 사극이라면 올빼미 눈을 뜨고 보신다."

"뭐어? 호호호, 올빼미 눈, 호호호."

유미는 더 이상 캐물었다가는 자존심 건드릴까 봐서 그만두기로 했다. 언제가 때가 되면 주말에 어딜 다녀오느냐고 재차 물어볼 셈이었다.

그러고 보니 장달이가 베일에 싸여서 생활하는 것만 같은 느낌이 들었다. 지금 3학년이면 다른 학생들처럼 취업 시험 준비를 한다고 학원도 다니고 뭔가 취업 정보를 얻으려고 애쓸 텐데, 장달이는 단 한 번도 취업 얘기를 하지 않았다. 공부도 크게 신경 쓰지 않는 듯하면서 B학점이나 유지하면 된다고 말했던 적이 있었다.

'졸업 후 혹시 무슨 사업을 하려고 하나?'

유미 혼자만의 생각이었다.

그런데 장달이가 주말에 어딜 다니는지는 알게 된 것은 그리 오래가지 않았다. 유월이 오면서 기말고사를 보고 나니 곧바로 여름 방학이 다가왔다.

많은 학생들이 해외 배낭여행을 간다고 하거나 국내 여행이라도 계획하고 있었다. 유미만이 그들과의 대화에 끼지 못하고 방학 때 과외 알바할 궁리만 하고 있었다. 이제 가족 네 명의 생활비를 학생인 유미 혼자서 적어도 70%쯤은 부양해야 했다. 건달로 지내는 오빠 상호는 어디 가서 뭘 하는지 몰라도 돈을 벌어오진 못하고 어쩌다가 돈푼이라도 생겨야 엄마에게 드리곤 했다. 아마 그 돈도 어디서 삥을 뜯은 돈일 텐데 궁핍한 생활에 엄마는 받을 수밖에 없었다.

8

첫 경험

"오빠, 이번 여름 방학 때 어디 가? 해외 배낭여행이나 국내 여행."

"아니, 안 가. 다음에 기회가 되면 가려구, 어디 갈 거야?"

경양식집에서 만나 저녁을 먹을 때, 유미가 먼저 말을 걸었다.

"아니, 나도 못 가, 과외 알바를 해야 해서."

"오호호, 잘 되었다. 우리 둘이 어디 가까운 데라도 갔다 오자."

유미가 기다렸던 대답이어서 저절로 함박웃음이 지어졌다.

"그래, 오빠 차 타고 당일치기라도 어디 다녀왔으면 좋겠어. 맛집도 가 보고."

"맛집? 맛집은 전국에 다 있는데."

"목적지 정해서 가서 그곳 맛집에 가야지. 내가 무슨 식도락가(食道樂家)라고 맛집 탐방을 다녀. 돈도 없는데."

"맞아, 맞아. 먹보가 아닌 이상 그냥 다니다가 맛집이 있으면

가 보는 게 정석이다. 정석."

"호호호, 나랑 뜻이 통했다. 통했어."

이렇게 담소를 나누면서 목적지를 정하기 시작했는데, 서쪽인 인천 쪽으로 가자니 볼 것이 없고, 북쪽인 철원 쪽으로 가자니 미사일 날아올까 봐 살벌하고, 동쪽으로 가자니 너무 멀었다. 남쪽으로 가서 천안쯤이면 당일치기에 딱 맞았다.

"남쪽 천안 근처로 가자. 아 참, 순대 먹을 줄 알지?"

"순대? 길거리에서 파는 순대 말야?"

"으응, 길거리 음식과는 비교도 안 되는 원조 순대 파는 데가 있어, 천안에서 조금 내려가면 병천이라고. 유관순 알지?"

"으응, 유관순이 독립운동을 했던 아우내 장터가 있던 곳인가?"

"맞아, 아우내가 지금 병천이야. 거길 가자. 병천 순대도 먹고, 유관순 기념관도 보고 독립기념관도 보면 되겠다."

"어머, 진짜 기대된다. 거기 교과서에 나온 데야."

학구파인 유미는 교과서에 나온 곳이면 꼭 가보고 싶은 모양이었다.

7월 셋째 주, 월요일

유미는 집에다 대학교 과에서 오늘 MT를 가는데 내일 온다고 하니 부모님이 별말씀 없이 잘 다녀오라고 하셨다. 일부러 그런 것은 아닌데 입에서 저절로 그렇게 말이 나왔다.

장달과 유미는 10시경 출발하였다. 유미는 가슴이 사뭇 설레었다. 이렇게 승용차를 타고 드라이브를 떠나는 게 처음이었기 때문이다.

"오빠 옷이 꼭 탐험가 같애."

"하하하, 맞아 현대판 탐험가야."

장달이는 늘 비슷한 옷을 입고 나왔다. 신사복 같은 등산 바지에 호주머니가 양쪽으로 달린 남방을 입고 다녔는데, 오늘은 그 위에다 조끼를 걸쳤기에 TV에서 본 정글 탐험가처럼 보였다.

"옷이 그런 옷밖에 없어? 신사복은 없어?"

"신사 정장도 있긴 한데 잘 안 입어, 불편해서, 이런 옷이 좋아, 이게 바로 인디 복장이야. 정확히 말하자면 사파리 복장 또는 카우보이 복장이라고 하더라고."

"인디? 그런 복장도 있었나?"

"아, 있잖아. 인디아나 존스 영화의 주인공 인디 말이야, 인디가 이런 옷을 많이 입잖아."

"아하, 해리슨 포드의 인디, 맞네, 맞아, 그런 옷이네. 오빤 그런 옷이 좋은가 봐."

"우웅, 편하고 호주머니 많이 달려서 좋고, 다림질할 필요도 없고 빨아서 툭툭 털어서 그냥 입어도 돼. 금방 말라, 왜 보기에 어때?"

"호호호, 오빠에겐 딱 어울리는 것 같아, 거기에다 중절모를 쓰면 진짜 해리슨 포드인 줄 알겠네."

"하하하, 고마워. 중절모는 없고 둥근 챙 모자는 있지. 이런 옷 한 벌 사 줄까?"

"아니 사 달란 뜻은 아니고 독특해서 하는 말이야, 나도 어울릴까?"

"아 그럼, 영화를 봐, 커플로 이런 옷차림 입고 다니면서 오지 탐험 나가잖아."

"맞아, 그런 프로그램 여러 번 보았어."

"다음에 만나면 사 줄게, 아주 비싸지도 않아."

"하이고 감개무량하옵나이다."

"뭐어? 하하하."

"호호호, 호호호."

유미가 사극 흉내로 말을 하니 장달이도 기분이 업(UP)되어 유쾌해졌다.

"오빠, 소개팅 처음 아니지?"

"응, 왜?"

"그냥 물어봤어, 내가 몇 번째야."

"세 번째."

"그럼 왜 헤어졌어?"

"1학년 때는 몇 번 만나 보고 말았고, 2학년 때 소개받은 애는 그럭저럭 만나다가 내가 입대하니까 연락이 뜸하다가 끊어졌어. 내가 연락도 하지 않았어."

"우웅, 그랬구나. 왜 마음에 안 들었어?"

"하이고야, 여형사님께서 수사하시네. 하하하."

"호호호, 그래도 궁금해 왜 헤어졌나."

"사실 크게 마음에 들지도 않았는데 만나면 잘 놀아주니까 만나긴 했는데, 얘가 너무 구름 과자를 좋아해. 그래서 더 이상 정이 생기지 않더라고."

"으음, 오빤 과자 좋아하는 여자를 싫어하는구나."

"하하하, 구름 과자 몰라?"

"구름 과자? 과자 종류 아닌가?"

"하하하, 진짜 순진녀다. 구름 만드는 과자는 담배야, 연기가 구름 같잖아,"

"뭐야? 호호호, 내가 그걸 왜 몰랐나. 호호호. 그러니까 그 여자가 담배를 너무 많이 피워서 싫다는 말이지."

"으응, 그런 셈이야. 난 담배 안 피우는데 앞에서 담배 연기 푹푹 내쉬어 봐. 고문이지."

"호호호, 그랬겠다. 나도 담배 연기 싫어."

"넌 몇 번이나 소개 받았어?"

"나? 나도 두 번 받았는데 첫 번째는 S대 학생인데 키도 작고 눈도 작고 체구도 작고 그냥 공부벌레 같더라고. 그래서 애프터 없었고, 두 번째도 S대 학생인데 너무 허세가 심한 것 같더라고. 잘난 체도 많이 하고. 걔하곤 세 번 만났는데 내 취향 하곤 어울리지 않았어. 그래서 내가 그만 만나자고 제의를 했더니 그러자는 거야. 개도 내가 별 마음에 없었나 봐. 그래서 그 다음은 침묵 속에 있다가 오빨 만난 거야."

"오호, 그랬구나. 우린 지금 잘 어울리는 것 같은데 안 그래?"

"응, 난 오빠가 너무 좋아. 마음에 부담도 되지 않고."

"그래, 우리 잘해 보자."

둘은 생각나는 대로 물어보고 대답을 하였다.

"이 차 좋다. 이런 차를 중형차라고 하나?"

"으응, 2400이니까 중형차에 속해."

"2400이 뭔데?"

"하이구, 21세기 여자 아니네. 면허증 없구먼."

"아이참, 없어. 내년 여름 방학 때 따려고."

"그래, 요즘 세상은 차 없이는 못 살아. 2400은 엔진 크기야. 용량이지. cc라고 2400cc라는 뜻이야. 이 숫자가 클수록 엔진이 크니까 출력도 높고 차 가격은 상대적으로 더 비싸져."

"호호호, 그렇구나. 어서 이론 공부라도 해야겠어."

"별로 어렵지 않아. 며칠만 공부하면 돼."

"오오, 그으래? 암튼 이렇게나마 오빠 차 타고 드라이브하니까 가슴이 뻥 뚫린 듯 시원하고 좋아. 고마워."

"하하하, 고맙긴, 내가 고맙지, 여신을 모시고 다니는 내가 럭키맨이지."

"호호호, 그렇게 생각해 주면 더 고맙지."

사랑의 싹이 움트고 있는 그들은 도란도란 이야기하면서 남쪽으로 내려갔다.

"날씨가 덥다, 더워."

"그러게. 지구가 온난화로 더워진다고 하더니만 벌써 더워져."

"맞아, 지구가 온난화뿐만 아니라 기상 이변이 많다고 하잖아."

"으응, 그렇대. 어느 나라는 느닷없이 홍수가 나고, 어느 나라는 몇 년째 가뭄 들기도 하고 또 어떤 나라는 너무 덥고, 아주 추워진 나라도 있다고 TV에 나오잖아."

"뉴스 잘 안 본다고 하더니 어떻게 알았어?"

장달이가 웃음 섞인 목소리로 물었다.

"아이참, 정치 뉴스 같은 게 별 관심 없지, 나도 볼 것은 다봐."

"어어? 그래, 그럼 아프리카에 적도에 있는 나라 케냐 알지?"

"응, 케냐, 알아."

"그 나라에 기상이변이 생겨서 얼음이 꽝꽝 얼었다는 것도 알아?"

"뭐어? 케냐에 얼음이 꽝꽝 얼어? 금시초문인데, 적도는 일년 내내 땡볕이 내리쬐는 곳인데. 또 엉뚱한 소리 하는 거 아냐?"

"아니야, 참말이라고."

"호호호, 내가 또 속아 넘어가는 모양이네. 참말 아니고 거짓말이면 어떡할 거야. 내가 마구 꼬집는다."

"엉, 꼬집어, 살점 떨어질 때까지. 그런데 참말이면 어떡할 테야."

"참말이라고, 으음…… 내가 뽀뽀해 줄게."

"어디서?"

"여긴 차 안이라 안 되고 적당한 장소와 분위기 있는 곳에서 달콤하게 해 줄게."

"이야, 신난다. 대박이다. 왕대박, 이거 진짜 참말인데."

"진짜야? 케냐에서 얼음이 얼었다고 누가 그래, 아니면 인터넷 어딘가 말을 해 봐. 사이트를 알려 주던지."

"하하하, 진짜라니까, 케냐에 있는 냉장고마다 얼음이 꽝꽝 얼었다니까."

"뭐라고? 냉장고에 얼음이 얼었다고. 호호호, 아이구야. 내가 또 당했다. 호호호, 냉장고에서 얼음이 꽝꽝 얼었다네. 호호호."

"하하하, 진짜지. 이제 뽀뽀해 줄 차례다."

"알았어, 오빠. 진짜 엉뚱한 사람이야. 호호호."

이들은 이렇게 담소를 하면서 내려갔다.

그렇게 얼마를 가다가 장달이가 또 옛날 이야기를 해 준다고
한다.

"무슨 옛날 이야기야, 또 얼토당토않은 얘기 하려고 그러
지?"

"아니, 이번에는 책에서 나온 얘기야."

"그럼 신빙성이 좀 있겠네. 하도 황당한 말을 하니까 어떤
게 진짜인지 가짜인지 구별할 수가 없네. 하이구 내 원 참, 호
호호."

이렇게 해서 장달이는 황당한 이야기를 하기 시작했다.

"옛날 중국에 엄청나게 큰 새와 물고기가 있었대. 붕이란 새
인데 이 새가 한번 날면 구만리를 나는데 삼일 밤낮으로 해도
안 보이고 달도 안 보였대. 무지하게 큰 새지."

"뭐어? 새가 나는데 해도 안 보이고 달도 안 보여. 그럼 우주
만큼이나 컸나?"

"하하하, 그런 모양이야. 그리고 바다엔 곤이라는 물고기가
살았다는데 이 물고기가 얼마나 큰지 당시 왕의 명령으로 어마
어마한 밧줄을 만들고 미끼로 황소를 오십 마리를 꿰어서 곤이
라는 물고기를 잡았다는데, 너무 크고 무거워서 온 나라 백성
들이 다 달려들어서 끌어내었다고 하더라고. 그리고 온 나라

백성이 그 고기를 석 달 동안이나 먹어 치웠다고 하더라고."

"호호호, 뻥을 쳐도 어지간히 쳐야지, 중국 사람들이 뻥이 심해도 너무하다. 호호호. 어느 황당한 책에서 본 거야? 아니면 누구에게 들은 거야?"

"고등학교 때 한문 선생님이 그러시더라고. 국어도 가르치고 한문도 가르치셨는데 우린 한문을 배웠지. 애들이 한문에 통 관심이 없으니까 옛날 이야기를 가끔 하시는데 황당해서 졸던 애들도 다 깨더라."

"호호호, 그럴 줄 알았어. 그런 황당한 얘기는 생각나고 그 시간에 배운 교과 내용은 뭔지도 모르지?"

"하하하, 어떻게 알았어?"

"정답 보고 알았지. 호호호. 그런데 그 물고기보다 더 큰 게 있어."

"뭐어? 정말이야. 무슨 물고기인데."

"새우야, 새우."

"뭐라고? 새우라고 하하하."

"왜 웃어. 새우가 바다에서 제일 큰 물고기야, 왜냐하면 다른 물고기들은 허리를 펴고 있는데 새우는 바다가 좁아서 허리를 굽히고 있거든."

"뭐어? 카하하하."

"또 증빙 자료도 있어, 새우가 제일 크다고."

"증빙 자료도 있다고, 크하하하."

황당하고 엉뚱한 것을 좋아하는 장달이는 정말로 웃다가 죽을 지경이었다.

　"그럼, 옛날에 겨울에 강남으로 가는 제비들이 한참을 날아가다가 엄청나게 큰 나뭇가지에서 쉬고는 다시 날기 시작해서 한 달 동안 날다가 어떤 나뭇가지에서 쉬게 되었대. 그런데 그때 바닷속에서 '너희들이 한 달 동안 날아왔건만 겨우 내 왼쪽 뿔에서 오른쪽 뿔까지밖에 못 날아왔구나.' 하더라는 거야. 이게 바로 새우 뿔이야. 그러니 새우가 얼마나 크겠어. 호호호."

　"카카하하아, 아이고야 배꼽 빠진다. 카하하하."

　"호호호, 호호호."

　장달이는 너무 웃느라고 운전을 제대로 할 수 없어서 천천히 운전하면서 웃어야 했다.

　"누가 그래?"

　"난 고등학교 때 윤리 선생님이 그러시더라고, 호호호. 꼭 마른 북어처럼 생겼는데 붓글씨도 잘 쓰고 고리타분한 옛날 이야기를 많이 알고 계셔서 애들이 수업시간마다 옛날 이야기해 달라고 졸랐어. 지금 생각해도 웃긴다. 얼굴이 진짜 웃기게 생겼어, 호호호."

　"하하하, 맞아, 학교마다 명물 선생님이 한두 분 계셔."

　둘이서 웃다 보니 어느 사이에 천안을 지나 목천 인터체인지로 들어서서 빠져나오자마자 정면에 독립기념관이란 커다란 안내판이 보였다.

"어머낫, 저 앞에 독립기념관이 있어."

"맞아, 저길 먼저 가 볼까?"

"그래, 난 독립기념관이 더 멀리 떨어진 줄 알았는데 더 가깝네."

"으응, 그럼 점심을 순대로 먹기로 했는데 이따가 저녁때쯤 먹어야겠네."

"그래, 아무 때나 먹으면 어때."

유미가 이렇게 나오니 장달은 독립기념관으로 먼저 갈 수밖에 없었다. 거긴 겉보기보다 넓고 볼 것들이 많아서 시간이 꽤 걸렸다. 자랑스러운 것들도 있고 수치스러운 것, 안타까운 것들이 전시되어 있어서 그때마다 감탄을 했다. 장달은 여길 세 번째 와서 그런지 별다른 감흥이 없었는데 유미는 많은 감명을 받는 모양이었다.

"아이구야, 제대로 보려면 한 달은 여기서 살아야겠다. 다리도 아프고 배도 고파."

"그래, 다음에 기회가 되면 또 오자."

"진짜 일본 놈들이 잔혹(殘酷: 잔인하고 혹독함.)했어."

"맞아, 이제 천벌을 받을 차례야."

"언제?"

"하하하, 정혁종 작가가 지은 『에이리언 씨드』라는 책을 보면 일본 땅 전체가 침몰하고 살아남는 사람이 거의 없더라고."

"뭐어? 진짜야? 무슨 예언서인가?"

"아니, 예언서는 아니고 UFO와 외계인이 나오는 SF인데 진짜 실감 나더라고."

"호호호, 그럴 줄 알았어. 암튼 소설 속에라도 보복당한다니 기분이 좋네. 나도 한번 읽어봐야지."

그들은 독립기념관에서 빠져나와서 병천 쪽으로 가다가 눈에 띄는 기사식당에 가서 점심을 먹었다. 거기서 잠시 쉬고 유관순 기념관으로 가서 이리저리 둘러보기도 하고 셀카도 찍었다.

"아직 둘이 같이 찍으면 안 돼. 뭐든지 조심조심."

유미가 먼저 꺼낸 말이다. 그래서 각자 셀카로 혼자만을 몇 장 찍었다.

"오빠, 내가 찍어 줄게. 혼자 찍으면 돼."

이러더니 자기 폰으로 장달이 혼자 찍었다. 그때 아무것도 생각지 않았던 장달도 그런가 보다 하고 자기 폰카로 유미를 찍었다. 이들은 그러니까 자기 폰으로 상대방 혼자만을 찍으면 같이 찍은 게 아니라는 생각으로 무심결에 사진을 찍었던 것이다.

"지금 찍은 거 카톡으로 보내. 원본으로 보내야 사진 안 깨져."

"알아, 이따가 시간 날 때 보낼게."

유관순 기념관은 그리 크지도 않고 쉴 만한 의자도 있었기에 앉아서 도란도란 이야기를 했는데 역시 유미가 많은 이야기를 했다. 유관순이 어떻게 지냈고 어떻게 독립운동을 하다 옥사했다는 등 공부를 잘한 유미는 책에서 본 내용과 선생님에게 들은 이야기를 하고 있어서 장달은 '수업 시간이구나.' 라는 생각이 들 정도였다.

"우웅, 그렇구나. 난 잘 몰랐네."

그저 이런 말대답을 할 뿐이었다.

어느덧 오후 다섯 시가 다 되었다.

"조금 이른데 순대 먹으러 갈까? 배도 슬슬 고파 오네."

"으응, 그리로 가, 얼마나 유명하길래 병천 순대, 병천 순대 하는지 눈으로 확인해야지."

"보면 알아, 굉장해."

얼마 가지 않아서 병천 읍내로 들어섰는데, 과연 엄청나게 큰 식당과 주차장이 보이고 벌써 많은 차들이 들어서고 있었다.

"엄마낫! 순대집이 저렇게 커?"

"그럼, 길거리 음식 순대하곤 비교도 안 돼."

유미는 놀라움을 금치 못하면서 식당 안으로 들어갔다. 이제 막 5시가 되어가는데도 불구하고 수십 명의 사람들이 앉아서 푸짐한 순대를 먹고 있었다. 장달이 말로는 이들 대부분이 외지인이라는 것이다.

유미가 먼저 자리를 잡으려는데,

"아니, 저쪽으로 가서 앉자."

라고 말했다.

"왜? 여기가 편안해 보이는데."

"운전했더니 등이 뻐근해서 벽에 기대려고 그래.

"호호호, 그 뜻이었어? 그럼 저기 구석진 데로 가."

"으응."

잠시 후,

정말로 이제까지 보지 못한 순대가 큰 접시로 그득히 나왔다.

"야아~, 이게 진짜 순대지."

장달이가 먼저 한 점 집어 먹어 보고, 덩달아서 유미도 한 점
먹어 본다.

물컹하고 씹히면서 고소한 맛이 최고의 맛이었다.

"진짜, 최고네, 호호호, 오빠 덕분에 이런 것을 다 먹어 보다
니. 고마워요, 오라버니."

"하하하, 난 네 덕분이다. 네가 없으면 혼자서 여기까지 오겠
어?"

"그래도 전에 와 보았다면서."

"친구들이랑 왔었지, 혼자서는 못 와."

"호호호, 그렇기도 하지, 혼밥 혼술이 쉬운 것이 아냐."

"맞아, 맞아."

장달은 이런 말을 하면서 무심결인지, 알고 그랬는지 소주

한 병을 시켰다.

"맨입으로 순대를 먹을 수 있나, 소주 한 잔이 들어가야지."

"호호호, 그래, 소주 안주로는 최고다."

어느 누구든 사랑에 빠지면 판단력이 흐려지는 법이다. 이들은 잠시 잠깐 여기가 서울에서 멀리 떨어진 천안 아래 병천이라는 곳을 잊었다.

둘은 소주와 순대를 허겁지겁 꿀떡꿀떡 마구 먹었다.

"아이고야, 이제 배 터지겠다. 내 순대에 순대가 가득 찼네."

"하하하, 그거 말 되네. 순대에 순대가 가득 차다. 하하하"

이어서 순대국밥이 나왔다.

"순대 코스 요리인가 봐, 여긴."

"으응, 그런 셈이야. 순대 먹고 나면 순대국밥이 나오더라고."

"근데 이걸 어떻게 다 먹어? 지금도 배 터질 지경인데."

"그냥 국물이라도 떠먹어. 소주 한 병 더 시키자."

이렇게 해서 소주를 두 병째 시켜서 마시는데, 유미가 술에 약간 취한 듯한 목소리로 물었다.

"오빠, 주말마다 어딜 다니는 거야? 나 몰래 여친 만나는 것은 아니라고 했지?"

"으응, 그랬지. 내가 할 일이 있어서 시골에 있는 산 탐사를 다녀. 주말마다는 아니고 어쩌다가 가."

"탐사? 등산이 아니라. 혼자서 다녀?"

"맞아, 등산이 아냐. 그리고 혼자서 다녀야 해."

장달이 이렇게 답변하니 유미는 궁금증이 나서 견딜 수가 없었다.

"나한테 말해 줄 수 없어. 너무너무 궁금해서 그래."

"하이구, 이거 일급비밀인데. 나 혼자만 알고 있는 건데. 발설했다가는 큰일 나."

"아이참, 뭔데 그래. 그러니 더 궁금하네. 궁금해서 머리가 꼬이네. 꼬여."

"하 참, 내 생활인데 뭘 자꾸 캐물어. 그런가 보다 하고 넘어가면 될 것을."

"아냐, 뭔가 쪼끔이라도 말해 주면 안 돼? 진짜 궁금하거든."

"그럼 일급비밀을 말해 주면 뭘 해 줄 건데."

"호호호, 진작에 그럴 일이지. 거래를 하자는 거잖아."

"하하하, 그런 셈이네."

"좋아, 우리 만난 지도 한참 되었는데 내가 키스해 줄게."

"뭐어? 정말이야? 하하하, 횡재했다. 아무 얘기나 하고 키스하게 생겼다."

"뭐라고? 나를 놀리는 거야."

유미가 이렇게 말하면서 눈을 살짝 흘기고 입을 삐죽거리니 장달은 혼이 빠질 지경이었다. 살짝 삐죽거리는 입술을 당장 달려들어서 쪽쪽 빨아 먹고 싶었다.

장달은 소주 한 잔을 자작으로 마시고 나서 입을 열었다.

"라디에스테지라고 모르지?"

"응, 그게 무슨 말인가?"

"그럼 수맥 찾는다는 엘 로드는 알아? 이건 가지고 있는 사람들이 더러 있어."

"안테나처럼 생긴 엘자 모양 두 개? 수맥 찾는다는 거, 우리 집에도 있어. 아빠가 사 놓은 거. 그 얘기야?"

"아니, 쪼금 비슷해."

"별 비과학적이고 신빙성도 없는 것 같던데."

"아냐, 수맥 찾는 데는 최고의 방법이야."

"그럼 오빠는 수맥 찾으러 다녀?"

"아니, 내가 왜 그렇게 시시하게 수맥 탐사를 다녀. 아냐."

"그럼 뭐길래 그래, 자꾸 뜸만 들이고."

이렇게 운을 뗀 장달은 취기가 올라서인지 예전에는 들을 수 없던 여러 얘기를 꺼내기 시작했다. 대충 추려 보면 모든 물질들은 고유의 파장을 내보내고 있는데 인간들이 이것을 알 수 없다. 현대 과학도 잘 모른다. 사람들도 남자의 파장, 여자의 파장이 다르고 각 사람마다 또 다른 파장이 있다는 것이다. 남녀 간의 궁합이 맞는다는 것은 남자와 여자의 사인파라는 파장이 골과 마루가 더 올라가고 깊어지면서 큰 사인파를 만들고, 궁합이 맞질 않으면 골과 마루가 만나서 사인파가 상쇄된다는 것이다. 이런 파장을 인간들이 감지할 수 없기 때문에 어떤 매개체가 있어야 한다. 그 매개체가 바로 엘 로드이고 이런 것을 라디에스테지라고 한다. 원래 수맥을 찾는 데는 엘 로드가 아니라 나뭇가지를 시옷 자 모양으로 만들어서 거꾸로 들고 다니면 수맥이 있는 곳에 휘어진다는 것이다. 즉, 수맥이 보내는 파장이 이런 막대에 영향을 주어서 인간이 알아낼 수 있다는 것이다. 장달이 이렇게 장황하게 제법 근거 있는 학설을 들먹이면서 이야기를 하니까 유미는 그저

"우웅, 그렇구나."라고 연발하는 수밖에 없었다.

인간이 내는 파장을 기(氣)라고 할 수 있는데 이것이 발전되어 기공학이 생겼다. 기라는 것을 단순히 표현하면 인체 배터리이다. 휴대폰을 쓰려면 매일 전기를 쓰니까 매일 충전시키듯이 인체도 매 순간마다 기를 소모하기 때문에 기를 보충해 주어야 한다. 공기, 음식으로 섭취하는 곡기, 땅에서 올라오는 지기 등이 모두 인체의 기를 보충하는 것이다. 이런 기가 부족하면 시름시름 병에 앓던가 허약해져서 종국(終局)에는 기를 다 방전해서 죽게 된다는 것이다.

"우웅, 오빠 진짜 대단하네. 그럼 그런 기를 연구하러 시골에 다니는 거야?"

"하하하, 아냐, 그건 아냐. 그런 것들은 이론에 불과해."

그러면서 장달은 호주머니에서 작은 추를 꺼냈다.

"이것을 펑쥴(Pendule)이라고 부르는 추야. 이 고리에 손가락을 끼고 이렇게 들고 있으면 돼. 이 추의 움직임으로 물질을 알아내는 거야. 그런데 어떤 물질이 내는 파장이 사람들에게 다 똑같이 반응하는 게 아니야. 사람마다 느끼고 반응하는 게 달라."

"정말 신기하다."

유미는 어떤 도사 앞에 홀린 듯하였다.

이어서 장달은 지갑 속에서 가는 금반지를 꺼냈다.

"이게 뭔지 알아?"

"금반지 같은데."

"하하하, 맞아. 반 돈짜리 금반지야."

"우웅, 그렇구나. 그걸 어떻게 하는데?"

유미가 보기에 평범한 금반지였다. 아무런 장식도 하지 않은 금반지. 여학생들도 이런 가는 금반지를 약지나 새끼손가락에 끼고 있는 애들이 더러 있었다.

"그러니까 여기 금이 있어. 이 위에 펑쥴을 올려놓고 반응을 보는 거야. 그러면 펑쥴이 좌나 우로 돌기도 하고 대각선으로 움직이기도 해. 이걸 잘 숙지해 두었다가 야외에 가서 이런 반응이 나타나는지 보는 거야."

"오호, 이제 알았다. 그럼 오빠는 이 펑쥴을 가지고 금을 찾아다니는 모양이네."

"맞았어. 이게 일급비밀이야. 너에게만 처음 말한다. 다른 사람에게 얘기해선 절대로 안 돼. 자, 한번 해 봐."

유미가 펑줄을 받아들고 금반지 위에 올려놓고 보니 과연 회전하기도 하고 왔다 갔다 하기도 하였다.

"어머나, 정말 신기하네."

"그렇다니까. 이 반응을 잘 알아 두면 돼. 그다음엔 두꺼운 책 속에 금을 숨겨 두고는 그 위에서 반응을 봐. 금이 있다면 영락없이 똑같은 반응이 온다니까. 이런 방법으로 금맥을 찾을 수 있다는 이론이야."

"정말 놀랍다. 금맥을 찾기만 하면 그냥 로또네."

"로또 이상이야, 수십 수백 장의 로또야. 찾기가 어려워서 그렇지."

참으로 장달은 놀라운 이론을 가지고 있었다. 이것이 중세 유럽에서부터 극소수의 사람만이 알고 있다는 것이고, 중국이나 우리나라에서는 극소수의 도인들이 이런 방법이 아닌 감각만으로도 알아내었다고 하였다.

유미에게는 믿거나 말거나였지만 장달은 자못 진지했다.

"그래서 주말에 금맥을 찾으러 다니는구나."

"그런 셈이야, 꼭 금맥은 아니더라도 시골 땅도 볼 겸 다니는 거야."

"부동산 중개업 하신다는 부모님을 위한 일이기도 하네."

"그렇기도 해, 부모님의 일이나 내 일이나 같은 거야. 부동산

도 한 건만 잘하면 남들 몇 년 벌 것을 단 한 번에 벌어들일 수 있으니까. 괜찮은 사업이야. 연봉 5,000만 원만 돼도 대단하다고 하는데 한 5, 6억쯤 투자해서 1억쯤 남아 봐. 연봉 1억이 되는 셈이지. 그래서 겸사겸사 급매물로 싸게 내놓은 땅을 알아보고 있어."

"어쩐지, 그랬구나. 그래서 취업 준비를 하지 않고 있었구나."

유미는 그동안 궁금해했던 장달의 행동에 대한 의문점을 풀게 되었다.

그러면서 유미는 금반지를 만지작거리더니 손가락에 끼워 보았다. 왼손 약지에 딱 맞게 들어갔다.

"어맛, 내 손가락에 딱 맞네."

"어어~ 그러네, 내 새끼손가락에 맞는 건데."

"그럼 왜 끼고 다니지 않아?"

"처음에 며칠은 끼고 다니다가 귀찮아, 번거롭고, 세수할 때 얼굴도 긁혀. 그래서 지갑 속에 가지고만 다니다가 연습할 때만 꺼내."

"오, 그렇구나. 오빠, 이거 나에게 선물해."

"선물? 그거 반 돈이라 얼마 안 가. 금강석 같은 여신에게 다이아몬드를 선물해야지, 너무 격에 맞질 않는다. 거기 내 영문 이름자 있어, Dal이라고."

"호호호, 아이참, 괜찮아, 너무 추켜세우지 말고, 먼저 이거라도 선물로 줘, 약혼반지라고 생각하고."

"뭐야? 진짜야, 약혼반지라고 생각하라고. 와아~ 횡재했다.
그럼 어서 가져."

"아이참, 멋없게. 내 손가락에 끼워 줘야지."

"어엉? 그런가."

장달은 신이 나서 얼른 일어나 반지를 유미의 손가락에 끼워
주었다. 보들보들한 손을 입으로 깨물어 보고 싶었다. 둘은 너
무 좋아서 시시덕거렸다.

"오빠, 인제 나에게 걸려들었어. 아무 데나 못 가."

"하하하, 그래, 네 품안에서 살게."

"호호호, 진짜 재밌다."

유미는 손가락에 낀 작은 금반지를 정말로 흡족해하였다.

시간이 얼마나 흘렀는지 홀 서빙하는 아줌마가 와서 손님들
이 많이 오니 일어서라고 했다.

"아이고야, 여기가 병천인 줄 모르고 술을 마셨네, 이를 어쩌
나. 대리운전도 못 하고."

"엄마나, 진짜 나도 깜박했어, 워낙 강의가 진지해서."

장달은 할 수 없다는 듯이 사장에게 가서 음주운전을 할 수
없으니 차를 저쪽에 주차했는데 내일 아침에 가져간다고 하였
다. 사장은 그럴 수도 있다는 듯이 내일 오전 11시 이전에만 가
져가라고 말했다.

"이제 어쩌지? 병천까지 와서 자야겠네."

"어디서?"

"어디긴 어디야. 모텔에서 자야지. 밤에는 추울 텐데 길바닥
에서는 잘 수 없잖아."

"옴마나, 이거 큰일이네. 이걸 어쩨."

"걱정 마, 방 두 개 얻을 테니, 각 방에서 자면 되잖아."

"오호호, 그럼 그렇게 해."

하지만 이들은 곧바로 모텔로 간 것이 아니라 근처에 있던 호
프집에 가서 또다시 떠들어야 했다. 장달이가 이렇게 봇물 터
지듯 말을 많이 하는 것을 처음 본 유미는 크게 놀라고 있었다.
공부도 잘 하지 않고 얼렁뚱땅 세상을 살아가는 줄 알았는데
이 분야에서만은 정말로 최고의 권위자로 보였다.

"저렇게 다니다가 정말로 금맥을 찾으면 진짜 왕대박 나겠
다."

유미의 생각이었다.

작은 도시라 모든 시설이 옹기종기 모여 있었기에 바로 근처
에 모텔이 있었다.

장달이가 모텔로 들어서서 프런트에 가는데,

"오빠, 진짜 방 두 개 얻을 거야?"

하고 묻는다.

"그럼 어떻게 해?"

"침대 두 개짜리 있잖아. 트윈 베드라고 거길 얻으면 안 돼? 혼자 자다가 좀비가 와서 공격하면 어떻게 해."

"하하하. 좀비가 온다고? 그럼 안 되지. 선녀를 데려가면 안 되지. 트윈 룸으로 얻어서 각자 침대에서 자면 되겠다."

"으응, 그게 마음이 편할 거 같아."

이러니 장달은 쾌히 트윈 룸으로 얻어서 엘리베이터를 타고 5층으로 올라갔다.

방에 들어가자마자 유미는 손가락으로 침대 사이를 쭈욱 가리키더니

"이 선 넘어오면 안 돼."

하고 장달이에게 다짐을 받았다.

여름 날씨에 땀을 많이 흘려서 옷까지 젖었다. 먼저 유미가 샤워하고 나왔고 다음에는 장달이가 샤워를 하고 나왔다. 유미는 침대에 누워 얇은 홑이불을 덮어쓰고 눈을 감고 있다.

"으음, 피곤한 모양이네, 먼저 잠들고."

장달도 옆 침대에 누워서 눈을 감았으나 잠이 오기는커녕 점점 말똥말똥해지고 있었다. 그뿐만 아니라 무엇인지 모를 설렘으로 심장이 다소 빠르게 뛰고 있었다. 바로 옆에 유미가 누워 있기 때문이었다. 하지만 여자에게만은 소심한 성격인 장달인지라 주눅이 든 모양새로 숨을 죽이면서 잠을 청해야만 했다.

잠시 정적이 흐른 후,

"장달 씨, 자?"

유미가 부드럽고 낮은 목소리로 불렀으나 장달이에게는 천둥소리처럼 들렸다.

"아니."

"그럼 뭐해?"

"그냥, 자려고."

"여자랑 자 봤어?

"뭐어? 아니, 이렇게 한방에 같이 있기도 처음이다. 왜?"

"호호호, 그냥 물어봤어. 여자 몸이 궁금하지 않아?"

"궁금하긴 하지만, 어쩌겠어?"

"호호호, 순진하긴, 이리 와 봐. 아까 키스해 준다고 했잖아."

"뭐라고? 너 아까 그쪽으로 넘어오면 절대로 안 된다고 했잖아."

"그랬지, 호호호, 근데 마음이 바뀌었어. 여자의 변심은 무죄라잖아."

"하하하, 너 정말 진심이냐? 뒷말하기 없다."

장달이는 가슴이 마구 방망이질을 하듯 뛰기 시작했다.

"없다, 없어. 이리 와 봐."

이러니 이 세상에 불알 달린 수컷치고 마다할 리가 있는가. 이제까지 다소 움츠리고 있었던 장달이는 냉큼 옷을 다 벗고 유미 침대 속으로 들어갔다.

"어맛, 옷을 다 벗고 왔네."

"오라고만 했지. 옷을 벗어라 입어라는 말 안 했잖아."

"호호호, 그랬나, 괜찮아 내가 속옷 입고 있으니까."

장달이 유미의 옆에 누우면서 키스를 할 요량으로 몸을 일으켰다. 속옷을 입었다지만 브래지어를 벗었기 때문에 알몸이나 다름없다. 뭉클한 유미의 가슴이 장달이 가슴에 닿으면서 순식간에 숨이 가빠졌다.

"우읍, 으음."

둘은 그대로 입을 맞추었다. 그런데 동시에 장달의 배꼽 아래에 엄청난 힘이 들어가면서 돌출물이 마구마구 성을 내면서 커지고 있었다. 장달은 애써 엉덩이를 빼고 있었으나 그게 그만 여의치 않아서 유미의 허벅지를 건드리고 있었다.

"옴마나, 이게 뭐야?"

유미는 무심결에 손을 뻗쳐서 그 이상한 물체를 만졌다.

"아악, 이게 뭐야. 돌덩이네. 이게 오빠 페니스야?"

"어엉, 네 옆에 있으니까 그게 마구 성을 내네."

"아이구야, 이게 내 몸에 들어오는 거야?"

유미의 혼잣말인데 벌써 마음으로는 허락하고 있었기에 무심결에 이런 말이 튀어나왔고, 코앞에 있는 장달도 다 들었다.

그와 동시에 유미와 장달의 몸에는 '화악~'하고 열기가 온몸을 돌더니 뜨거운 용광로처럼 이글거렸다. 이 열기는 유미가 걸치고 있던 잠자리 속 날개 같은 나시 메리야스와 팬티를 녹여 없애고 알몸으로 만들었다.

둘은 금세 한 몸이 되어서 엄청난 희열을 느끼기 시작하였다. 덮고 있던 홑이불은 종이비행기처럼 날아가 버렸고, 침대 시트는 불이 붙을 지경으로 뜨거워졌으나 천만다행으로 에어컨 바람이 이를 식혀 주고 있었다.

글과 말로써 표현할 수 없는 짜릿한 쾌감이 온몸으로 전해지고 거친 숨소리가 방안을 가득 메웠다.

"아~ 이렇게 좋은 느낌이 있다니, 너무너무 좋아, 행복해"

이렇게 둘은 똑같은 감정을 느끼면서 사랑의 게임에 몰두하였다.

태풍이 몰아치듯 뜨거운 희열의 감정이 쓰나미처럼 몰려오고 또 몰려왔다. 불타는 듯한 육체는 점점 뜨거워져서 태양처럼 이글거렸다.

마침내,

뜨거워진 불은 더 이상 참지 못하고 화산 터지듯 쾌감이 폭발하고야 말았다.

"아~ 정말 좋아, 사랑해."

"나도 이런 기분과 느낌 처음이야, 사랑한다. 유미야."

"난 조선 시대 여자야. 일편단심이걸랑. 오빠는 첫 남자야."

"나도, 너밖에 없어. 첫 여자야."

실제로 둘은 그랬다. 첫 키스에 첫 관계였다.

장달이와 유미는 제대로 잠을 못 자고 자는 둥 마는 둥 하고
는 늦은 아침에 일어났다. 둘은 차를 타고 나오면서 아침을 파
는 식당에 들러서 아침을 먹고 곧바로 서울로 올라왔다.

그다음 주 토요일 오후에 둘은 또 만났다. 이번에는 장달이
가 차를 가지고 오지 않고 택시를 타고 왔다. 둘은 이미 점심을
먹었기에 커피 한잔을 마시고는 나왔다.

"옷 사러 가자."

"무슨 옷?"

"지난번에 말했잖아, 병천 갈 때. 사파리 옷 말이야."

"으응? 정말야?"

장달이가 옷을 사 준다니 세상에 어느 여자가 싫다고 할 텐가.
사뭇 기대가 되었다.

둘은 택시를 타고 시내의 어느 큰 등산용품점으로 갔다.

"어서 오세요."

삼십쯤 먹어 보이는 여자가 친절히 인사를 하는데 익히 안다
는 듯한 표정이었다.

"어마낫, 여자 친구세요?"

"예. 전 여자 친구 있으면 안 되나요?"

"호호호, 그게 아니라 너무 이뻐서 그래요. 호호호."

"하하하, 감사합니다. 여친에게 저와 같은 옷을 사 주려구요."

"호호호, 그러세요. 여자라 좀 밝은색으로 하면 훨씬 돋보일 겁니다."

"그렇지요. 와인색 바지에 체크가 들어간 아주 연한 핑크색 남방이면 딱 어울릴 것입니다."

"호호호, 그래요. 잠시만 기다리세요."

여자 직원인지 사장인지는 곧바로 옷을 고르러 갔다.

"오빠, 여기 단골인 모양이야."

"으응, 이 집이 매장이 커서 오면 단방에 고를 수 있어서 좋아. 여기저기 기웃거릴 필요도 없어."

"그렇겠네. 난 이런 등산용품 매장은 처음 와,"

"그럴 수도 있지, 여자들은, 매니아들만 오는 데니까."

곧바로 여자직원이 눈대중으로 고른 옷 한 벌을 가지고 왔다.

"이 사이즈면 딱 맞을 것 같네요. 저쪽 탈의실에서 입어 보세요."

"예."

유미는 옷을 받아 들고 탈의실로 갔고, 여직원은 단골인 장달이와 이런저런 얘기를 하고 있었다.

잠시 후,

유미가 와인색 바지에 연한 핑크색 남방으로 입고 나왔는데

색이 그래서인지 눈이 부실 정도였다.

"와우~ 진짜 어울린다."

"호호호, 쪼금 어색해, 이런 옷 처음 입어봐서."

"아닙니다. 아주 잘 어울려요, 둘이서 사파리 투어 나가는 왕자와 공주 같아요."

이제 둘이 비슷한 복장을 하였는데 정말로 유미에게도 썩 잘 어울리는 옷이었다. 그러지 않아도 키도 크고 몸매도 좋지, 예쁜 얼굴에 커다란 눈은 아무 옷이나 잘 어울리는 스타일이었는데 지금 보니 패션모델이나 다름없었다.

"조끼를 입어야 사파리 복장이 완성되지요."

"아항, 맞아, 조끼를 입어야지. 조끼 종류가 많던데."

"예, 많아요. 저쪽으로 가 보시지요."

여직원의 안내로 셋은 행거에 조끼가 쭈욱 걸려있는 곳으로 갔다.

"이런 옷엔 아무거나 다 어울려요. 뭘로 할까요?"

"쫌 밝은색, 베이지색이나 옅은 갈색으로요."

"그것도 괜찮아요."

장달이는 무의식중에 자기가 좋아하는 색으로 옷을 세팅하고 있었다.

곧바로 옅은 갈색 소끼를 골라서 그 자리에서 입혀 보니 정말로 기가 막히게 잘 어울렸다.

"오우, 원더풀, 뷰디풀~"

장달이가 허풍을 떨면서 좋아하니까 유미는 부끄러워서 어쩔 줄 모르다가 볼이 복숭아 빛으로 변했다.

"오빠, 정말 이뻐?"

"이야, 진짜 몰라보겠다. 완죤 변신했어. 카우보이 아니 카우걸로 변신했어."

"호호호, 채찍도 사야겠네."

"하하하, 여긴 채찍은 안 팔아, 채찍 대신 진짜 사파리 복장을 하려면 둥근 챙 모자가 있어야지."

장달이는 이러면서 베이지색 둥근 챙 모자를 가져와서 씌워보고는 좋아 죽으려고 한다. 게다가 트레킹화까지 사서 신게 했다. 이러니 유미는 정말로 몸 둘 바를 몰랐다. 금액으로 따져도 상당했기 때문이다.

"전하, 성은이 망극하옵니다."

"뭐어? 크하하하."

"호호호, 호호호, 사극을 많이 보시나 봐요.

유미가 고맙다고 말을 하려는데 입에서 느닷없이 사극의 대화가 터져 나오니, 셋은 배꼽이 빠지라 웃고 나서야 겨우 제정신으로 돌아왔다.

유미는 새 옷을 벗고 입던 옷을 입으려고 하였는데 장달이가 가위를 가지고 와서 태그를 떼고 그냥 입고 다니자고 하였다.

대신 입던 옷과 구두는 쇼핑백에 넣었다.

"고마워, 오빠, 진짜 나에게 어울려?"

"어울린다니까, 저기 지나가는 사람들에게 물어볼까?"

"호호호, 아니야, 고마워, 난 뭘로 보답하지?"

"보답은 무슨, 사랑이 보답이지."

"아이참, 그래도 너무 미안하잖아. 피차간에 어느 정도 형평이 맞아야지."

"그런가? 그렇게 부담되면 소주나 한 잔 사."

"호호호, 좋아, 내가 살게. 어디로 갈까? 경양식? 레스토랑?"

"그냥 조선 음식이 좋은데, 소주 파는데."

술을 잘하지 못하는 장달이는 양식보다는 한식 종류를 좋아하였다.

"그럼, 이 근처에서 찾아봐, 맛집 검색해 볼까?"

"아니, 맛집 갔다가 맛이 없을 수도 있고 사람들이 너무 많아서 혼잡스러울 수도 있어. 그냥 눈으로 찾아보자."

"으응, 그래."

둘은 몇 마디 대화하면서 두리번거리다가 경양식집처럼 생긴 퓨전 음식점을 찾았다.

"저기로 가자, 퓨전 음식점에 가면 한식, 양식 다 있어. 의자도 좋아."

장달이가 먼저 보고 제안을 했다.

"으응."

둘은 퓨전 음식점에 들어가서 해물찜을 시켜서 소주를 마시었다. 아직 다섯 시밖에 안 되어서 밖은 훤했다.

"오빠, 우리 이 옷 입고 어딜 갈까?"

"사파리 옷이니까 사자를 잡으러 아프리카로 가야 하나?"

"호호호, 그런 엉뚱한 소리 말고. 사자를 어떻게 잡아? 그리고 사자도 멸종 위기라 보호받고 있다는데. 우리나라에서 가볼 만 곳이 없을까?"

"하하하, 무리수인가? 그럼 우리나라에서 사자나 보러 가자."

"호호호, 그건 괜찮겠네. 어디 동물원?"

"그렇지, 서울 대공원이나 용인 에버랜드가 좋아."

"에버랜드? 나 거기 가고 싶어. 한 번도 안 가 보았어."

"어어? 그랬어? 거기 갔다 와야 중학교 입학 자격증 준다 덴데. 하하하."

"호호호, 그런 말이 있었나. 어쩌다 보니 못 갔네. 호호호."

이렇게 대답을 하는 유미는 속이 조금 좋질 않았다. 그런 곳은 부모님이 데리고 가야 하는데 어린 시절이나 지금이나 어려운 생활이라 가외로 쓸 돈이 없었기 때문에 어딜 제대로 가 본 적이 없었다. 지난 일이야 어찌 되었든 지금에라도 용인 에버랜드에 가 보게 되었으니 마음속은 한없이 기뻤다.

"좋아, 거긴 별로 멀지는 않은데 볼 것, 탈것들이 너무 많아서 하루에는 다 못해. 적어도 이박 삼일은 걸릴 거야."

"그럼 자고 와야 하나, 남들은 다들 당일치기를 하던데."

"그렇지, 당일치기인데 다음에 또 가서 다른 것들을 보고 타고 해야 한다는 뜻이야."

"오홍, 그런 뜻이었구나. 그럼 언제 갈까? 오빠가 날짜를 정해."

"아무래도 한여름에는 돌아다니기 어려워, 넘 더워서. 통닭구이가 되기 십상이거든."

"호호호, 그건 그래, 그런 데는 하루 종일 밖으로 다녀야 할 테니. 그럼 여름철 지나서 가면 되지."

"맞아, 9월 말이나 10월 초쯤이면 좋겠다."

이에 장달이는 스마트폰으로 달력을 보더니 9월 말 토요일이나 10월 초 토요일에 가자고 했고, 유미도 좋다고 대답했다.

9월 말 토요일,

장달이와 유미는 그야말로 사파리 투어의 사파리 복장으로 용인 에버랜드에 나타났다. 유미는 어린아이처럼 마냥 좋아했고 둘은 사파리 투어의 차에 올라서 진짜 사자와 호랑이들을 보면서 매우 즐거워했다. 롤러코스터도 타 보고 돌아다니면서 아이스크림도 입에 물고 다니는데 더러는 이들의 특이한 복장에 마음에 들었는지 내외국인들이 같이 사진을 찍자고 하여 사진도 찍었다. 유미는 놀라울 정도로 영어 회화를 잘하여서 장달이는 곁에서 끼어들지도 못하고 감탄만 해야 했다.

유미는 너무너무 행복했다. 장달이와 한평생 같이 살았으면 좋겠다고 수도 없이 마음 먹었다.

에버랜드에 다녀온 이후로도 둘은 일주일에 한 번꼴, 아니면 이 주일에 한 번꼴로 데이트를 즐겼다. 제일 많이 간 곳이 극장이고, 데이트족들이 간다는 대학로 연극도 보고, 경복궁, 창덕궁도 가고 덕수궁 돌담길도 걸었다. 때로는 노래방에 가서 열창도 했는데 유미의 노래 솜씨는 상당한 수준이었는데 의외로 장달이의 노래 솜씨도 좋았다.

이러니 시간은 쏜살같이 지나가서 가을 겨울이 지났다.

9

간섭하는 부모 형제

새해가 되었고, 3월이 되어서 개학을 했다. 이제 장달이와 유미는 4학년이 되었고, 여전히 남몰래 데이트를 즐겼다.

사람이 사랑에 빠지면 마약에 중독되어서 헛것이 보이는 것처럼 사랑하는 이를 그리워하게 되는 것이다. 장달이가 눈만 감아도 유미가 보이고, 여기를 보아도 저기를 보아도 유미의 모습이 아른거렸다. 유미도 마찬가지로 눈앞에 어른거리는 게 장달이 뿐이었다. 책 속에서도 나타나고 골목길에서도 나타났다.

견우와 직녀가 제 할 일을 하지 않고 사랑에만 빠져있을 때 옥황상제가 이를 알고는 강제로 떼어 놓고 일 년에 한 번씩 칠월 칠석날에만 재회를 허락했다는 옛날 이야기가 있다.

꼬리가 길면 밟힌다는 말처럼 장달이와 유미가 사랑의 열병을 앓게 되니 가족들이 눈치채기 시작하였다.

여름방학이 지나고 개학이 되어서 9월 중순쯤 되었는데, 유미의 가족들이 모두 모였을 때다. 이날은 건달 오빠도 있었다.

"얘, 유미야, 너 남자친구 생겼지?"

"예에? 아뇨."

엄마의 물음에 유미가 큰 눈을 뜨면서 아니라고 답변했다.

"아니긴 뭐가 아니야, 네 얼굴에 남자 친구 생겼다고 쓰여 있는데."

"호호호, 아니라니까요."

"이제 나이도 나이니까 건실한 남자를 만나서 교제할 때도 되었다. 남자친구 만난다는 게 무슨 죄가 아니야. 친구가 있으면 터놓고 얘기도 하고 상의도 해야 한다. 자칫하다가는 애들 불장난처럼 되면 인생을 망칠 수도 있다."

유미의 아빠가 타이르듯이 말을 했다.

"야~ 유미야, 어떤 사람이랑 교제하냐. 어디 한번 들어보자."

가족들이 다 같이 이렇게 채근을 하니 유미도 더 이상 발뺌을 하지 못하고 사귀는 남친이 있다고 말하고야 말았다.

"으음, 그래 잘 되었다. 그래 학교는 어디냐?"

"B대학 3학년이에요."

"뭐라고? B대학이라고?"

유미 오빠인 상호가 발끈하면서 물었다. 유미가 다니는 I대에 비하면 한참 아래인 B대학이라니 어처구니가 없었다. "

"야~, 암만해도 잘못된 만남 같다. S대나 아니면 Y대 정도는 되어야 너하고 격에 맞지, 눈에 콩깍지가 낀다더니 그런 모양이야. 다시 한번 생각해 봐."

"아니, 잘 만났어. 사람 좋아. 우리보다 나아. 집안도 살 만한가 봐. 중형차 타고 다녀."

"그런 거에 혼을 뺏겨서는 안 돼. 허세 부리는 인간들이 얼마나 많은데."

오빠가 타이르듯이 교제를 말렸다.

"그러게 말이다. 차가 사람의 전부는 아니다. 사람이 건실해야지. 지금 교제하면 결혼까지 생각해야 한다."

"엄마, 아빠, 걱정 마세요. 제가 알아서 해요. 그 사람 건실하고 착해요. 학교가 그 사람을 대표하는 것은 아니에요."

"허험, 그렇기도 하지만, 어째 선뜻 마음에 내키지 않는다."

아빠가 마음에 들지 않는다고 또 한 말씀 하시었다.

"지금 일류대 나와도 취업하기가 하늘의 별 따기인데 B대학 나와서 무슨 직업을 가지려고 한다고 하대?"

엄마도 근심 어린 목소리로 물었다.

"그 사람은 그런 회사에 취업할 생각 없어요. 개인 사업을 할 모양이에요."

"뭐어? 개인 사업, 집안 말아먹을 놈이네."

오빠가 또 발끈하여 목소리가 커졌다.

"그럼 집에 어른들은 뭐하신다고 하더냐?"

"잘은 모르지만, 부동산 중개업이라고 들었어요."

"어허허, 요즘 복덕방이 목구멍 풀칠하기도 힘들다는데, 한

때는 경기가 좋았지."

아빠가 애가 타듯이 침통해진 목소리로 말을 했다.

"아이고, 이거 큰일 났다. 네가 좀 반반하다니까 어디서 붙어 먹으려고 왕빈대가 붙었다."

"오빠, 자꾸 자존심 상하는 소리 하지 마. 오빠 일이나 잘해."

"뭐어? 너, 지금 나에게 훈계를 하는 거냐?"

"훈계는 아니고 내 인생 내가 잘살고 있으니 참견하지 말라고."

"하아 참, 이게 머리가 크니까 오빨 우습게 아네."

상황이 조금 비약해지니까 엄마와 아빠가 나서서 말렸다.

"그럼 취업을 하지 않고 무슨 사업을 한다고 하더냐. 젊은 사람이 전망 있는 사업을 시작해서 성공하는 수도 더러 있다더라."

"걱정 마세요, 아빠. 그 사람 진짜 건실하고 자기가 하는 일에 신념을 가지고 있어요. 꼭 성공할 거예요."

"아 그래, 그렇다고 치고 무슨 사업을 생각하느냐고 묻질 않느냐?"

"무슨 기를 이용해서 금광석을 찾아다녀요."

이 소리에 세 명은 뒤로 나자빠질 정도로 충격을 받았다.

"기? 기 수련자냐?"

"아니요."

"그럼 사이비 종교 단체냐?"

"그런 거 아니에요."

당시에 거리에서 젊은이들을 붙잡고 "기를 아시나요?", "도를 아시나요?" 하면서 관심 있는 사람들 유혹하여 뭐를 해라, 뭐를 해라 하면서 돈을 뜯어가는 일종의 사기꾼들이 있던 때라 모두 기겁을 한 것이다.

"아이구, 유미야, 너 진짜 잘못 걸려든 것 같다. 내가 전에 다니던 식당 집 딸도 그런 사람에게 걸려들어서 자그마치 300만 원이나 뜯겼다고 하더라. 뒤늦게 부모가 알고는 거길 찾아갔는데 빈집이더라는 거야. 엉성한 사무실 임대해서 사기 치고는 내뺀 거지. 아이고야, 이거 큰일 났다."

"진짜 얘가 지금 제정신이 아닙니다. 귀신에게 홀려도 단단히 홀렸어요."

오빠가 큰소리로 거들었다.

이에 온 가족이 대들어서 유미가 귀신에 쒼 것처럼 마구 몰아치니, 아무 잘못도 없는 유미는 급기야 울음을 터트리고야 말았다.

"왜 다들, 나를 가지고 그래, 내가 뭘 어쨌다고. 내 인생 내가 알아서 살아. 이제껏 잘못된 것 하나도 없어. 지금 이 집안도 나 아니면 벌써 파탄 났어. 나도 대학생인데 방학 때 배낭여행 한 번 못 가면서 과외 알바해서 먹고 살잖아. 우리 집 생활비의 삼 분의 이는 다 내 돈이야. 오빠는 입이 열 개라고 할 말이 없어. 건달 똘마니 소리 들으면서 돈이라도 한 푼 벌어 봤어? 남들을 보라고, 왜 내가 뭘 잘못했다고 그래."

"어라~ 이게 진짜 마구 대드네."

약간 다혈질인 덩치 큰 오빠는 주먹으로 한 대 내려칠 기세다. 이에 엄마가 벌떡 일어나서 말리고 아빠도 일어나서 제지하였다.

유미는 그동안 쌓였던 분을 삭이지 못하고 되는 대로 마구 소리쳤다. 얼굴에는 눈물범벅이 되고 말았다.

"애야, 진정해라. 진정해, 이러다가 집안싸움 날라. 다 너를 위해서 하는 말이니 일단 진정해라."

엄마가 달래고 달래어 간신히 유미를 제방으로 밀어 넣었다. 유미는 침대에 엎어져서 펑펑 울기 시작했다.

"윗물이 맑아야 아랫물이 맑댄다. 너부터 정신 차려라."

아빠가 훈계를 하니 상호는 씩씩거리다가 현관문을 박차고 나가 버렸다.

집안은 태풍이 지나간 듯 고요해졌으나 언제 터질지 모르는 시한폭탄과도 같았다.

다음 날부터 집안은 적막감이 감돌았다. 어느 누구 하나라도 입을 잘 못 열었다가는 폭탄 터지듯 할 게 뻔했기 때문이다. 상호는 밖으로 나돌아서 밤늦게 왔다가 아침에는 일어나지도 않고 밥도 먹지 않고 잠만 잤다. 그러다가 점심때쯤 되면 혼밥을

하고는 나가 버리니 유미는 얼굴 구경도 제대로 못 할 지경이
었다.

그런데 상호는 부모님 이상으로 유미를 아끼고 있었다. 어려
서부터 오빠, 오빠하면서 잘 따랐고, 빵이라도 사다 주면 얼마
나 좋아했던가. 그런 유미가 커서 공부도 잘하고 미모를 겸비
한 I대 여대생이 되었으니 덩실덩실 춤이라고 출 지경이었다.

그래서 유미를 더 각별히 보살피다가 재벌가는 아니어도 잘
사는 집안에 시집을 보내야겠다고 마음먹었다. 잘사는 집안이
아니더라고 성실한 남자를 만나서 오순도순 잘 살길 바라는 마
음이었다. 즉, "윗물은 흐려도 아랫물은 맑아야 한다."는 게 상
호의 지론(持論)이었다. 그런 유미가 지금 사이비 종교인에게
빠져서 허우적대다니 천부당만부당한 일이었다.

유미네 집은 한동안 태풍의 눈처럼 고요했다. 이럴 즈음 상
호는 또 다른 방법을 생각해 냈다. 은근히 고집 센 유미를 설득
하거나 제재하기 어려우니 남친을 제재하기로 결심했다. 그래
서 유미 몰래(스맛폰을 두고 화장실에 가거나 아니면 잠시 틈을
비운 사이) 폰을 보고는 남친 이름과 전번을 알아내었다. 그뿐
만 아니라 지난번 유관순 기념관에서 같이 찍은 사진은 없었지
만 남친인 이상달로 보이는 청년의 얼굴도 확인했다. 약간 큰
눈에 갸름한 얼굴, 보통 체구를 가진 것으로 보인 그야말로 평
범한 청년, 아니 준수한 외모였는데 상호가 보기에는 영락없는

사이비 교인이나 사기꾼처럼 보였다.

"이 자식이 이렇게 생겼으니 유미를 후려쳐 먹을 생각이지. 이런 개자식을 혼쭐을 내서 범접(犯接)도 못 하게 해야 한다."

상호는 급히 폰을 놓고는 거실에 앉아서 TV를 보는 척했다.

다음 날은 금요일이었다.

"때링! 때링!"

"누군가?"

장달이가 폰을 들면서 낯선 전화번호를 보았다.

"아~ 거기가 이장달인가요?"

"네. 누구시죠?"

"나는 배유미의 오래비입니다."

전에 유미에게 곰같이 덩치가 크고 건달 생활을 한다는 오빠 얘기를 얼핏 들었기에 장달은 형식적으로 인사를 하지 않을 수 없었다.

"예, 말씀 들었습니다. 그런데 유미에게 무슨 일 있나요?"

"있지, 있어. 다른 게 아니라 우리 유미를 더 이상 만나지 말았으면 해서."

"왜요? 무슨 잘못이 있었나요?"

"그래, 지금 잘못되어 가고 있어서 그래."

나이로 치면 한두 살 위인 것 같은데 막 반말 조다. 장달은 '그 사람이 건달이라 그런가 보다.' 라고 생각하면서도 기분이 몹시 나빴다.

그때, 상호는 불현듯 조폭 똘마니 같은 생각이 떠올랐다.

'이 자식을 혼꾸멍을 내야지. 그냥 말로 해선 안 될 것 같다.'

이런 생각이 든 것이다.

"저기 할 말이 있으니 오늘 하교 후에 잠깐 보자."

"예, 그러시지요."

장달은 자기가 잘못한 것이 전혀 없기에 담담하게 대답했다. 단지 곰같이 덩치가 크고 건달 생활을 한다는 유미의 오빠가 무슨 일을 할지가 은근히 걱정되었다.

그래서 장달은 상호가 말하는 대로 어떤 큰 건물 뒤에 있는 커피숍으로 약속했다.

시간은 저녁 다섯 시였다.

장달은 그 시간에 수업이 없기에 근처 또 다른 커피숍에 가서 음료수를 한잔 마시고는 혼자서 터덜터덜 약속된 '스타' 커피숍으로 향했다. 거기로 가는 길이 아주 큰길은 아니어서 차는 잘 안 다니고 사람만 다니는 길이었다.

장달이 몇 걸음 옮기는데, 갑자기 앞에서 진짜 거구의 곰 같은 사내가 앞을 가로막았다.

"네가 장달이냐?"

"예."

장달은 진짜 기가 죽어서 말도 못할 지경이었다.

"너, 이 시간 이후로 유미 만나지 마라. 만났다간 죽는다."

"왜요? 내가 무슨 잘못을 했나요?"

"이 자식이 만나지 말라면 만나지 말 것이지. 무슨 말이 많아."

"만나건 안 만나건 우리 둘 사이에 문제인데, 무슨 이유인지는 알아야 하잖아요."

"어허, 이 자식이 맛 좀 봐야겠네."

그러는데 어느 사이에 뒤에도 장달이보다 큰 덩치 두 명이 버티고 있었다.

"이 자식 말을 안 듣는다. 뜨거운 맛 좀 보여 줘."

이러니 뒤에 있던 두 놈이 다짜고짜 장달이를 주먹질로 패기 시작하고, 유미 오빠인 상호도 주먹으로 마구 때리기 시작하였다.

"아이고, 어쿠, 왜 때려요. 사람 살려!"

이런 중에 상호가 "야, 얼굴은 때리지 마! 흔적을 남겨선 안 돼!" 이렇게 말하고는 몸통이니 다리를 무차별로 마구 때렸다. 장달이는 흡사 격투기의 패자처럼 일방적으로 얻어맞고만 있어야 했다. 저절로 살려 달라는 소리가 입 밖으로 나왔다.

"아이구아야. 왜 그래요. 아이구! 사람 살려!"

"야 이 자식아, 그러니까 앞으로 유미를 만나지 마라, 알았어?"

"예, 안 만날게요. 살려 주세요."

목숨이 경각에 달린 것으로 판단한 장달이는 일단 굴복부터 해야 했다.

상호는 몇 마디 떠들다가 데려온 두 명과 함께 가 버렸다.

장달이는 죽지 않은 게 다행이라면서 그 자리에 털썩 주저앉아 저절로 흐르는 눈물을 닦아 내야 했다. 그렇게 눈물을 한 바가지쯤 흘리고 나서 기운이 다 빠진 채 차를 몰고 집으로 돌아왔다. 주차를 한 장달이는 너무도 분해서 집에 들어가지 않고 아파트 입구 포장마차로 가서는 혼술을 마시기 시작했다.

10

조폭 대 태권도

"딸롱! 딸롱!"

"응, 나야"

장달이는 남동생인 중달(李重達)이에게 전화를 하였다.

"형이다, 지금 어디쯤 오냐?"

"거의 다 왔어, 십 분만 가면 돼. 왜?"

"너에게 할 말이 있어서 그런다. 아파트 앞에 포장마차 있지. 주차하고 거기로 와."

남동생 중달이는 이제 군 제대하고 내년에 복학해야 한다. 장달이와는 달리 남동생인 중달이는 남동생은 자기보다 덩치가 크고 운동도 했다. 성격도 장달이보다 외향적이고 가끔 불같은 화를 내기도 하는 성격이다. 불의를 보면 참지 못하는 것이다.

장달이가 첫돌 때 크게 백일해를 앓아 죽다가 겨우 살았는데, 이후로도 잔병치레를 하게 되었다. 반면 중달이는 타고나길 튼튼하게 태어났다. 장달이는 모유만을 고집하여 젖이 부족한 엄마를 애태웠는데 중달이는 모유나 분유나 아무거나 잘 먹었다고 한다.

감기가 유행처럼 번지면 으레 장달이는 앓아 눕기 일쑤였다. 중달이는 아파도 금세 회복되는데 장달이는 또 땀을 흘리면서 신음 소리를 내고 있으니 중달이는 엄마와 곁에 있으면서 간호하는 척하였다.

"형, 많이 아파?"

하면서 울상을 짓고 엄마와 같이 물수건을 머리에 올려 주기도 하였다. 어려서부터 이렇게 커 오니 중달이는 자신도 모르게 장달이의 보호자 역할을 하게 된 것이다.

이렇게 허약하게 크던 장달이는 중학교 2학년 가을께쯤부터 먹성이 터지기 시작하여 그때부터 키가 부쩍부쩍 크고 체구도 커졌다. 하지만 중달이는 조금 더 크고 체구도 훨씬 더 좋았다.

초등학교 나닐 때였다. 장달이가 허름한 집에서 사는 것을 안 반 애들이 거지라고 놀리니 장달이도 이에 맞서서 대항하다가 몇 대 맞고는 울면서 집에 들어왔다.

중달이는 기겁을 하면서 다음날 혼내 주겠다고 벼르고 있었다.

"형, 걱정 마. 내가 가서 혼내 주고 올게."

"너보다 윗 학년인데 어떻게 혼내."

"괜찮아, 내가 아는 형들 데리고 가서 꼼짝을 못하게 할 테니까. 걱정 마."

다음 날 아침 일찍 중달이는 덩치가 큰 6학년 선배 일곱 명을 데리고 장달이 교실로 들이닥쳤다.

"야, 늬들 어제 장달이 놀리고 때린 놈이 누구야? 지금 안 나오면 조사해서 다 죽여 버린다."

이렇게 엄포를 놓으니 애들이 모두 벌벌 떨고 네 명이 앞으로 나와서 죄인처럼 고개를 숙이고는 벌벌 떨고 있다.

"늬들 네 명이 장달이 놀렸어? 어엉?"

"예, 잘못 했습니다."

"이 자식들이 맛 좀 볼래."

이러면서 주먹으로 치는 흉내를 내니 모두 한 걸음씩 물러서더니 재빨리 무릎을 꿇고는 잘못했으니 용서해 달라고 빌기 시작했다.

"이 자식들이, 오늘 한 번만 참는다. 장달이나 다른 애들을 놀리고 때리기만 해 봐라. 늬들은 뼈도 못 추려."

선배들은 이렇게 엄포만을 놓고 갔다. 그 이후로는 어느 누구도 장달이를 건들지 못하고 오히려 빵이라도 사다 주면서 친하게 지내려고 하였다.

　중달이는 또래들과 어울려서 축구를 하는데, 그 축구팀에 6학년 선배를 데려다가 혼내 주라고 했던 것이다. 이런 식으로 은연중(隱然中)에 장달이는 중달이에게 의지하게 되고 중달이는 약한 형을 보호해야 한다는 생각이 들게 되었던 것이다.

　그런데 후에 중학교에 들어가서는 공부하는 취향이 달라서인지 장달이는 수학, 과학 과목도 잘했는데 중달이는 수학을 싫어해서 좀처럼 실력이 오르지 않았기에 매번 시험 볼 적마다 장달이가 가르쳐 주곤 했다. 중달이는 태권도 도장도 다니고 축구도 잘하였다.

　아무튼 두 형제는 상부상조하면서 우애 좋게 지내고 있었다. 그러니 이번 사건에도 장달이는 중달이를 부르지 않을 수가 없었다. 아니 저절로 부르게 되었다.

　잠시 후, 중달이가 포장마차에 들어섰다가 시무룩하게 앉아서 혼술을 마시고 있는 형을 보고는 깜짝 놀랐다.

　"형, 무슨 일이 있길래 그래?"

　"으응, 일이 있었어. 나 지금 죽을 거 같아."

　"왜? 왜 그래?"

　"여친 있다고 했잖아."

"으응, I대 영문과 여학생, 참하다고 했잖아."

"그 여친 오빠에게 폭행 당했어. 지금 온몸이 멍투성이야."

"뭐어?"

성격이 급한 중달은 그 자리에서 장달이 옷을 걷어 올렸다. 얼굴 빼고는 온몸이 멍투성이다.

"이런, 개 자식이 있나. 그래 대항도 못 했어?"

"못해, 180도 넘는 거구야. 곰 같아. 세 놈들이 달려들어서 여친을 만나지 말라고 마구 때렸어."

마침내 장달은 눈물을 뚝뚝 떨구면서 하소연을 하니 중달은 안절부절못하고 당장 칼이라도 들고 가서 죽여 버린다고 엉덩이를 들썩들썩했다.

"그래선 안 돼. 정당하게 복수를 해야지."

"어떻게 정당하게 복수를 해?"

"눈에는 눈, 이에는 이라고 놈들을 죽을 만큼 패는 거야."

"누가?"

"그래서 널 불렀잖아, 네 친구들 태권도 하는 친구들 있잖아."

"아항, 좋아, 내가 형 대신 복수를 해 줄게. 신사적으로 싸워서 반병신을 만들 수 있어."

이러니 장달이는 크게 위로를 받았다.

"형, 쇠뿔도 단김에 빼라고 했잖아, 지금 연락해. 전번 알아?"

"응, 아까 내 폰에 찍혔어. 내 전번을 어떻게 알았을까, 유미가 알려 주었을 리는 없을 테고."

"그게 중요한 게 아니니까 어서 전화해. 당장 오늘 아니 내일 저녁이라도 만나자고 해."

"그래 볼까. 네 친구들 진짜 길바닥 막 싸움도 잘할까?"

"아이구, 정식 싸움에서 막 싸움은 게임도 안 돼. 걱정 말고 어서 전화해."

중달이가 적극적으로 나오니, 아직 얻어맞은 데가 욱씬욱씬 쑤시는 장달은 전화를 걸었다.

"접니다. 유미 친구 장달이라고 합니다."

"어엉, 그래 결정했냐? 다시는 유미 안 만난다고."

"그것보다 전 맞고는 못 삽니다. 결투 한 번 하시죠."

"뭐어? 이런 좆만 한 새끼가 아직 정신 못 차렸네. 그래 지금 나갈까? 너 혼자냐?"

"아뇨, 아까 형님도 두 명이나 데리고 왔잖아요. 후배들 데리고 나갑니다."

"그래 언제, 지금이냐?"

소리가 얼마나 큰지 옆에 있던 중달이나 포장마차 주인 내외에게도 다 들릴 정도였다.

이에 중달이가 오늘은 안 되고 내일 저녁에 약속 잡으라고 작은 목소리로 거들었다.

"오늘은 늦어서 안 되고 내일 저녁에 만나지요. 대여섯 명 데리고 나갑니다. 사나이끼리 정식 대련을 하는 겁니다."

"알았다, 임마. 대련에서 지면 유미를 포기하는 거다."

"예, 그럴게요. 몇 명 데리고 나옵니까? 숫자를 맞춰야지요."

"으흠, 일곱 명이다, 싸움꾼 일곱 명이다. 늬들 자칫하다가는 뼈도 못 추려."

"알았으니 내일 어디서 만날까요?"

"거기 대도교 다리 아래, 거기가 좋아, 저녁 7시까지 나와라."

"예, 그럼 내일 보지요."

장달이는 욕이 목구멍까지 치받아 올랐지만 간신히 참으면서 예우를 다해서 말대답을 했다. 그런 모습을 본 중달이는 더더욱 분해서 어쩔 줄 모르면서 자작술을 마시고 있었다.

곧바로 중달이는 절친인 강희철에게 전화를 해서 이러저러한 일이 있으니 내일 저녁때 조폭 똘마니들과 정식 대련을 해야 한다고 했더니 강희철은 군말 없이 좋다고 대답했다.

"아, 좋지, 좋아. 오래간만에 몸 좀 풀어보자. 조폭 똘마니들 허세만 부릴 줄 알지 종이 호랑이야. 입만 살아 있어."

"그래, 고맙다. 나도 선수로 뛴다."

"하하하, 그래, 낼 보자."

중달이도 태권도 3단인데 형의 복수를 위해서 대련한다고 하였다.

다음 날 저녁 7시경, 대도교.

하늘에는 반달이 떴고, 다리 밑에는 여기저기 희미한 전등불을 켜 놓았다. 우범지대라고 해서 전등불을 켜 놓은 것이다.

대도교 아래에 건장한 젊은이들이 모여들었다. 저쪽 편에 차를 주차하고는 삼삼오오 걸어서 오고 있었는데, 흡사 영화의 한 장면 같은 모습이었다.

잠시 후, 상호 편은 자그마치 13명이나 왔고, 장달이 편은 총 8명이다.

"7명이 대련한다고 했는데 왜 13명이나 됩니까?"

장달이가 애써 진정하면서 조폭 똘마니 대장이자 유미의 오빠인 상호에게 물었다.

"걱정 마, 선수는 7명이다. 너도 선수냐?"

"아닙니다. 전 어제 맞아서 못 뜁니다. 후배들이 뜁니다."

"좋다. 오늘 맞짱 떠 보자."

"그럼 시합 전에 여기 서류에 각자 서명하시지요."

"뭔데? 무슨 각서냐?"

"일종의 그런 서류입니다."

이러면서 장달이가 미리 준비해 온 서류를 내밀었다. 별 내용은 없고 얼굴은 치지 않고 목 아래로만 공격한다. 경찰에 신고하지 않는다. 치료비는 각자 몫이다.

라는 등의 내용이었다. 이에 양측 선수들이 이의를 제기하지 않고 각자 서명을 했다. 총 14명이 서명을 한 것이다.

　여기 오기 전에 장달의 남동생 친구인 태권도 5단 강희철은 이번 선수들에게 특별 부탁하였다. 후배나 친구들이다.
　똘마니들을 단방에 제압하자. 면장갑을 끼워도 된다고 했다면서 면장갑을 끼라고 하고
　정권으로 내리치라고 했다. 종아리에는 긴 양말을 신고 오라고 했다.
　"주먹은 그냥 쨉용이다. 건달 양아치들 싸움을 내가 잘 알아. 그놈들 입만 살아 있지 동작은 굼떠서 두꺼비 같은 놈들이야. 소리 지르고 욕하고 문신으로 겁만 주는 놈들이야. 절대로 쫄지 마라. 그리고 이건 불법이나 합법적으로 하는 게임이다. 계약서에 서명할 테니까 만약에 문제가 되도 크게 확대될 일 없다.
　다시 말한다. 주먹은 쨉용이고 주무기는 돌려차기다. 돌려차기로 머리 때리면 그대로 기절할 수도 있으니 싱겁게 끝난다. 아니다. 목 아래로만 공격하기로 했다. 그러니 뒤 돌려차기로 갈비뼈를 차라. 아주 세게 차면 단 한 방에 갈비뼈 한두 개쯤은 나간다. 부러지진 않아도 최소한 금은 가고 그대로 거꾸러질 것이다. 거꾸러져도 항복 소리가 나올 때까지 때려. 격투기 보았지? 발로 내려치고 밟고 주먹으로 때려. 얼굴은 때리지 말고. 그냥 갈비뼈만 집중적으로 때려 주먹으로도 갈비뼈 나간다."

"예, 잘 알아들었습니다."

"갈비뼈가 되었든 팔뼈가 되었든 어디 한 군데가 부러져야 한다. 그래야 그놈들이 다시는 힘을 못 쓰지. 그리고 지난번 장달이 형을 때렸다던 두목 같은 놈은 내가 맡는다. 얘기 듣고 보니 허풍만 살아 있는 놈 같아. 제대로 운동한 것 같지 않아. 그놈은 내가 제압한다."

이런 식으로 말하면서 단단히 다짐을 주었다.

조폭 건달 팀의 선수 일곱 명의 나이대는 이십 대 후반에서 삼십 대 초반으로 모두 덩치가 크다. 그중 상호는 단연 곰 같은 거구였다.

태권도 팀의 일곱 명은 대학교 19살부터 23살까지로 대체로 마른 체격이다.

상호 팀은 뭐라고 입으로 씨부렁거리면서 웃옷을 다 벗었다. 모두들 요란한 문신이다. 바지는 체육복 바지가 아니라 일반 면바지, 양복바지 등 입고 온 그대로에 구두만 벗고 양말 차림이다.

이들은 한눈에 보아도 태권도 팀이 같잖아 보였기에 거들먹거리고 대번에 쌍욕부터 하기 시작했다.

이에 반해 강희철 팀은 태권도복 차림으로 면장갑을 끼거나 맨손이었다.

곧바로 일곱 명은 서로 마주 보고 상대방이 혹시 무기를 소지하고 있나를 확인했다. 그냥 대충 두 손 들고 몸을 더듬어 보는 것으로 끝이다.

여기서 잠시 강희철에 대하여 알아보자.

강희철은 170cm 정도의 단신인데 태권도 5단이다. 아버지가 단신이고 어려서부터 괴롭힘을 당한 적이 있었기에 희철이를 초등학교 입학 전부터 태권도 체육관에 보냈다. 희철이는 나름대로 운동을 열심히 하여 정권 주먹에는 쇠구슬 두 개가 박힌 것 같았고, 발차기를 하면 머리 위까지 사뿐히 올라가서 꼭 캉캉춤을 보는 듯하였다. 몸을 새처럼 날리면서 단 한 방에 주먹이나 발차기로 쓰러트린다. 그래서 지난 소년 체전 때도 금메달을 두 번이나 획득한 알려지지 않은 고수이다. 이러다가 아예 진로를 바꾸어 태권도를 전공하고 있었던 것이다. 이런 사실을 모르고 양아치, 똘마니들이 희철이에게 집적대다가 다친 놈들도 여러 명 있었다.

잠시 후,

작전 타임을 갖고 대련을 시작하자고 양 팀이 수락했다.

희철이는 이미 조폭이나 똘마니들과 몇 차례 결투를 해 본 적이 있었기에 먼저 작전을 지시했다.

"저놈들 덩치만 크고 문신만 했지, 아무것도 아니야, 그냥 샌

드백 친다고 생각해라. 분명히 복싱처럼 주먹을 휘두를 것이다. 주먹 휘두를 때 그 아래 옆구리는 텅 비었다. 여길 돌려차기로 차 버리는 것이야. 단 한방에 갈비뼈 나간다. 저런 놈들 발차기 잘하는 것을 보지 못했다. 저기 제일 큰 놈 있지, 그놈이 대장(배상호)인 모양인데 내가 맡으마. 처음에는 피해 다녀. 곰 같은 놈들 기운을 좀 빼야지. 알았지?"

"옛."

조폭 똘마니 대장은 당연히 배상호였다. 이들은 작전을 말하는 것이 아니라 욕으로 시작해서 욕으로 끝나고 있었다.

"좆만 한 것들이 대드네."

"며르치 같은 놈들, 아니 며르치보단 크다. 피라미 같은 놈들이 감히 까불어."

"하아 참, 이 나이 먹어서 저런 젖비린내 나는 놈들과 쌈을 하다니 체면 구긴다."

"아 증말, 쓰벌 놈들, 아작을 내 주자. 무제한이라니 다리 몽댕이를 분질러 놓자."

이런 식으로 욕과 험담만 하고 있었다.

장달이가 심판 격인데 시간은 무제한이라고 말하면서

"누구든 항복하면 그 선수는 끝이고, 다른 선수들은 모두 싸웁니다. 서 있는 형님들 절대로 훈수 두면 안 됩니다. 사나이끼리 결투입니다."

"알았다. 걱정 마라. 멸치같이 생긴 것들이 한주먹 거리도 안
된다."

조폭 똘마니들은 기고만장했다.

중달은 "내가 저 배상호라는 놈과 붙어 보려는데 아무래도 기
세가 딸려. 희철이가 때려눕혀."라고 제의하자, 곧바로 희철이
가 답변했다.

"응, 내가 해치울게. 거들먹거리는 게 폼만 살아 있다."

곧바로

"액션!"

하고 장달이가 소리쳤다.

건달들은 여전히 뭐라고 씨부렁거리면서 주먹질을 해 대는데
엉성하기 짝이 없다. 몸놀림이 마구잡이 주먹질로 스텝과도 맞
질 않는다.

이에 강희철 팀은 요리조리 피하면서 단 한 번도 맞아주질 않
는다

이러니 건달들은 약이 바짝 올라서 씩씩거리면서 쫓아다니고
여전히 헛손질하기에 바쁘다.

이때

"이얏!"

하는 기합소리와 함께 강희철 팀의 나한재 선수가 돌려차기로 건달의 옆구리를 찼다.

"아악!"

단 한방에 그놈은 옆으로 쓰러져서 죽는 재주를 하고 있다. 똘마니가 넘어졌지만 나한재는 봐주지 않고 맞았던 갈비를 향해 한발을 높이 들면서 뛰어내려 찍었다.

"카악!"

그놈은 두 눈의 흰자위를 드러내놓고 희번덕거렸다.

아직도 항복 소리를 하지 않기에 강희철 팀의 나한재는 '이대로 한 번 더 차면 죽을 것 같다.' 라고 생각하면서

"형님, 아직도 항복 안 하세요. 한 번 더 내려찍을까요?"

하고 물으니

"항복! 항복! 항복이다. 아이구, 사람 살려!"

하고 비명을 질러대었다.

이 상황을 시작으로 여기저기서 "아악!" 소리와 함께 쓰러지고 있었다.

또 한 명,

태권도 4단인 최성수라는 1학년 학생이 있다. 가수 최성수는 키가 큰데 여기 최성수는 174cm였다. 그런데 줄을 서다 보니 상대방 폭력배가 키가 180cm도 넘어 보였고 덩치도 고릴라 같은 모양새였다.

"야, 성수야 괜찮겠니?"

옆에 있던 선배가 물었다.

"괜찮아요. 덩치만 컸지 허수아비 같네요."

매의 눈을 가진 성수는 상대방을 벌써 간파(看破: 속내를 꿰뚫어 알아차림.)하고 있었다.

대련이 시작되자마자 성수의 상대편인 고릴라는 대번에 욕부터 하면서 대들었다.

"이런 좆만 한 새끼가."

이렇게 내뱉자마자 오른손 주먹을 세게 내질렀는데, 성수는 고개를 약간 뒤로 젖히면서 뒷걸음질로 살짝 피했다. 고릴라가 씩씩거리면서 연신 좌우 주먹질을 했으나 성수는 그때마다 살짝살짝 피하기만 할 뿐 공격도 하지 않고 있었다. 상대방의 힘을 좀 빼놓으려고 한 것이다.

"야 씨발 놈아! 왜 도망만 다녀, 너도 공격 좀 해라!"

마침내 고릴라가 소리를 치면서 헛 주먹질을 해 대었다.

그때 성수는 몸을 살짝 구부리면서 오른쪽 발등으로 고릴라의 왼쪽 오금을 아주 세게 걷어찼다.

"아악~"

야구 방망이로 얻어맞은 듯한 고릴라는 그 자리에 무릎을 꿇다시피 주저앉았다.

"아이구, 아야!"

성수는 그대로 서서 고릴라가 일어서기를 기다렸다.

쉴 사이 없이 욕을 나불대던 그놈이 이제 고통의 소리로 입을 나불대다가 잠시 후에 일어섰다. 스텝이 약간 풀렸는데 오기 하나로만 또 복싱 스타일로 주먹질을 하려고 하였다. 성수는 아까 그대로 또 다시 아까 때린 자리인 오금을 있는 힘껏 걸어찼다.

"아악~"

그놈은 또 털썩 주저앉았고, 성수는 또 기다렸다.

잠시 후, 그놈이 일어나긴 했는데 이제는 절룩거린다. 일어서자마자 스텝이 풀린 오금을 또 걸어찼다. 같은 자리 오금만 세 대를 맞은 것이다.

"아악~, 이 씨발 놈이 똑같은 데만 차네. 아이구, 일어서지도 못하겠다."

"형님, 그럼 다른 데를 공격할까요?"

"그래, 이 씨발 놈아, 다리 부러지겠다."

"알았습니다. 형님."

곧바로 고릴라가 일어섰는데 아예 왼쪽 다리가 굽혀진 상태로 걸음도 제대로 못 걷는다. 살아 돌아다니는 샌드백이 되어 버린 것이다. 왼손으로는 무릎을 만져가면서 오른 주먹만을 들어서 흔드는 꼴이 되고 만 것이다. 이때 성수는 희철이 선배가 알려 준 대로 뒤돌려 차기로 고릴라의 오른쪽 갈비를 발꿈치로 찍어 버렸다.

뼈가 부러지는 듯한 느낌이 발꿈치로부터 옆 가슴까지 전해 졌다.

"아악!"

마침내 고릴라는 쓰러져서 손으로 옆 가슴을 만지면서 나뒹 굴었다.

"항복하시죠."

"아악~ 항복이다, 항복. 아이고 나 죽네. 나 죽어."

그러니 고릴라는 입으로만 싸웠고 성수는 발로만 싸워서 이 겼다.

왼쪽 오금을 세 번 차고 오른쪽 갈비를 한 번 걷어찼으니 모 두 네 번 공격으로 상대방을 묵사발로 만든 것이다.

순식간에 상황이 이렇게 전개되니까 배상호는 두 눈을 크게 뜨고는 당황한 빛이 역력하였다. 희철이는 이 틈을 놓치지 않 고 배상호가 왼쪽 주먹을 뻗을 때 자세를 낮추어 겨드랑이 아 래를 쇠구슬 같은 정권으로 힘껏 가격했다.

"어억!"

배상호가 엄청난 통증을 느끼면서 저절로 몸이 왼쪽으로 굽 어지자, 오른쪽 전체가 무방비 상태로 골키퍼 없는 축구 골대 같았다. 희철이는 뒤돌려 차기로 상호의 오른쪽 갈비뼈를 세게 차 버렸다.

"으악!"

배상호도 쓰러지면서 옆구리를 감쌌다.

강희철은 일순간도 틈을 주지 않고 발을 들어 올려서 지금 맞는 자리를 내려찍고 다시 발을 들어서 왼쪽 갈비뼈도 내려찍었다.

"우둑!"하는 소리가 나는 게 부러지는 소리였다.

"아악! 사람 죽네, 사람 살려!"

"아직도 항복 안 하십니까?"

"항복! 항복! 사람 살려!"

이런 상황에 다른 놈들도 모두 갈비뼈를 얻어맞고는 나뒹굴었다.

장달이 동생 중달이도 형 대신에 앙갚음해서 그놈도 갈비뼈가 부러졌을 것이다. 이런 모든 상황이 시간으로 보면 십여 분밖에 안되었다.

강희철의 선수들은 모두 생생한 것이 그냥 준비 운동을 한 것이나 마찬가지로 가볍게 스텝을 밟고 있었다.

"거 봐라, 건달들 입만 살아 있지. 맹물이다."

생각 없이 따라왔던 나머지 건달들도 크게 놀라서 이러지도 못하고 저러지도 못했다.

이에 장달이가 배상호에게 갔다.

"이제 앞으로는 날 건드리지 마슈. 내가 유미를 봐서 목숨만은 살려줍니다."

"으윽, 알았다. 어서 병원으로."

상호는 이렇게 말하면서 손을 허공으로 내저었다.

이렇게 해서 건달들은 타고 온 승용차에 부상당한 건달들을 태우고는 꼬리가 빠지게 달아났고, 강희철 팀은 승합차에 타고 돌아왔다.

"와 진짜 실전에서 대련할 줄은 몰랐네. 감사합니다. 장달이 형님."

"아이고, 내가 고맙지 뭐, 이제 함부로 나대지 못할 것이다."

장달이는 큰 수고했다면서 유명 숯불 갈비집으로 일행을 데리고 갔다.

건달들은 한 병원으로 가면 의심을 살 수가 있으니 각자 다른 병원으로 가자고 하였다.

배상호도 어느 작은 병원으로 실려갔는데, 피를 흘리진 않았지만 죽는시늉을 하기에 응급으로 엑스레이를 찍었는데, 양쪽 갈비뼈가 두 개씩 모두 부러져서 어긋나기도 하고 부러진 채로 있다고 하였다.

"아이고 이만해도 다행이요. 부러진 갈비뼈가 폐를 찔러서 내출혈이 일어났으면 벌써 저승사자가 데려갔지요."

담당 젊은 의사가 남의 말 하듯 개그를 하듯 부연 설명을 하면서 당장 입원해서 최소한 6주간은 치료해야 한다고 하였다.

돈도 없던 배상호는 크게 놀랐으나 내색도 못 하고, 이미 되돌릴 수 없는 엎지른 물이었다.

　잠시 후 간호사가 왔다.
　"늑골(갈비뼈)이 골절되어 수술해야 하는데, MRI를 찍어 봐야 구체적으로 알게 됩니다."
　"예에? 수술을 해야 한다고요?"
　상호는 덩치만 컸지 지금은 어린아이처럼 놀랍고 두려워서 어쩔 줄 몰라 했다.
　"수술비가 많이 나오나요?"
　"많지요. 자세한 것은 원무과에 문의해 보세요. 그것보다 먼저 보호자를 오라고 하세요. 보호자의 동의 없이는 아무것도 못 합니다."
　이러니 상호는 진퇴양난에 빠지고야 말았다. 보호자라면 부모님밖에 더 있는가, 돈도 없는 부모님이 보호자 노릇을 해야 한다.
　상호는 혼자서 고민 고민 끝에 여동생 유미를 부르기로 했다.

　"유미냐? 오빠다."
　"으응, 왜 그래?"
　첫 마디가 경계하는 목소리다.
　"나……, 지금 병원에 입원해 있어."

"뭐어? 입원했다고? 아이구야, 또 한 건 했네."

"보호자가 있어야 된다고 해서 그러는데 네가 잠깐이라도 와 봐, 좀 심각해. 수술해야 한다고 그래."

"뭐라고? 그냥 싸운 것이 아니라 어딜 죽도록 맞은 모양이네. 아이구, 이를 어째, 아이구."

유미는 울상을 지으면서 말대답을 하고 있었다. 상호는 사건은 이야기하지 않고 병원 위치만을 얘기하고는 잠깐만이라도 왔다 가라고만 했다. 유미는 즉시 집으로 연락해서 부모님께 어디 어디에 있는 '성미 정형외과'로 오라고 하고는 택시를 타고 병원으로 향했다.

상호는 침대에 누워서 일어나지도 못하고 유미를 맞이하였다.

"어디가 어때서 그래. 얼굴은 그대로인데. 어딜 맞았어? 사고 났어?"

"맞았어."

"어딜?"

"갈비뼈가 부러졌대. 그래서 수술해야 한다고 하네. 지금 이러고선 꼼짝 못 하게 해. 화장실도 못 가."

상호가 울상을 지으면서 목소리가 가라앉았다.

"아이고, 이걸 어쩌나, 누가 사람 나 죽게 만들었어, 흐흐흑"

마침내 유미가 울음을 터트렸다. 이와 동시에 부모님이 택시를 타고 와서 병실로 들이닥쳤다.

엄마는 대번에 상호를 보더니 울기부터 한다.

"아이구야, 무슨 일이 있었길래 이 지경이 되었니? 아이구,"

엄마는 사설을 늘어놓으면서 눈물을 훔치고 있었고, 아버지도 그저 안타까운 마음에 코끝이 찡하면서 말을 꺼내지도 못하였다.

잠시 후, 상호의 부모님과 유미의 다그침에 상호는 사실대로 말하지 않을 수 없었다.

유미와 남친을 떼어 놓으려고 하는데 유미가 말을 안 듣자, 남친을 혼내줘야겠다고 친구들과 함께 몇 대 때렸더니, 남친이 억울하다면서 맞장을 뜨자고 해서 맞장을 떴다고 했다. 상호 편 7명과 유미 남친 편 7명인데 모두 태권도 하는 학생들이라고 말했다. 걔들에게 발차기로 얻어맞아서 갈비뼈가 부러졌다고 말했다.

"어허, 참, 망신도 가지가지로 한다. 집안에 망조가 들었어."

아버지가 기가 차다는 듯이 한 말씀하셨다.

"그럼 내 남자친구도 싸웠어?"

"아니, 걔는 못 싸우고 남동생이 싸웠어."

"아이그, 정말 사람 미치겠네. 그렇게 싸우면 안 만난다고 했어?"

"그건 몰라. 그것보다 지금 당장 수술비, 입원비가 문제야."

"아이그그, 그럴 테지."

"수술비가 얼마나 된대?"

"잘 몰라, 수술비에다 6주간 입원비까지 천이 넘는가 봐."

"뭐어? 천?"

"아이구머니나, 천? 천만 원?"

집안 식구들 모두 놀라서 자빠질 지경이었다.

"아니 왜 그렇게 많아? 아무리 수술이라도 그렇지."

"보험처리가 안 돼서 그래."

"왜 안 돼?"

"보험 처리를 할 수가 없어. 작년 그 사건 때문에."

"작년 그 사건? 술집에서 싸운 거 말이야?"

유미가 다그치듯 물었다.

"으응."

상호는 작년에 술집에서 싸우다가 입건되어 폭행죄로 기소되었었다. 그리고 1년 6개월의 징역에 집행유예 2년을 판결받았다. 즉, 지금 집유 기간인데 이때 싸운 사실이 알려지게 되면 자기들 패거리 7명과 대학생들 7명이 모두 조사를 받게 되고 상호는 집유 없이 가중 처벌을 받게 되어 적어도 사오 년의 옥살이를 해야 한다는 것이다. 그리고 이번 싸움은 쌍방이 경찰서에 신고하지 않기로 하고 치료비도 각자 부담이라고 서명까지 했다고 하였다. 듣고 보니 기가 막힐 노릇이어서 유미 가족은 망연자실(茫然自失: 멍하니 정신을 잃음.)할 수밖에 없었다.

"치료받는데 싸웠는지 안 싸웠는지 어떻게 알아, 경찰이."

"이렇게 심하게 골절 당해서 보험 처리되면 공단 사람들이 실사를 나오기도 하나 봐. 그러면 당연히 경찰에 알려지게 되고, 그리고 사고가 아니고 싸웠을 경우엔 애초에 보험 처리도 안 된다더라고."

상호가 기가 죽어서 겨우 답변했다. 결국은 보험 처리를 못한다는 것이다.

"그럼 가지고 있는 돈 있어? 천만 원이 넘는다면."

"없어."

"하나도 없어. 백만 원도 없어?"

"쪼금, 오륙십만 원 되는지 모르겠다."

아예 유미가 보호자가 되어서 다그쳤다.

"오빠, 신용카드 있지. 임시변통이라도 해야지."

"없어, 신불자라."

"아이구, 그 흔한 신용 카드 한 장도 없단 말이야? 세상을 어떻게 그렇게 살아?"

"……."

"차는?"

"오래되어서 이백만 원도 안 될 거야."

"그럼 그거라도 받고 팔고 봐야지. 나중에 돈 생기면 중고차를 다시 사더라도. 현금은 없어?"

"진짜 난감하네. 지금 집에 있는 돈 모두 모아 봐야 삼백만
원 정도밖에 안 돼. 내가 신용 카드 두 장이 있는데 학생이라
서비스 금액이 많지 않으니 어쩌지. 신용카드 담보로 사채라도
얻어야 하나?"

"안 돼. 그런 방법으로 사채 얻었다가 쫄딱 망한다."

해결사 노릇을 했던 상호가 만류했다.

"그럼 어떻게 해? 그렇게라도 해서 병원비를 막고, 1년간 휴
학을 하고 알바라도 해서 갚아야지. 무슨 도리가 있느냐고. 아
~ 정말 대책 없다."

"아이구, 그것도 안 돼, 학교 다녀야지."

"그럼 어떡하란 말이야. 살고 있는 집이라도 팔아야 해. 가진
것이라고 그것밖에 없는데. 흐흐흐흑."

마침내 유미가 울음을 터트렸다.

"좋은 일은 남들과 보내고 궂은일은 부모 형제 몫이다."라는
말이 있다. 상호가 지금 그런 격이다. 건달 노릇을 해도 몸이
성해야 하는데 지금은 침대에서 한 발짝도 내려갈 수 없다. 워
낙 강인한 신체를 타고난 상호는 일 년 내내 병원에 한 번도 가
지 않을 때가 많았다. 그러다가 난생처음 커다란 수액 주사를
팔뚝에 맞고는 24시간 동안 침대에서 누워 있어야 했으니 답답
증이 나서 견딜 수가 없었다. 머리까지 지끈지끈 아파 왔으나

뾰족한 도리 없이 앓고 있어야 했다.

이대로 앉아서 울기만 할 수는 없었다. 유미는 원무과에 가서 몇 가지를 알아보고 올라왔다.

"일단 내일 MRI 찍고 수술 날짜 잡는다고 했어. 내가 보호자로 하고서. MRI 비용은 카드로 일단 선결제를 했으니까, 어떻게 해결책을 찾아봐야지."

"우웅, 그래 고맙다. 유미야."

상호는 고개를 숙이고는 여동생에게 겨우 입을 떼었다.

식구들이 몇 가지 상의 끝에 아버지 신용카드로 되는 대로 대출을 받아 보고, 유미가 가지고 있던 돈 200만 원과 카드 대출, 아버지 임플란트 하려고 엄마가 모아 둔 돈 300만 원을 보태고, 시골에 계신 외삼촌에게 얼마간 빌리는 등, 온갖 방법을 다 동원해서 천만 원을 만들기로 하였다. 그나마 다행인 것은 천만 원을 처음부터 내는 것이 아니라 중간중간에 정산해야 한다는 것이다. 입원을 꼭 6주 동안 안 해도 되고 호전되면 집에서 요양해도 된다고 하니 잘하면 천만 원으로 해결할 수도 있었다. 하지만 뒷감당은 어떻게 할 것인가. 카드 대출은 당장 다음 달에 갚아야 하질 않는가. 참으로 그들은 벼랑 끝에 서 있게 되었다.

11

난리 난 장달이네

  한편, 장달이는 어떻게 되었을까.

  그날 애들을 데리고 숯불 갈비집에서 고기와 술을 실컷 먹고 개선장군처럼 집에 들어섰다. 장달이와 중달이 모두 취기에 기뻐하면서 집에 들어간 것이다.

  그런데 장달이 엄마가 살펴보니 하지 않던 무슨 짓을 한 것 같고, 누구를 때려 주고 온 듯한 말이 들려왔기에 덜컥 겁이 났다. 장달이 엄마는 이제 막 잠이 들려는 아버지를 깨워서 거실에 나오라고 하고, 두 아들도 불렀다.

  "너희들 싸우고 왔지?"

  "예."

  중달이가 서슴지 않고 대답했다.

  "아이고, 요새 세상이 어떤 세상이라고 어디서 무엇 때문에 형제가 나서서 싸웠어?"

"형제가 아니라 일곱 명이 싸워서 박살을 냈어요."

술에 취한 중달이가 여전히 개선장군처럼 대답했다.

"뭐어? 패싸움을 했다고?"

아버지가 크게 놀라면서 되물었다.

그냥 어른들 모르게 넘어가려고 했던 것이 이렇게 다 벗겨지고 있었다.

이러니 장달이가 그동안 있었던 일을 대강 정리해서 말씀드렸다. 엄마와 아버지는 입을 크게 벌리고는 닫을 줄을 몰랐다.

"하이고야, 네 여자 친구의 오래비가 그런 개차반이란 말이냐?"

개차반이라 말은 요즘은 잘 쓰지 않는 말로, 개가 먹는 음식이 똥이라는 뜻이다. 즉, 똥을 먹는 인간이라는 뜻으로, 언행이 몹시 더러운 사람을 속되게 이르는 말이다.

"그런 모양이에요, 전에 얼핏 듣기에 집에 곰 같은 오빠가 있는데 건달로 놀고 있다고 하더라고요. 그래서 직업 없는 백수들도 건달이라고 하기에 그런 줄 알았는데 알고 보니 동네 조폭 똘마니이더라고요. 내 원 참."

"아이구, 너, 아예 잘 되었다. 더 이상 여자 친구랑 만나지 말고 절교해라. 집안에 그런 건달 한 명만 있으면 온 집 안팎 다 말아먹고 종국에는 콩밥 먹기 십상이다."

콩밥을 먹는다는 것은 교도소에 수감되어서 콩밥을 먹는다는 뜻이다. 시대가 변한 지금은 콩밥만을 주지 않는다.

"그러게요. 생각 좀 해 봐야겠어요."

"그나저나 늬들 빨간 줄 가면 안 되는데 이를 어쩌나."

아버지도 근심 어린 말씀을 하셨다.

"아무래도 안 되겠다. 치료비라도 물어 주어서 입막음을 해야겠다. 그냥 앉아 있다가는 그런 건달들에게 무슨 꼬투리를 잡혀서 곤경을 당할지도 몰라."

보고 들은 게 많은 아버지의 말씀에 엄마도 동의했다.

"얘, 장달아, 그 놈의 이름이 무엇이더냐?"

"배상호라고 들었어요."

"네 여자 친구의 이름은? 전화번호도 대라."

"배유미이고 전번은 000-0000-0000입니다."

"I대 영문학과 3학년이라고 했지?"

"예."

"알았다. 일단 들어가서 자고 내일 알아보자, 어서 들어가 자거라."

상황이 이렇게 전개되니 장달이 중달이는 졸지에 죄인처럼 고개를 수그리고 있어야 했다. 아무튼, 그날은 그렇게 끝났다.

그날 밤, 장달이 부모님은 큰일 났다면서 잠 못 이루고 한숨을 푹푹 내쉬고 있었다. 왜냐하면 애들에게는 말하지 않았지만, 조폭 똘마니에 대한 좋지 않은 기억이 있었기 때문이다.

벌써 오래전 이야기지만 장달이 아버지가 허리를 다쳐서 기사회생하여 더 이상 미장일을 못 하고 떡볶이 장사를 할 때였다. 장사를 시작한 지 삼 일째 저녁 무렵이었다.

덩치가 큰 이십 대 후반쯤의 남자 여섯 놈이 와서는 "장사 잘되십니까?"하고 묻고는 떡판에 있는 떡볶이를 젓가락으로 찍어 먹고 오뎅을 그대로 들어서 먹기 시작했다. 장달이 부모님이 접시에 담아 준다고 해도 듣지를 않고 마구 먹었다.

"이 동네에서 장사하려면 자릿세를 내야 합니다."

"자릿세요? 여기 노상(路上)이라 땅 주인이 없을 텐데요. 있다면 나라 땅이지."

"어허, 이 양반들이 처음 장사해보나, 자릿세를 내라면 내야지."

"구청에서 나오셨나요? 자릿세 걷으러."

"이 사람들이 말이 많네."

이러더니 여섯 놈이 달려들어서 떡볶이가 있는 떡판을 번쩍 들어서 길바닥에 팽개치고 뜨거운 오뎅 조리 기구도 번쩍 들어서 길바닥에 내팽개쳤다.

"아이고, 왜 그러십니까? 팔아야 하는데 왜 그러십니까?"

부부는 울상을 짓고 울먹이는 소리로 항의했다. 그러나 그놈들은 그대로 물러서는 것이 아니고 리어카를 들썩거렸다.

"이것도 박살을 내 버릴까?"

이러니 부부는 기겁을 해서 그 사람들을 막아서서 애원해야 했다.

"아이고, 자릿세 내겠습니다."

"진작에 그랬으면 조용히 갔을 것 아니요. 오늘은 이만 갑니다."

이렇게 분탕질을 치고 동네 조폭 똘마니들이 가 버렸다.

이후로 매일같이 자릿세를 뜯겨 가면서 장사를 해야 했다. 장달이 아버지가 참다못해 위쪽에 있는 떡볶이 장사에게 슬쩍 물어보니

"그놈들에게 뜯기지 않으면 또 다른 놈들이 와서 행패 부리고 뜯어요. 그냥 그놈들에게 주어야지. 주기만 하면 별 탈 없으니 셋돈 낸다고 생각하면 마음이 편할 겁니다."

이런 답변을 듣고야 말았다.

이래서 장달이 부모는 조폭 똘마니라면 기겁을 하고 학을 뗀 것이다.

그런데 장달이의 여친 오래비가 그런 조폭 똘마니라니 한마디로 죽을 맛이었다.

다음 날 10시경,

1층 부동산 사무실에 출근한 장달이 아버지는 휴대폰을 들고서 전화번호를 찾기 시작하였다. 부동산 사무실을 운영하면 온갖 사람들이 다 드나들고 있었기에 그중에 누군가를 찾고 있었다. 곧바로 어떤 사람과 전화 통화를 한동안 하고는 근심 섞인 목소리로 말했다.

　"이거 큰일 나게 생겼어. 패싸움은 고소 고발 없어도 구속 수사라네."

　"에그머니, 이를 어쩌나."

　"어서 인터넷 검색으로 대도교 근처의 입원실이 있는 정형외과나 아니면 큰 종합병원을 찾아봐. 치료비라도 주어서 먼저 입막음을 해야겠어."

　장달이 엄마는 금세 여러 개의 병원 이름과 전화번호를 메모해 왔고, 장달이 아버지는 전화를 하기 시작하였다.

　"아 거기, ○○ 병원이죠. 혹시 입원 환자 중에 배상호라고 있나요? 어제 입원한 모양인데."

　이런 식으로 병원마다 전화를 했다. 그렇게 대여섯 번째인가에서 그런 환자가 있다고 답변이 온 모양이었다.

　"아예, 고맙습니다."

　전화를 끊고는 장달이 엄마를 불렀다.

　"여기 성미 정형외과에 그놈이 입원한 모양이야. 이제 어떻게 하지. 치료비라고 덥석 쥐여 주었다가는 되레 덤터기를 씌우려고 할 텐데. 그런 건달 놈들이 흔히 쓰는 수법이잖아."

"그러게요. 입막음이라도 하려는데 그것도 쉽지 않네요."

"아이고 참, 이거 진퇴양난이네."

잠시 장달이 아버지는 잠시 이 궁리 저 궁리하다가 입을 열었다.

"일단 병원비나 알아봐야지."

그리고 다시 병원에 전화를 걸어서 총 치료비를 물었다.

"예에? 천만 원이 넘을 것이라고요? 왜 그렇게 비싼가요?"

"어디서 싸운 모양인데 이것은 보험 적용이 안 됩니다."

"뭐라고요?"

그 소리에 장달 엄마도 크게 놀랐다. '아니 세상에 어딜 얼마나 다쳤길래 천만 원이 넘어. 무슨 암에 걸려서 죽을병도 아닌데. 암에 걸려서 수술을 한다 해도 저 정도는 안 될 텐데.' 하지만 병원에서 그렇다니까 어떻게 해 볼 도리가 없었다.

그래도 어쩔 수 없었다. 애들에게 빨간줄(전과 기록)이 가지 않기 위해서는 건달의 입막음이 우선이었다. 부부는 한참 동안 상의를 하더니 일단 현금으로 1,500만 원을 마련해서 장달이에게 병원 원무과에 직접 주고 오라고 하는 것이 최선일 것이라고 결정했다. 그러면 그놈의 얼굴을 보지 않아도 되고 치료비도 물어주는 것이니까. 남는 돈은 환자 보호자에게 돌려주라고 하면 될 것이라고 결정을 내렸다.

그런 결정을 내리자마자, 장달 아버지는 건물에 입주해 있는 바로 옆 백성 은행에 가서 5만 원권으로 1,500만 원을 인출

해 왔다. 오만 원권 100장씩, 세 묶음이니까 부피도 얼마 안
되었다.

"장달이냐?"
"예,"
"너 오늘 수업 끝나자마자 사무실로 오거라. 이거 빨리 매듭
짓지 않으면 덤터기 쓸 수도 있어. 호미로 막을 거 가래로도 못
막아. 그러니 빨리 와."
"예, 3시 반경이면 도착할 것 같습니다."

정확히 3시 반경에 장달이는 부동산 사무실에 왔다. 장달이
부모님은 이러저러하게 처리할 테니 넌 이 돈 가지고 가서 직
접 원무과에 치료비를 선납하고, 남는 돈은 환자의 보호자에게
되돌려 주라고 했다.
"집안에 그런 개차반 건달이 하나 있으면 수십억 재산도 하루
아침에 날린다. 1,500만 원이 적은 돈이냐? 앞으로는 절대로
상종도 하지 말거라."
장달이 부모는 신신당부하였고, 장달이는 고개를 숙인 채 대
답을 하고는 곧바로 나갔다.

한 시간도 채 안 되어 장달이는 부모님께 전화해서 돈을 원무
과에 선납했고, 친구들과 만나서 저녁 먹고 들어가겠다고 말했

다. 그러고선 어느 포장마차에 쭈그리고 앉아서 혼술을 마시기
시작했다.

  다음 날 오전에 상호는 MRI를 찍었다. 결과는 엑스레이와
마찬가지로 부러져서 어긋난 늑골 하나를 수술로 고정해야 한
다는 것이다. 간병을 하던 엄마는 하늘이 무너지는 듯했지만,
생명과는 아무 상관이 없다는 말에 위안을 받아야 했다.

  그날 저녁때,
  유미는 하교하여 곧바로 병원 원무과에 들렀다가 까무러칠
뻔하였다.
  어떤 말쑥한 청년이 와서 1,500만 원을 선납하였다는 것이
다. 물어보나 마나 장달이가 분명하여 곧바로 전화하였으나 신
호만 가지 받질 않았다. 카톡도 여러 번 보냈으나 답이 없었다.
  그 시간에 장달이는 어느 포장마차에 쭈그리고 앉아서 혼술
을 마시면서 유미에게 전화가 오고 카톡이 오는 것을 쳐다만
봐야 했다. 가슴이 미어지고 살점이 뜯겨나갈 듯한 고통이 밀
려왔다. "보고 싶다. 유미야. 이게 무슨 전생의 업보란 말이
냐." 스마트폰만을 쳐다보던 장달이는 더 이상 참지 못하고 폰
을 들었다.
  "그동안 너를 만나서 온갖 희로애락을 겪었다. 또 다른 쓰나
미가 오기 전에 이제 마무리 한다. 잘 있어."

장달이는 눈물을 뚝뚝 떨구면서 유미에게 문자를 보내고야 말았다.

유미는 온몸의 기운이 쭉 빠진 채 원무과 앞에 있는 의자에 털썩 주저앉아서 하염없이 눈물을 쏟기 시작했다.

"장달 씨, 보고 싶어. 이렇게 헤어질 수 없어."

눈물을 그치질 않고 흘러서 바닥에 고일 지경이었다. 이 모습을 본 직원 한 명이 진정하라고 달래어서 겨우 병실로 올라왔다.

아무것도 모르는 오빠는 빵을 먹고 있었고, 그 옆에 간병하던 엄마가 시름없이 앉아 있었다.

"그 사람이 병원비 다 내었답니다."

"누가? 네 남자 친구가?"

"예, 그런 모양이에요. 어떤 말쑥한 청년이 와서 1,500만 원을 선납하였답니다."

"아이구야, 하늘이 무너져도 솟아날 구멍이 있다더니 제 잘못을 아는 모양이다."

"엄마, 그런 소리 하지 말아요. 그 사람은 잘못 하나도 없어요. 왜 자꾸 착한 사람을 몰아세우는 거예요."

"사이비 종교인 아니냐?"

"아니에요. 그런 사람 아니란 말이에요."

유미가 비명에 가까운 소리를 치고는 그대로 병실을 나와 버렸다. 다리가 공중에 떴는지 발길이 흔들거렸다.

　장달이와 유미는 이별의 고통을 똑같이 겪어야 했으니 그 고
통은 극심하였다. 사랑할 때는 천상에 있는 것만큼이나 황홀하
더니 이별은 지옥의 불구덩이에 빠진 것만 같았다. 제일 먼저
식욕이 떨어져서 아무것도 먹을 수가 없었기에 하루 이틀이 지
나면서 두 눈은 퀭하니 들어갔다. 밤에 잠을 이룰 수가 없어서
뒤척이다가 겨우 잠이 들면 가위에 눌린 듯 깜짝깜짝 놀라는
꿈을 꾸어서 온몸에 식은땀을 흘려야 했다. 아무리 좋은 음악
을 들어도 귀에 들리지 않았고 '세상을 살아서 무엇하나.'라는
염세적인 생각이 문득문득 들었다.

12

스님의 교화(敎化)와 개심하는 상호

　이러는 한편, 상호는 갈비뼈를 고정시키는 수술을 무사히 받고 침대에 누워 있기만 했다.

　가뜩이나 어려운 살림에 한 푼이라도 벌어야 하는 상호의 엄마가 간병을 도맡아야 했다.

　거구인 상호는 침대에 누워 있고 대소변을 다 받아 내야 했으니 아무리 내 자식이라지만 그 고역은 이루 말할 수가 없었다.

　"내가 너를 이렇게 키워 놓았더니 어쩌자고 허튼 인생을 살아서 이 지경이 되었단 말이냐. 자식에게 효도를 받지 못할망정 늙은 에미가 다 큰 자식의 기저귀나 갈아주고 있다니. 부처님도 무심하다. <u>흐흐흐흑.</u>"

　상호 엄마도 사설을 늘어놓으면서 신세 한탄을 하고 있으니 상호는 유구무언으로 고개를 돌려 외면하고 있어야 했다.

　"내가 시집와서 삼 년 만에 너를 낳고는 할아버지 할머니가 얼마나 좋아하셨는지 아느냐? 동네 사람들도 경사 났다 하고,

그렇게 애지중지 키워놓았더니 이 지경이 되어서 낯을 들고 다닐 수가 없다. 예로부터 힘자랑 주먹 자랑 하지 말라고 했다. 덩치만 산 만했지. 마음 씀씀이는 다섯 살배기나 똑같다. 새파란 대학생들에게 죽도록 얻어맞아 갈비뼈가 다 부러졌다니 이걸 누가 믿겠느냐? 보나 마나 곰처럼 덩치만 크고 얼룩덜룩한 문신을 내보이면서 덤벼들었을 게다. 태권도 대학생들이 그런 거에 넘어간다더냐? 체계적으로 십 년 이상 운동한 애들이 그렇게 호락호락 안 넘어간다. 그러니 몇 번 싸워 보지도 못하고 얻어맞아서 갈비뼈가 다 부러지지. 싸웠던 일곱 명이 모두 입원했다는데 사실이냐?"

"……."

"왜 대답이 없어?"

"다 입원했습니다."

"그럴 줄 알았다. 너희들은 마소(말과 소) 같은 녀석들이야, 말이나 소가 덩치가 사람보다 작아서 사람 말 듣고 일하더냐? 사람이란 꾀와 지혜가 있어야지. 생각할수록 분하고 원통하다. 에고 에고~ 내가 전생에 무슨 죄를 지어서 이런 형벌을 받는고, 에고 에고~"

"……."

"내 자식 잘났다는 소리를 들어야 하거늘, 나를 알아보는 사람들이 뒤통수에 대고 '그런 자식 낳고 미역국을 먹었냐? 미역국이 넘어가더냐?'하고 쌍욕을 하더라. 세상에 이럴 수가……,

너 어렸을 때 영웅호걸 같은 인물이라고 하더니 이게 웬 말이냐. 흐흐흑."

"엄마, 울지 마세요."

마지못해 상호가 한마디 했다.

상호의 엄마는 또 장황하게 훈계를 하기 시작했다. 벌써 수도 없이 들어왔던 내용이다. 집에서라면 듣기 싫어서 문을 박차고 나왔을 테지만 지금은 침대에 꼼짝달싹 못 하고 묶인 신세나 마찬가지니 뚫린 귀로 다 들어야 했다.

"여보, 그만해, 벌써 수백 수천 번도 더 한 소리야. 사람 될 것 같으면 진작에 알아들었지. 그만하라고, 입만 아파."

상호의 아버지도 참다못해 입을 열었다.

"그래도 어떡해요, 내 자식인데, 귀머거리가 아닌 이상 사람 될 때까지 훈계를 해야지."

상호 엄마는 그렁그렁한 눈물을 손등으로 닦아내고 있었다.

"할 수 없어. 내 운명이 그런 것을 어떡해, 나는 잘못이 없지만 남의 일에 연루되어 조상 땅도 다 넘어가고 자식도 이 지경이 되었으니 누굴 탓하나, 내 운명인걸."

상호 아버지도 한숨을 푹푹 쉬면서 한마디 거들었다.

상호의 어머니는 집에도 못 가고 상호의 침대 옆에 작은 보조 침대에서 지내야 했다. 밥을 사 먹을 돈도 아까워서 아버지가 아침 일찍 버스를 타고 와서 도시락을 건네주면 그것으로 저녁까지 먹어야 했고, 유미는 저녁때 알바가 없을 때에 와 봐야 했다.

괄괄한 성격에 목소리만 크던 상호는 점차 목소리가 작아지더니 기운 없이 주눅 들기 시작하였다.

상호 엄마는 어쩌다가 시간이 날 때에 근처 절에 가곤 했었는데, 이제는 하루 종일 무료하게 있기가 어려웠는지 집에 있던 불경책을 가지고 와서 읽어가면서 암송하기 시작했다.

"부처님, 천지신명님, 수렁에 빠진 우리 상호를 건져 주세요."

이 소리를 하루에도 수십 번 아니 백번도 더 하곤 했다.

그 소리가 너무 간절해서 누워 있던 돌부처도 벌떡 일어설 참이었다.

"상호야, 내 말 들어 봐라. 남들이 너더러 조폭 똘마니 양아치라고 하던데 그런 말 듣기가 좋으냐? 난 그런 소리 한 번만 들어도 죽어 버리겠다. 네가 조폭 축이나 되냐? 조폭들도 수십억 재산 가지고 호텔도 경영하고 큰 술집도 운영한다고 하더라. 넌 그냥 선량한 사람 등골 빼먹는 사회의 기생충 같은 사람이다. 네가 지금 죽었다고 하면 이 근방에서 춤추고 좋아할 사람이 수도 없이 많을 게다. 어찌 인생을 그렇게 살아, 으응? 제발 사람이면 사람답게 남들에게 좋은 소리를 듣고 살아야지."

상호 엄마의 장황한 훈계에 상호는 듣는지 마는지 아예 눈을 감고 있다.

"형님, 형님 하면서 너 따라다니는 규식이랑 하남이를 봐라. 다들 우리보다 집안도 좋고 살 만하다. 걔들도 무슨 돈벌이를 하는 모양이더라. 그냥 너 따라다니면서 공술이나 얻어먹게 되니까 형님, 형님 하면서 따라다니는 것을 왜 모르냐? 다른 애들도 마찬가지다. 다들 제 실속 차리면서 따라다니는 게다. 네가 그렇게 허세를 부리지만 속은 텅 빈 강정과 같다."

교육학에 "교육이란 콩나물시루에 물주기이다."라는 말이 있다. 콩나물시루는 여러 개의 구멍이 뻥뻥 뚫려 있다. 그 위에 무명천을 깔고 콩을 깔아 놓고는 수시로 물을 주는 것이다. 바가지로 물을 주자마자 물은 곧바로 아래로 다 빠진다. 하지만 그런 중에 아주 적은 양의 물이 콩에 묻어 있다가 싹이 트고 뿌리가 자라서 콩나물이 되는 것이다. 상호 엄마가 듣기 싫도록 훈계를 하니 상호의 마음이 조금씩 돌아서기 시작했다. 전에는 들리지도 않던 엄마의 말씀이 이제는 구구절절이 옳다는 것을 깨닫기 시작한 것이다. 그런데도 상호는 "제가 잘못 했습니다."라는 말이 입 밖에 나오질 않았다. 그동안 그렇게 허세와 자존심으로 살아왔기 때문이다.

그러던 하루는 늙수그레한 스님이 병실에 찾아왔다. 가끔 목사나 신도들이 와서 전도도 하고 찬송가도 부르기도 하고, 어떤 때는 스님이 와서 간단히 독경도 하면서 쾌차하라고 위로의 말을 하고 가는데, 오늘은 어쩐지 범상치 않은 스님이 온 모양이었다.

상호 엄마는 반색을 하면서

"수렁에 빠진 우리 아들을 건져 주세요."

하고 말문을 열었다. 이에 스님은 간단한 염불을 하고 나더니 상호를 자세히 쳐다보고는 상호 엄마에게 사주를 물어보았다.

"어허, 난세에 태어났으면 영웅호걸이 될 기운을 타고났는데……, 임진왜란 때라면 바다의 이순신처럼 육지의 이순신이 될 기상이요. 신라의 명장 김유신(金庾信) 같은 인물이요. 그런데 시대를 잘못 만났습니다."

"아이구, 스님, 어려서도 그런 말을 들었어요. 장군감이라고요. 그런데 지금 뭐가 잘못되어 수렁에 빠져 허우적거립니다."

"무리를 이끌 상인데. 아마 지금은 골목대장 노릇이라도 할 겝니다. 허허허, 안타깝소이다."

"맞아요. 지금 건달 똘마니 대장 노릇을 한답니다."

"아이참, 엄마도 그런 말씀은 왜 하세요."

잠자코 듣고 있던 상호가 그래도 거북한지 통명스럽게 한마디 했다.

"사실이 그렇지 않으냐? 너야말로 입이 백 개라도 할 말이 없을 텐데, 입 다물고 있거라."

"……"

"혹시 문신을 했나요?"

스님이 잠시 생각을 해 보더니 입을 열었다.

"했지요. 문신 없이 어떻게 건달 노릇을 하나요."

상호 엄마가 당연하다는 듯이 대답했다.

"무슨 문신을 했습니까?"

"양쪽 어깨에 했지요. 한쪽은 용, 한쪽은 범. 크기가 두 뼘은 될 겁니다."

"오호, 그렇군요. 아주 잘했습니다."

"예에? 문신을 잘 했다고요. 그거 지우라고 성화를 하는데요. 징그럽다고."

"아닙니다. 문신도 문신 나름입니다. 지금 이 아이의 잠재의식 속에는 그래도 잘살아보려고 하는 의지가 있어요. 하지만 몸속에 워낙 큰 사기(邪氣: 요사스럽고 나쁜 기운.)가 있어서 양지에 나오지 못하고 음지에서 살고 있습니다. 이렇게 큰 사기(邪氣)를 용과 범의 기운으로 눌러 주고 있기에 이만이라도 한 것입니다."

"옴마나, 그럼 용과 범의 문신이 우리 애를 보호해 주는 셈이네요."

"그렇지요. 아미타불 관세음보살, 모든 게 부처님의 뜻입니다."

"그래도 그것 말고도 무슨 방비책이라도 있을까요?"

"방비책이라고도 할 수 없지요. 본인이 자각하고 의지로 벗어나는 수밖에 없습니다."

이어서 스님은 손가락 마디를 이리저리 짚어 보았다.

"그러지 않아도 지금쯤 사기가 많이 눌려 있을 것입니다. 타
인에 의해서 사기가 꺾여 있어요."

이는 상호가 태권도 하는 대학생들에게 맞아서 지금 병원에
입원한 것을 에둘러서 말한 것이다.

"하이구, 지금 기가 죽고 몸도 만신창이가 돼서 저렇게 누워
있답니다."

상호 엄마도 눈치를 챘는지 얼른 답변을 했다.

"예, 그럴 것입니다. 이제 몸만 회복하면 됩니다. 어두운 그
늘에서 벗어나서 따스한 햇볕이 쬐는 양지로 나올 시기가 되었
지요. 그러니 보살님은 너무 괘념치 않아도 되십니다. 세상만
사가 천지운기(天地運氣)에 따라 움직이니까요."

스님이 이렇게 말씀하시니 상호는 두 눈을 감고 듣기만 하다
가 눈물이 주르르 흘러내려서 주먹으로 닦아내야 했다.

"자제의 운수는 큰 무리를 이끌고 살아야 할 운세요. 지금 골
목대장이 아니라 더 많은 사람들을 이끌고 살아야 합니다."

"그럼 그런 게 무엇이 있나요? 정치인이 되란 말씀이신가
요?"

"그러면 좋겠지만 정치인이 될 만한 주변 여건이 되지 않을
것입니다. 직업으로 본다면 많은 사람들을 이끌고 갈 운수업을
해야 합니다."

"운수업이라면, 택시나 트럭인가요?"

"택시나 트럭이 아니라 많은 사람을 이끌고 갈 버스나 기차를 운전해야 합니다. 기관사는 전문적인 교육을 받아야 하니까 버스를 운전해야 할 것입니다."

"아이구, 그 말씀이셨군요. 상호야, 잘 들었지?"

"……예."

이후로 스님이 나가시는데 상호는 저절로 합장하면서 인사를 하였다.

엄마는 스님을 따라 나가서 잠시 후에 들어오셨다.

"상호야, 너 잘 들었지. 네가 시대를 잘못 타고났단다. 이제라도 개과천선해서 버스 운전을 하거라. 너 지난번에 대형 면허 땄다고 자랑하지 않았느냐? 면허 있지?"

"예."

그날은 이렇게 대화가 끝났는데, 이때부터 상호의 마음은 점차 더 흔들리기 시작하였다.

그렇게 이틀인가 지났는데, 종택이란 후배에게 전화가 왔다.

"형님, 접니다. 종택이요."

"응, 그래, 괜찮냐?"

"괜찮기는요, 작은 고추가 맵다더니 크게 한방에 걸렸지요. 갈비뼈 두 개는 금이 갔다는데 적어도 삼 주일을 입원해야 한다네요. 기가 막히네요. 형님은요?"

"응, 나도 좀 다쳤어. 금방 회복될 거야."

상호는 진짜 중상을 입었지만, 체면상 그런 말을 할 수가 없었다.

"그놈들 정식으로 운동한 놈들이라 진짜 세더군요. 국대(국가 대표) 선수도 두 명이나 있었답니다."

종택이는 어디서 주워들었는지 남의 얘기 하듯 말했다. 사실그 말이 맞았다. 상호와 맞붙었던 희철이가 국대 선수 출신이고 중달이 옆에서 싸웠던 선수도 국대 선수 출신이었다.

"그랬어? 어쩐지 쌈 실력이 남다르더라. 우리가 운 나쁘게 제대로 걸렸다."

"맞아요. 형님, 저 이제 이런 생활 접을랍니다. 돈도 안 되고 사람만 천해집니다."

"응, 그래, 잘했다. 뭐하려고?"

"뭐 있나요. 자격증이라고는 운전 면허증밖에 없는데요. 택시 운전사는 상시 모집 중이라니까 퇴원해서 알아보려고요."

"그래, 잘했다. 나도 이참에 방향을 바꿔봐야겠다."

"하하하, 잘했어요. 남 등쳐먹고 살다가는 제명에 못 죽겠어요."

"하하하, 그런 모양이다."

상호는 맞장구를 치면서 웃었지만, 가슴속은 비에 젖고 있었다.

13

입담 좋은 선배

가을이 오는가 싶더니 금세 겨울이 왔다. 겨울바람이 매섭다. 하지만 이별의 고통은 매서운 정도가 아니라 온몸에 살점을 날카로운 칼로 한 점씩 베어 내는 것만 같았다. 아니 그보다 더했다. 무딘 집게로 생살을 한 점씩 뜯어내는 것만 같았다. 장달이와 유미는 하루 종일 뜬 정신으로 보내기 일쑤이고 찢어지는 듯한 가슴앓이를 해야 했다. 사랑하는 사이였지만 사랑할 수 없는 처지여서 현대판 로미오와 줄리엣 같았다.

이 세상에 어느 누가 이들을 위로할 수 있단 말인가.

아니 유미에게는 단 한 번 선배에게 위로 겸 조언을 들은 적이 있었다.

그러니까 장달이와 헤어진 후, 지난 11월 말쯤이었다. 유미가 학교 근처의 커피숍에 혼자 앉아 있을 때였다.

"어머, 유미 아니니?"

고개를 들어 보니 작년에 과 선배였던 방수지였다. 즉 유미가 3학년 때 4학년이었는데 졸업 후 지금은 뭘 하는지 몰랐다. 방수지는 과 대표였는데 키는 보통이나 얼굴은 예뻤다. 눈이 약간 작아서 조금 쌀쌀맞게 보이기도 하였으나 성격이 서글서글하여 후배들로부터 신임을 받고 있었다. 이 선배는 술 한 잔이 들어가면 거침없이 말을 거침없이 한다는 소문이 나 있었다. 유미는 처음으로 수지와 자리를 함께하게 되었다.

"엄머나, 언니가 여길 어떻게 왔어요?"

"호호호, 그냥 왔지. 이 근처에 단골 옷가게가 있어서 왔는데 마음에 드는 게 없어서 그냥 왔어. 그래서 온 김에 잠시 짬이 나길래, 시간 때울 겸 왔어. 이 집이 한적하고 좋아서."

"호호호, 그랬어요. 여기 같이 앉으시죠."

"그럴까, 나도 혼자 왔으니 수다나 떨자."

"예. 호호호. 졸업하고 어디 다니세요?"

"하이구야. 백조 신세 면키 어렵다."

대학교 졸업 후 실업자 신세인 남자를 '백수'라고 부르는 데 비해 실업자 신세인 여자를 '백조'라고 부르기도 하기에 선배는 지금 실업자라고 말하는 것이었다.

"그래요? 선배님이 일 순위로 나갈 줄 알았는데요. 뭐 준비하시는 게 있는가 봐요."

"호호호, 그랬어? 소문과 현실이 다르네. 호호호."

이렇게 해서 대화가 시작되어서 그저 시답지 않은 이야기로 그야말로 시간을 때우고 있다가 출출하다면서 바로 옆집의 호프집으로 자리를 옮겨서 치맥을 시켰다.

시장하던 차에 고소한 치킨과 맥주가 어우러져서 금세 생맥주 500cc 한 컵을 다 비우고 또 시켰다.

"그런데 유미야, 너 실연 당했어?"

"예? 아니요."

"뭐가 아냐. 네 눈에 쓰여 있는데."

"예에? 눈이요? 내 눈 그대로인데. 호호호."

"눈이야 그대로이지, 왕눈이, 그런데 그 속에 실연이라고 글자가 뵌다. 호호호."

"호호호, 독심술사이신가 봐요."

"솔직히 말해 봐, 이 언니가 조언해 줄 수도 있으니까."

"네, 맞아요. 사실은 실연은 아니고 어쩔 수 없이 헤어졌어요."

"그것 봐. 그러니까 그렇게 기운 없이 시무룩하지. 잠시 잠깐 마음 아프겠지만, 그것도 여러 번 하면 이력이 난다."

"아이참, 실연을 여러 번 하다니요. 잘 사귀었다가 결혼하는 게 순서지."

"그렇지, 세상 이치가 그렇게만 돌아가면 뭐가 걱정이겠어. 세상사는 뒤죽박죽이야. 예측할 수 없어."

"그럼 언니는 실연을 여러 번 당해봤어요?"

"호호호, 당한 게 아니라 내가 축구공 차듯이 뻥하고 차 버린 남자가 서너 명쯤 돼. 지금도 하나 사귀고 있는데 마음에 안 들면 걔도 축구공이야. 호호호."

"아니, 왜 그렇게 교제를 해요."

"아 글쎄, 난들 그러고 싶나, 네 말대로 잘 사귀었다가 이담에 결혼까지 할 사내를 찾는데 그게 말처럼 쉽지 않아. 이것들이 어느 정도 친하게 지내면 그냥 날로 벗겨 먹으려고 해."

"벗겨 먹다니요. 돈을 쓰게 하나요?"

흔히 벗겨 먹는다는 말은 누군가에게 음식값이나 술값을 왕창 뒤집어씌우는 것을 말하는데 수지는 다른 뜻인 모양이었다.

"그게 아냐, 돈은 지들이 다 쓴다. 벗겨 먹는다는 것은 옷을 홀딱 벗기려는 거야. 호호호. 내가 만난 것들이 다 이 모양이야. 내가 그렇게 섹시하게 생겼나, 호호호."

"어맛, 그럼 돈을 써 가면서 결국 섹스를 요구하는 거군요."

"맞다 맞아. 그런 놈팽이들이 부지기수야. 내가 대학교에 들어와서 일 년에 한두 명씩 소개도 받고 이래저래 해서 만나보는데 한결같이 똑같아. '맛집에 가서 뭘 사 먹자, 뭘 사 준다.'라고 유혹을 하고는 얼마 지나지 않으면 꼭 모텔에 가자고 고집을 피우더라고, 그래서 그런 놈팽이들은 다 차버렸어. 개눈에는 똥만 보인다고 그런 놈들에겐 발가벗은 여자 몸밖에 안 보이나 봐."

"어머나, 그런 남자들이 있네요."

"많다니깐. 그러네. 남자뿐만 아니야, 별 미친년도 많아, 우리 학교에도 많아. 스폰서라고 들어봤지?"

"네, 돈 대주는 기둥서방이라고요."

"맞아, 작년에 2학년이니까 지금 3학년에 아주 유명한 년 있어. 철면피야. 집안도 넉넉지 못하다는데 빨간 외제 차 끌고 다닌다. 학교에서 가끔 볼 수 있어. 이년의 스폰서가 50대 남자라는데 뭘 하는지 몰라도 돈이 무진장 많은가 봐. 한 달에 몇백씩 용돈 주고 방학 때면 해외로 놀러 간다는데 비즈니스로만 다닌다고 하더라고, 미친 씨발 년."

"엄마나, 그 정도예요?"

"아 그렇다니까, 그 정도는 아니어도 매달 용돈 주면서 가지고 노는 스폰서도 많아. 현대판 첩이자 창녀야."

유미도 이런 소리를 얼핏 듣기는 했으나 수지 언니는 진짜로 알고 있는 모양이었다.

말을 많이 해서인지 맥주를 벌컥벌컥 마시고는 다음 편을 이었다.

"아 진짜, 사내 잘 만나야 해. 여기 I대 다닌다면 날로 먹으려고 하는 놈들도 많아. 다 그런 것은 아니지만, 저쪽 골목 끝에 가면 진짜 쬐그만 '길' 카페가 있는데 우리 한참 선배가 운영하는 데야. 그 언니 미코(미스코리아) 감인데 참 안되었어."

"왜요? 또 무슨 일 있었나요?"

"그래, 그 언니가 미모도 끝내주고 집안도 살 만하대. 그렇데 어떤 놈이 달라붙은 거야. 고급 승용차를 타고 다니고 돈도 펑펑 쓰고 그래서 그 언니는 취업할 생각도 않고 재벌가의 며느리로 들어가는 줄 알고 졸업하자마자 시집을 갔대. 집은 재벌은 아니어도 잘 살고 시부모도 그럭저럭 지낼 만했다는데, 결혼 6개월쯤 지나서부터 남편 놈이 이상하더라는 거야. 그래서 이리저리 알고 보니 벌써 바람을 피기 시작했다나 봐. 또 그 고급 승용차 가지고 다니면서 여자들 홀린 거지. 그때부터 싸움이 시작되어 하루도 편할 날이 없었다는데 나중에는 손찌검까지 해서 더 이상 못 살겠다고 나와버렸다나 봐. 그러니 겨우 일 년 조금 넘어서 이혼했다는 거야. 그런 다음 한동안 방황하다가 거기 카페를 냈다고 하더라고. 거기 가면 이래저래 당한 여자들 수두룩해. 그런 여자들 아지트야. 나도 몇 번 갔다가 분위기가 영 좋지 않아서 지금은 잘 안 가. 아무튼, 남자도 여자 잘 만나야 하지만 여자도 남자 잘 만나야 해."

"예, 선배님 말씀이 맞아요."

"난 그래서 불알 달린 놈들 함부로 못 믿어서 여차하면 혼자 살려고 한다."

"호호호, 불알 안 달린 여자끼리 살면 되잖아요."

"아이구 얘, 여자끼리 무슨 재미로 살아. 하는 말이지, 솔직히 여자들도 불알 달린 수컷이 좋지. 여자 몸이 근질거려서 꽈배기가 되었을 때 누가 풀어 줘 사내가 풀어 줘야지. 안 그러냐? 혼자 살기도 사실 어려워, 그렇다는 얘기지."

"호호호, 맞아요, 그러니까 세상 사람들 모두 짝지어서 살지요. 그래야 아들 딸 낳고."

"맞아. 가족이 있어야 해. 하지만 예전과 달라서 여자도 생활 능력이 있어야 한다. 여자도 돈을 벌어야 해. 지금이 조선 시대가 아니잖아."

"네. 그래요. 그럼 지금 무슨 취업 준비하세요?"

"하지, 난 아무 데나 안 가려고. 연봉이 높다고 무슨 업체에 가네, 어딜 가네 해봐야 헛것들이 많아."

"왜요?"

"왜긴 왜야. 대개가 그런 업체들 오래 못 가. 연봉만 많았지 오래 다닐 수가 없어. 항상 젊은 년들로 물갈이하니까. 그런 업체에 오래 있어 봐 어떻게 해마다 사람을 뽑나. 있던 사람 못 다니게 하고 새로 뽑는 거지."

"그래요? 어떻게 못 다니게 하나요. 노동법이 있는데."

"아이구, 순진하긴. 법이 천 개 만 개 있어야 무슨 소용이야, 교묘하게 못 다니게 하는데, 그런 법이라도 적용받으려면 국가 공무원이나 교사밖에 없어. 다른 사기업들은 사장이 법이라고. 사장이 한마디 하면 그게 법이라니까."

"그러네요, 그런 소리 들어보기는 했는데 정말 그런지는 잘 몰랐어요."

"너 오늘 선배 잘 만나서 인생 공부 제대로 한다. 호호호."

"호호호, 감사합니다. 선배님. 그럼 무슨 공불 하시나요? 공시 준비하세요?"

"아니, 교원 임용고사 준비하는데 이번에 또 시험 볼 거다. 지난번에도 떨어졌는데 이번에도 백 프로 떨어져. 호호호."

"어머, 왜 떨어져요. 머리가 비상하다면서."

"머리가 비상해야 뭐해? 공불 안 했는데. 금년엔 인생 공부 겸 여기저기 여행을 다녔어. 외국도 두 번 가 보고 국내도 여러 군데 가 보고. 아무튼 작년, 금년은 연습 삼아 보고 내년에 열공해서 도전해 보려고 한다. 너는 뭐 할 건데?"

"아, 그러셨구나. 사실은 저도 임용고사 볼까 해요. 아버지가 젊었을 때 우체국에 근무하셔서 그런지 어려서부터 교사 되길 희망하셨어요. 그리고 지금 과외 알바를 하는데 적성에도 맞는 거 같고요."

"그래, 정말 잘 생각했다. 그런데 임용고사가 선발 인원이 워낙 적어서 힘들더라. 우리 선배도 재수 삼수한 사람이 많아. I 대라고 특별히 가산점을 주는 것도 아니니까. 어떻게 보면 좁은 문으로 들어가기 위해서 안간힘을 쓰는 거야. 시험 없이 이력서만으로도 갈 데가 많은데 말이야."

"네, 그래요."

"아 그러고 보니 얘기가 샛길로 빠졌네. 실연의 아픔에서 빨리 벗어나려면 얼릉 남친을 하나 만들어. 그렇게 어울리다 보면 쉽게 잊힌다. 아니면 무슨 취미 생활을 열심히 하든지 아무튼 다른 데로 신경을 쓰면 좀 마음이 편안해질 거야, 괜히 잠

못 자고 울고불고해 봐야 실소득 하나도 없고 몸만 축나. 그럴
수록 잘 찾아 먹어야지."

"호호호, 정말 고맙습니다."

"호호호, 오늘 선배 노릇 톡톡히 한다. 내 폰 번호 모르지?"

"네."

선배는 유미 폰에 자기 번호를 찍어 주었다.

"원래 중이 제 머리 못 깎는다고. 내 앞가림은 못 해도 남의
앞가림은 할 수도 있으니 답답하면 전화해."

"네. 고마워요."

이들은 이렇게 오랫동안 대화를 하고 헤어졌다.

고통의 나날이었지만 시곗바늘은 밤낮으로 돌고 돌았다.

12월이 되어서 학교는 방학을 했다. 4학년 학생들이 가장 갈
등이 심한 때이다. 왜냐하면 졸업 후 진로 문제 때문이고, 진
로 문제는 결국 취업이다. 유미는 나름대로 열심히 공부하여
임용고사를 보았지만 그동안 심적인 고통이 너무 커서 집중이
안 되었다.

예상한 대로 임용 고사는 낙방을 했다. 유미는 매우 상심하
였으나 정신을 차리고 공부를 시작하고 여전히 과외 알바를 다
녔다. 장달이와 헤어진 후 과외 받는 학생과 대화라도 하니 위
안이 되는 듯하였다.

졸업 후 첫해,

날이 갈수록 장달이 생각은 꿈속에서처럼 아주 서서히 잊히게 되었고, 장달이도 유미의 생각이 점차 흐려지기 시작하였다. 장달이는 금을 찾겠다고 여기저기 답사를 나가기 시작했고 이해 여름에 예리읍에 있는 돌산을 여러 우여곡절 끝에 사게 되었다.

하지만 돌산에서 금은 발견하진 못했다. 단지 현재 지명이 석산(石山)으로 되어 있는 돌산이 아주 오래전에 진금산(眞金山)일 것이라는 추정뿐이었다. 옛날 지도에 진금산의 산세가 지금의 석산과 매우 유사했으나 현재의 지명은 쇠 금 자가 어디에도 없었다.

아무튼 장달이는 거기에서 여름 가을을 보내고 11월 말쯤 서울로 올라왔다. 추워지기도 하지만 너무 적적했기 때문이다.

14

도사의 이름 풀이

장달이 부모님은 어떻게 해서 부동산 부자가 되었을까?

장달이가 겨우 걸음마를 떼고 중달이가 아직 젖을 떼지 않았을 때,

장달이 아버지 이임수(李林秀)와 엄마 서경자(徐京子)가 S읍의 오일장에 가게 되었다. 거리가 십리 가까이 되어서 장달이 아버지의 자전거에 엄마를 태우고 시장에 간 것이다. 뭘 팔려고 갈 때는 동네에서 출발하는 마차를 이용하기도 하지만 오늘은 단출하게 둘이서 시장 구경 중의 최고인 약장사 구경도 하고 추석이 얼마 남지 않아서 애들 추석빔으로 옷을 사러 가는 길이었다. 젖먹이 중달이는 잘 아는 동네 아줌마에게 맡겼다. 중달이는 먹성이 좋아서 모유와 분유를 아주 잘 먹었기에 분유와 우유병과 함께 맡기고, 장달이는 다른 집에 맡기고는 오래간만에 홀가분하게 떠난 것이다.

시장 입구부터 사람들이 북적대고 있었다. 장달이 아버지는 엄마를 자전거에서 내리게 한 후 천천히 끌고서 시장 안쪽으로 들어가는데, 입구에 밀가루 포대를 뜯어서 '사주, 운세, 작명, 궁합, 택일'이라고 써 놓고는 그 앞에 환갑은 되어 보이는 수염이 허연 할아버지가 앉아 있다가 장달이 아버지를 보고는 소리쳤다.

"이보시오. 운세 한번 보고 가시오."

흰옷에 수염과 머리가 허연 도사 같으신 분이 이들 부부를 불러 세웠다.

"예에? 저 말씀이십니까."

"그래요. 이리 와서 운세 한번 보고 가시구려. 장은 이따가 봐도 충분하외다."

이러니 장달이 아버지보다 엄마가 관심이 가서 쭈뼛쭈뼛 서 있다가 지남철에 쇠못이 끌려가듯 그리로 가서 작은 나무 의자에 쪼그리고 앉았다.

"내가 언뜻 보아하니 발복(發福)할 신수(身數) 같기에 불렀소이다."

"예에? 그런가요. 아이고 도사님 제발 살길을 알려 주십시오."

이에 도사는 두 사람의 사주와 성명, 고향 등을 물어보더니 더 이상 볼 것도 없이 단호하게 말을 하기 시작하였다.

"더 이상 따져 볼 것도 없소이다. 오늘 내일이라도 당장 정리를 해서 서울로 올라가시오."

"예에? 여기 고향 땅을 버리고 서울로 가서 살라는 겁니까?"

"그렇지요. 여기 이름자를 보면 경자(京子)가 서울 경에 아들 자요. 즉, 서울에서 사는 사람이란 뜻이요. 그리고 임수(林秀, 장달이 아버지)는 수풀 림에 으뜸 수인데 수풀은 곧 나무요, 나무는 땅에 뿌리박고 사는 것입니다. 땅에 뿌리 박힌 나무가 으뜸이란 뜻인데 그 땅이 바로 처의 이름에 있듯이 서울 땅이란 말입니다."

"아이구, 그런 뜻인가요. 하지만 서울 땅값이 비싸서 여기 땅 팔아 봐야 손바닥만 한 땅도 사기도 어렵다는데요."

"서울 땅도 땅 나름이요. 여긴 전답이니 값이 나가지만 서울 변두리의 척박한 땅은 이곳보다도 더 헐하오. 어서 빨리 처분해서 한강 이남의 나무가 있는 땅을 사시오. 미루나무나 뽕나무나 아무 나무라도 서 있는 땅이면 되오. 모래와 자갈이 섞인 아주 척박한 땅을 사야 됩니다. 그런 땅이 여기보다 싸요. 여기서 논 한 마지기 값이면 그런 땅 대여섯 마지기 이상을 살 수가 있소이다."

이 말을 들은 장달이 엄마와 아버지는 심장이 마구 요동을 쳤다.

"그럼 그런 땅을 사서 집도 절도 없이 뭐해 먹고 사나요?"

"닥치는 대로 일을 하고 그것도 여의치 못하면 굴러다니는 거

렁뱅이가 되어서 얻어먹고 살다가 몇 년 후면 돈벼락이 떨어지
듯 발복을 할 것이오."

· 이러면서 도사는 손가락을 이리저리 짚어보았다.

"당장 서울 살림을 시작한다면 칠년 후부터 발복할 운세가 들
어옵니다. 칠 년 후부터 구 년까지가 아주 대길(大吉)한 운세가
열립니다."

당시에는 정부에서 공업화, 산업화, 도시화를 계획하면서 모
든 재정이 도시로 집중될 때였다. 시골에서는 뼈 빠지게 일을
해 봐야 목구멍에 풀칠하기가 바빠서 너도나도 서울로 서울로
집중할 때였다. 즉, 전국적으로 이촌향도(離村向都): 농민이
농촌을 떠나 도시로 감) 현상이 두드러질 때여서 매일같이 서울
역 앞에 무작정 상경한 사람들이 부지기수였다.

그러지 않아도 동네의 형님뻘 되는 사람이 다 큰 애들 셋을
데리고 서울로 무작정 상경하여 일자리를 찾았다는데 구로동
어딘가에 허름한 집에서 살면서 다섯 식구가 모두 일을 하러
다닌다고 하였다. 그런데 다섯 명이 한 달 동안 벌어들인 돈이
여기 농촌에 있을 때 일 년치보다 훨씬 많다고 소문이 나 있었
다. 그들이 일 년만 일하면 농촌에서 십이 년 일한 셈이어서 너
도나도 서울로 갈 궁리만 하였다.

아무튼 장달이 아버지와 엄마는 그 도사에 몇 마디 더 조언을
듣고는 약소하나마 복채를 주려는데 복채도 받지 않는다고 하

였다.

"내가 복채를 받으려고 한 것이 아니요. 이다음에 성공하면 중생을 위해서 돈을 쓰시오."

"그럼 부처님께 돈을 쓰라는 것인가요?"

중생이란 용어는 대체로 불교에서 쓰는 용어였기에 장달이 엄마가 물었다.

"아니 그게 아니라 어려운 이웃을 위해서 쓰란 말이외다."

"아이구예, 그런 뜻이군요. 감사합니다. 이다음에 성공하면 꼭 그리하겠습니다."

이렇게 해서 그 도사에게 고맙다는 인사를 하고는 장달이 부모님은 자리에서 일어섰다.

그들은 허공에 뜬 걸음으로 돌아다니면서 애들 옷을 사고 장달이가 좋아하는 꽁치도 사고 그 외에 몇 가지를 더 샀다. 그리고 당시에 유행하던 줄줄이 사탕도 두 줄 샀다. 줄줄이 사탕은 작은 비닐봉지에 사탕이 하나씩 들어 있는데 이것이 줄처럼 길게 연결되어서 길이가 1m 정도 되는 것이다. 두 줄을 산 것은 한 줄은 애들에게 주고 한 줄은 아까 운세를 봐 준 도사님께 드리려고 산 것이다. 대개가 노인들이 사탕을 좋아한다는 것을 알고서 산 것이다.

그런데 시장 입구에 와 보니 그 도사는 아무 흔적도 없이 홀연히 사라지고 그 자리에 어떤 할머니가 채소를 팔고 있었다.

"할머니, 여기에서 운세 봐 주던 하얀 할아버지 보셨나요?

이 자리인 것 같던데."

"아니요. 내가 한참 전에 왔는데 여기가 빈자리여서 자리를 폈다오."

"그러세요?"

둘은 의아해서 이리저리 둘러보았으나 그 근처 어디에도 운세를 보는 할아버지는 없었다. 참으로 기이한 일이었다.

"어허 참, 기괴한 일이네. 발걸음이 떨어지질 않아."

"그러게요. 귀신에 홀린 것도 아닌 것 같고, 아까 그 도사님은 사람이 분명했어요."

"글쎄, 너무 놀라워서 가슴이 두근거려, 막걸리 한잔 먹고 갑시다."

"그럼 그렇게 해요. 좀 진정을 하고 가자고요."

장달이 부모님은 근처 대포집(대폿집: 사발로 막걸리를 파는 술집)으로 가서 막걸리 한 주전자를 시켜서 마셔야 했다. 취기가 약간 오르니 이제야 정신이 제자리로 오는 것만 같았다.

잠시 후,

장달이 아버지는 자전거에 엄마를 태우고 흔들거리면서 집으로 향했다.

한나절 만에 보는 중달이, 장달이는 너무 좋아서 빌버둥을 치고 치마에 매달리고 있었다. 줄줄이 사탕 한 줄은 중달이를 봐주었던 동네 아줌마 주고 한 줄은 장달이 몫으로 남겨 놓았다.

그날 밤,

부부는 잠 못 이루고 걱정도 하고 상의도 했다. 도사의 말만 맹신하고 정든 고향 땅을 떠나서 서울로 갈 것인가, 가서 빌어먹더라도 적어도 7년은 고생해야 발복을 한다는데, 그러면 아이들은 어떻게 할 것인가. 그냥 여기서 살아도 중농 소리는 듣고 살만큼 전답이 있었기에 망설이지 않을 수 없었다.

당시에 농촌을 떠난 첫 번째 그룹은 빈농이었다. 전답이 없어서 소작하거나 전답이 있어도 얼마 되지 않은 탓에 매우 가난한 살림이었다. 그러니 아이들이 한글만 깨치면, 대략 국민(초등)학교만 마치면 월급도 없이 남의 집에 가서 식모(가정부) 노릇을 하거나 기술을 배운다고 외지에 보냈던 시절이었다.

이런 사람들이 제일 먼저 떠났는데, 장달이 부모는 시골에서 그럭저럭 살 만한 살림이었는데도 불구하고 농촌을 떠난다는 게 대단히 부담스러웠다.

"정부에서 지금 공업화, 도시화 정책을 계속 밀어붙이고 있어서 조만간에 우리 같은 농민도 어려움에 처할 거야. 수많은 인구를 어떻게 먹여 살리겠어. 공장에서 제품을 만들어서 외국에 팔아야지. 농촌도 미국처럼 대농(大農: 큰 규모로 짓는 농사)을 하지 않고는 버틸 재간이 없을 거야."

장달이 아버지가 나름대로 일가견(一家見)을 말하였다.

"여보, 그럼 떠난다는 게요?"

"그래야 할 것 같아."

"전답은 누가 산답디까? 너도나도 팔고 상경하려는데."

"이 마을에서 살 만한 사람은 임부자 밖에 없고, 만약에 안 되면 건너 동네 최 부자에게 가 봐야지. 그 사람들은 절대로 여길 떠나지 않아, 땅 부자들이라."

임 부자와 최 부자는 조선 시대부터 지주로 땅이 아주 많았다. 둘 다 집에 머슴을 두 명씩이나 두고, 많은 농경지를 소작을 주어 농사를 짓고 있어서 아직도 조선 시대 양반집이나 똑같이 생활하고 있었다.

두 내외는 일단 떠나기로 하고 내일부터 알아보자고 하였다.

먼저 장달이 아버지가 임 부자에게 전답 일체를 매물로 내놓는다고 하니 반신반의하였다. 시세보다 싸게 팔고 서울로 간다고 하니 이젠 똥값으로 사려고 하기에, 장달이 아버지는 짐짓 그렇게는 거래를 할 수 없다고 하면서 건넛마을 최 부자에게 가 보겠다고 하였다. 그런데 두 부자는 친한 친구이자 라이벌 관계에 있었다. 오래전 조상들부터 그런 관계였다.

그랬더니 임 부자는 고개를 설레설레 흔들었다. 이 동네 땅을 타 동네 사람에게 넘겨 줄 수가 없었다. 그래서 임 부자와 장달이 아버지는 시소게임 하듯 흥성을 하여 시세보다는 약간 싸게 거래를 하였다. 대금은 열흘 후쯤 준다고 하였다.

15

서울 땅을 사다

그다음 날,

장달이 아버지는 기차를 타고 서울에 와서 물어물어 찾아가기 시작하였다.

장달이 아버지는 그동안 친구나 아는 사람들에게 들은 얘기를 종합하여 나름대로 서울의 어느 방향을 지목한 것이다. 한강 이남 땅을 지목하여 변두리에 아주 척박한 땅을 찾아보기로 했다. 단, 도사님의 말씀대로 나무가 뿌리 박혀 사는 곳을 찾아야 했다.

서울은 넓고 넓어서 혼자서 하루 종일 돌아다녀도 그런 땅에 싼 매물을 찾기가 매우 어려웠다. 할 수 없이 허름한 숙소에서 하룻밤을 유숙하고 다음 날 아침부터 이리저리 걸으면서 척박하고 싼 땅을 찾기 시작하였다. 하지만 도사가 말한 대로 그렇게 싼 땅은 없었다. 오히려 시골 논 두 마지기를 팔아야 황무지 땅 한 마지기를 겨우 살 수 있을 정도였다.

논 두 마지기면 400평인데 그것으로 200평밖에 사질 못하는 것이다. 그것도 농사도 지을 수 없는 땅인데도 말이다. 그렇게 서울의 땅값은 하루가 다르게 치솟고 있었다.

사흘째 되던 날 세 시경,

장달이 아버지는 물어 물어서 한강 이남의 어느 척박한 황무지 마을에 도착하였다. 야봉동(野鳳洞)이라는 범상치 않은 이름을 가진 마을이었다.

저쪽에 야산이 있고 그 아래에 드문드문 미루나루나 뽕나무, 그리고 어떤 나무들이 듬성듬성 서 있는 것을 발견하고 급히 그리로 내달았다. 작물은 아무것도 심지 않고 큰 돌 작은 돌이 뒤섞여 있고 잡풀만이 나 있었다. 그냥 오랫동안 방치된 땅이었다.

한자로 "賣物"이라고 쓰고 그 아래에 전화번호가 있었다. 당시에는 핸드폰이 없던 시절이고 집 전화도 매우 귀한 시절이었다. 장달이 아버지는 급히 전화번호를 메모하고는 한참을 걸어서 길가의 구멍가게에 들어가서 잠시 쉴 겸 음료수 한 병을 마시었다.

그런데 당시에 서울의 지가(地價)는 어땠을까. 서울은 넓고 넓어서 변두리는 그냥 시골과 마찬가지였다. 우마차도 있었고 농사를 짓고 살아가고 있었는데 이들도 장달이 부모님의 고향처럼 빈한하게 살기는 마찬가지여서 변두리 농경지를 팔고는 시내권으로 진입하려고 하였다. 그러니 변두리에서 농경지도 아닌 척박한 땅은 제대로 현시세도 반영하지 못하고 똥값 거래가 다반사였다. 도사가 한 말이 바로 이 말이었다. 시골 논 한 마지기 팔면 서울 변두리 대여섯 마지기 땅을 살 수 있다는 것이다. 논 한 마지기가 200평이니 200평 가지고 천 평가량을 살 수 있다는 것이다.

그러나 이것은 풍문(風聞: 바람처럼 떠도는 소문.)일 뿐이다. 어느 누가 이런 거래를 했다면 순식간에 이런 소문이 퍼지는 것이다. 가뜩이나 서울 깍쟁이 소리를 듣는 사람들이 그렇게 호락호락하게 거래하지 않고 있었다.

"여보세요,"

"예, 뉘신지요?"

나이가 많이 먹어 보이는 남자 할아버지 목소리가 들려왔다.

"땅을 매물로 내놓으셨다고 해서 전화 드렸습니다."

"아, 그거요. 내놓은 지 오래되었지요. 평수가 좀 되는데 분할 매매는 안 됩니다."

"그래요? 얼마나 되는데요?"

"만 평 너머 만 이천 평 남짓합니다."

"측량은 해 보셨나요. 만 평이 넘는다면 아주 큰 땅인데요."

"측량은 해 보지 않았지만 일정 시대에 작성한 지적도가 있지요. 경계가 되는 곳곳의 나무나 큰 돌에 빨간 페인트로 표시했습니다. 그런데 그 땅에 뭐하려고 그러시나요?"

"아예, 제가 시골에서 농사짓고 사는데 형편이 여의치 않아서 서울 근교 땅에다가 하우스 재배를 해 볼까 합니다."

당시에 하우스 재배가 꽤 돈벌이가 되어서 근교 농업으로 각광을 받고 있기에 임시방편으로 둘러 말했다.

"허허, 땅이 척박한데, 하우스 재배라면 흙 돋우고 거름 치면 될 겁니다. 거기가 예전에 밭을 일궈 먹던 데요. 찾아보면 집터 자리도 있고 밭 자리도 있을 겝니다. 그런데 덩어리가 커서 살 수 있겠나요?"

"시골 전답을 팔아서 여기로 오는 것이라 큰돈은 없지만 잘해 주시면 살 것도 같습니다. 그런데 사장님께서는 왜 그 땅을 팔려고 하시나요?"

"허허허, 내가 죽을 때가 다 되었는데 살아생전에 그걸 팔아서 애들에게 나눠 줄 생각입니다. 그냥 죽었다가는 요즘은 형제들 간에도 재산 싸움이 나는 세상이니 말이요."

"아하, 그렇군요. 그럼 일단 만나 뵙고 말씀을 드리는 것이 도리일 것 같습니다."

"그럽시다. 어디시오?"

"매물로 내놓으신 땅 앞으로 길가 구멍가게에서 전화 드립니다."

"아, 그러면 거기서 기다려요, 삼사십 분이면 그리로 가리다."

"예. 기다리겠습니다."

얼마 후,

키가 좀 작고 얼굴이 약간 까무잡잡한 노인 한 분이 왔다. 구멍가게 주인과는 익히 아는 사이인지 먼저 인사를 하고는 장달이 아버지에게로 왔다.

"아까 전화하신 분인가요?"

"예."

둘은 첫 인사 겸 통성명을 하였는데, 그 노인은 허웅(許雄)이라고 하며 슬하에 자녀가 삼남 일녀인데 모두 출가하고 처는 몇 년 전에 사별해서 지금 혼자서 생활하고 있다고 했다. 여기이 땅은 조부인가부터 소유라는데 자기도 여기에서 낳고 장성하여 결혼하고 여기에서 아이들을 낳았다고 했다. 그런데 세상이 바뀌어서 애들이 밖으로 나가게 되고 더 이상 여기에서 살수가 없기에 밭을 매물로 내놓게 된 것이라고 했다. 지금은 밭이라고 볼 수 없는 황무지였으나 그 노인은 계속 밭이라고 말했다.

"여기가 워낙 외져서 찾아보는 사람이 없소이다. 그래서 매물로 내놓은 지 십여 년이나 되었는데도 물어보는 사람도 거의 없지요."

"하하, 그렇겠습니다. 저도 어떻게 오다 보니까 여기까지 왔지, 누가 와 보겠습니까? 그래도 싸게 내놓으면 임자가 나타날 텐데요."

"그렇긴 하겠지만 지금 서울 땅 전체가 들썩거리는데 내 땅만 헐값에 내놓을 수는 없지요. 시세라는 게 있으니까."

"그러면 현 시세로 얼마나 가나요?"

이에 허 노인은 잠시 생각을 하더니 의외로 거액을 불렀다.

"아이구, 변두리도 금시세네요. 웬만하면 바꿔치기해서 하우스 재배를 해 보려고 했더니 불가능합니다. 분할 매매는 안 된다고 하셨으니 다른 매물을 알아보든지 아니면 포기해야 할 것 같습니다."

"그런가요. 지금 서울 전체의 지가가 하루가 다르게 오르고 있습니다."

"아 그럼, 뭐하러 급매물이라면서 파시려고 하나요? 그냥 놔두면 돈 될 텐데."

"아이그그, 자식들 때문이죠. 이런 데서 키우다 보니 제대로 해 준 것도 없이 다들 나가서 도움 없이 살다 보니 겨우 앞가림이나 하는 정도여서 하루살이나 매한가지인 겝니다. 그래서 벌써부터 이 땅이라도 팔아서 도와달라고 하고, 나도 얼마 안 가 죽을 몸인데 놔두었다가는 후에 분란이 일어날 것만 같고 해서 생전에 처분해서 자식들에게 인심이나 쓰려고 합니다."

"어허, 그러시군요. 그런데 전 도저히 역부족입니다. 다른 데를 좀 알아봐야겠습니다."

"아니, 그래도 나름대로 예산을 세우고 오셨을 것 아닙니까?"

"예산이라고 할 것도 없어요. 왜냐하면 시골 땅을 팔아야 하는데 요즘 시골 땅은 하락시세라 가늠을 할 수가 없네요. 지금 상황이라면 겨우 절반이나 살 형편이나 될까 말까 합니다."

"그러면 오천 평 정도인가요?"

"그것도 될까 말까 합니다. 시골 땅이 매매가 잘 안 되어서."

"어허……, 흐흠흠……."

허 노인은 낯색이 바뀌면서 심히 난처해졌다. 일 년에 한두 번 문의가 올 뿐 사겠다는 원매자는 없었다. 지금 꼭 사고 싶어 하는 원매자(願買者: 사려는 사람)가 나타나긴 했는데 돈이 부족하다는 것이다. 그렇다고 분할 매매를 할 수도 없다. 분할 매매를 했다가는 입지가 좋지 않은 땅은 그대로 버려지는 것과 다름없었기 때문이다.

"그런데 영감님, 길은 있나요?"

"예에? 길요?"

그 한마디에 허 노인은 허를 찔렸다.

"거기 옛날부터 길이 없어요. 그냥 이 앞으로 나다녀야 합니다. 따지고 보면 맹지이지요."

"맹지라니요?"

"눈먼 땅이라고 해서리…… 길 없이 안쪽에 박혀 있는 땅을 말합니다."

맹지(盲地)라는 말은 도로에서 멀리 떨어진 땅을 말하는 것으로 시골 사람이 알 리가 없는 용어였다.

"아하, 그렇군요. 그러면 나중에 개간해도 차가 드나들 수 없게 되네요."

"원칙으로 따지면 그런 셈이지만, 그냥 이 앞으로 다 다녀요. 저기 찻길 보세요. 저리로 해서 그냥 다 다닙니다."

그런데 이 말 한마디가 천금(千金)과 같은 것이었다. 길이 없다는 것은 예나 지금이나 큰 약점이었기 때문이었다. 이때 장달이 아버지는 이 땅을 포기했는지 아닌지 자리에서 벌떡 일어나더니 구멍가게 주인 앞으로 갔다.

"혹시 이 근처에 급매물이나 헐하게 내놓은 땅이 있나요?"

이렇게 물으니 허 노인이 깜짝 놀란 듯이 얼른 일어나서 장달이 아버지의 손을 이끌고 자리에 앉혔다.

"아니, 하던 이야기를 끝내고 물어봐야지요."

"어, 그런가요. 그런데 아무리 해도 더 이상 돈을 마련할 방법이 없습니다. 시골 땅을 내놓긴 했는데 언제 팔릴지도 모르고 팔린다고 해도 영감님 땅은 사기 어려워요. 워낙 덩어리도 크고 큰돈이라서."

"아이참, 답답하게 말씀하시네. 그래도 거래가 성사되려면 어느 정도 흥정이 있어야지요."

허 노인이 한 발짝 물러선 듯이 말을 하였다.

이때만 해도 장달이 아버지는 돈이 너무 부족해서 살 엄두도 내지 못하고 있었다. 그래서 그 땅을 포기하고 다른 곳을 알아보려고 했다.

"젊은 양반, 꼭 사겠다면 한 번 더 생각해 보시구려."

"생각을 백번 천 번 해 봐야 시골 땅밖에 없습니다. 농민이 무슨 현금을 많이 가지고 있는 것도 아니고, 한 해 농사지어 다음 해 먹고 사는데 무슨 여윳돈이 있겠습니까?"

"허험, 흐흠…… 그렇기도 하지요."

"아무튼 이왕 상경하였으니 좀 더 알아보고 내려가서 우리 땅 매입자가 있나 알아봐야 합니다. 저도 급매물로 내놓아서 현시세를 제대로 받기도 어렵습니다."

"허허, 그럴게요. 땅 거래가 옷을 사듯이 쉽게 거래되는 게 아니니까."

"맞습니다. 영감님."

"그럼 어떻게 할 참이요. 우리 땅은 포기하는가요?"

"사구야 싶지만 그만한 돈이 안 됩니다. 시골 땅 시세가 나가질 않으니."

"어험……, 그거 참 낭패네."

허 노인의 얼굴은 낙심한 낯빛이 역력하였다. 매물로 내놓은 지 십여 년이나 지났지만 다들 전화로 몇 마디 물어보고는 끝내고 말았다. 이렇게 원매자와 대면하긴 처음이어서 어떻게든 이번 기회에 팔아야 했는데 피차간에 거래 시세가 맞질 않았다. 사실 따지고 보면 허 노인은 조금 헐하게 팔더라고 손해될 것은 조금도 없었다. 이 땅이 조상 언제부터 살아왔는지 모르지만 과거에 한때 오래 점유하여 농경지로 사용하였다면 정부에서 소유권을 인정해 주었던 때가 있었기 때문에 원칙으로 따지면 국가 땅을 거저로 자기 땅으로 만들게 된 것이다. 하지만 허 노인은 이런 얘기는 일언반구도 하지 않고 장달이 아버지도 전혀 알지 못하였다. 장달이 부모님이나 조부님들은 진짜로 아주 오래전부터 그 땅에 살아왔기 때문에 소유권이 분명하였던 것이었다.

결국, 둘은 더 이상의 진전이 없이 일어서야 했다.

"영감님, 땅은 피차간에 인연이 있어야 매매가 된다고 했습니다. 지신(地神)이 허락해야 성사가 된다고요. 제가 인연이 안 닿으면 다른 분이 나타날 것이니 걱정하실 필요 없습니다."

"허허허, 그렇기 하지만, 오늘 원매자를 만났는데 성사가 안 되는 게 아쉽구먼요."

"혹시 알아요? 느닷없이 지신(地神)이 허락해서 매매가 성사될지, 제가 이 근처를 더 둘러보고 나서 내려갈 터인데, 무슨 좋은 일 있으면 전화 드리겠습니다."

"아이구, 이거 너무 섭섭하네. 혹시 전화 있소?"

"없습니다. 이장님 댁 전화번호를 알려 드릴 테니 마음이 바뀌시면 전화하라고 하세요. 그럼 제가 틈이 날 때 전화드리겠습니다."

이렇게 해서 허 노인은 쓴 입맛을 다시면서 돌아가야 했고, 장달이 아버지는 근처의 매물을 더 알아보았으나 마땅한 땅이 없었다. 대체로 땅값이 비쌌다. 도로변은 황당한 가격을 제시하고 있었다.

장달이 아버지는 길바닥에 털썩 주저앉아서 이런저런 생각을 하기 시작했다. 결론은 도사님이 말한 대로 시골 논 한 마지기로 서울 황무지 땅 다섯 마지기를 살 수 없다고 결론을 내린 것이다. 일 대 이(1:2)로 살 수만 있다 해도 다행으로 생각되었다.

장달이 아버지가 가진 논이 21마지기(4,200평)이고 밭이 1,200평 정도이다. 밭은 논에 비하여 대략 3분의 1 정도의 지가(地價)를 계산한다면 논으로 쳐서 400평. 즉, 총 4,600평의 논이라고 계산하여 1:2라면 9,200평 정도의 황무지 땅이라도 살 수 있었다. 어떻게 생각하면 거래가 성사될 것도 같으나 허 노인은 그보다 훨씬 높은 가격을 제시하였다. 아무리 황무지라지만 만 이천 평은 매우 큰 땅이다. 논으로 따지면 60마지기나 되는 땅이었다.

전답일 경우는 당장 농사를 지어서 먹고 살 수 있으나 황무지 땅에서는 아무것도 할 수가 없다. 허 노인은 예전에 밭이라고 했지만, 돌투성이 사이로 어떤 작물을 심어서 수확해야 할지도 몰랐다.

한참을 고민하던 장달이 아버지는 뚜렷한 대책을 찾지 못하고 일단 내려가서 아내와 상의를 해야겠다고 결정하고, 시내버스와 기차를 타고서 집으로 내려왔다.

장달이 아버지는 아내에게 지난 며칠간 서울 변두리에서 보고 들은 것들을 모두 이야기했다.

"아무래도 도사님 말대로 논 한 마지기에 다섯 마지기 땅을 살 수는 없어. 어디 돌투성이의 악산(惡山: 험한 산)이라면 몰라도 가당치도 않아."

"그러네요. 그런데 도사님의 말씀은 그 땅에서 농사를 지어 먹고 살라는 뜻이 아니잖아요. 굴러다니면서 빌어먹더라도 칠 년만 지나면 발복한다고 했어요. 황무지 땅이 금싸라기 땅으로 바뀐다는 뜻이 아닌가요?"

"에엥? 그랬지. 맞아, 맞아. 내 미처 당장 먹고 살길만 생각하다 보니 그 말을 잊었네."

"그 도사님이 비범해 보입니다. 그리고 일단 칼을 빼 들었으니 대책을 찾아봐요."

"어, 그래야겠어. 젊어서 고생은 사서도 한다는데 한 번 더 생각해 봅시다. 이따가 아버님과 형님을 뵙고 말씀이나 드려야지."

"그래요. 그게 도리지요. 야반도주처럼 가 버릴 수는 없지요."

장달이 아버지의 부친은 세 살 위 형님이 모시는데 집이 마을 끝자락쯤에 있었다. 형제가 1녀 2남으로 모두 세 살 터울인데 맨 위에 누님은 결혼하여 멀리 가서 살고 있고, 맏이인 형님이 부모님을 모시고 살고 있었다. 그러니까 장달이 아버지가 막내였다.

조상님들 덕분에 전답이 어느 정도 있었던 부친은 벌써 재산을 상속했는데, 비율로 보면 맏이인 형님이 5 정도이고 장달이 아버지 3 정도, 출가외인이라는 누님도 2 정도의 비율로 분배를 받았으나 아무도 이의를 제기하지 않고 우애 좋게 지내고 있었다.

자전거를 타고 형님댁에 방문한 것은 저녁 8시가 조금 넘었다.

부모님과 형수 내외, 조카들이 크게 반기고 금방 막걸리 술상이 차려졌다.

막걸리를 두어 잔씩 마시고는 장달이 아버지가 먼저 입을 열었다.

"아버님, 저 서울에 가서 살려고 합니다."

"뭐시여? 고향을 버리고 서울에 가서 산다고?"

"예."

"어허, 집안이 망할 징조다. 자고로 농자천하지대본(農者天下之大本)이라고 했거늘 농사일을 그만두고 고향을 떠나서 무얼 해먹고 산단 말이냐. 어불성설(語不成說: 말이 조금도 사리에 맞지 아니함.)이다."

예상했던 대로 아버님은 진노하였다.

이에 형님이 나섰다.

"아이구, 아버님, 이제 그런 고리타분한 말씀 그만 좀 하세요. 십 년이면 강산이 변한다는데 지금 나라가 어제오늘이 다르게 발전하고 변하는데, 이제 시골에서 땅만 파먹고 사는 시대는 지났습니다. 윗동네 최 씨도 맨몸으로 서울에 가서 성공하여 부자가 되었다고 하잖아요."

"어흠, 흐흐흠."

"돈이 돌고 돌아서 돈이라고 한다는데, 지금 그 돈이 도시로만 돌지 이런 촌구석엔 돈 한 푼 구경하기도 힘들어요. 임수(장달이 아버지)가 지금 큰 결정을 내렸는데 그동안 얼마나 고심을 했을까요. 응원해 주어야지요. 오히려 임수가 가문을 일으켜 세울 수가 있어요."

형님이 큰 응원군이 되어서 변론을 해 주니 아버님은 아무 말씀도 못 하고 계시다가 막걸리 한 잔을 벌컥벌컥 마시고야 말았다.

"아버님, 이번 기회가 호기입니다. 지금도 늦었어요. 저도 고향 떠나면 고생이 심할 줄 아는데 젊어서 고생은 사서라도 한다고 하지 않으셨습니까? 더 나이 먹기 전에 한번 도전해 보려고요."

이때 장달이 아버지의 나이가 서른이 되었을 때였다. 지금으로 따지면 청춘 중의 청춘 나이이다. 형님 덕분에 이러저러한 대화가 더 오가고 아버님이 수긍(首肯: 옳다고 인정함.)하셔야 했다.

"그럼, 전답은 어떻게 하기로 했냐?"

아버님이 물으셨다.

"여윳돈 있는 사람이 임 부자밖에 없을 것 같아서 부탁했습니다."

"어어허, 참으로 아깝다. 조상 대대로 내려온 전답이 범의 입으로 들어가는구먼. 안타깝다."

"할 수 없지요."

장달이 아버지도 안타깝지만 지금 당장 살 사람은 그 임 부자밖에 없었다.

"돈이 언제까지 필요하냐?"

"지금 알아보고 있는데 날 추워지기 전에 적어도 시월 말쯤으로 생각하고 있어요."

"그럼 내가 조금 융통해 볼 테다."

"예에? 형님이요?"

"현금은 없지만 일단 농협에 가서 일부라도 융통해서 조상 땅의 일부라도 찾아야겠다."

"아이구, 고맙습니다."

이렇게 해서 밭 1,200평과 논 6마지기 값은 형님이 융통해 주기로 했다. 그러면 논 15마지기만 임 부자에게 매도하면 되는 것이다. 장달이 아버지는 속으로 '일이 잘되려고 하는 모양이다.'라고 크게 만족했다.

옆에서 듣고 있던 어머님은 별다른 말씀도 하지 못한 채 임수가 고향을 떠난다는 것만 서운해서 벌써부터 눈물을 훔쳐내고 계셨다.

"어머니, 걱정 마세요. 제가 꼭 성공해서 큰 부자는 아니어도 중간 부자는 되겠습니다."

"그래야지, 에구, 그래도 타향에 가면 서러움도 많고 고생이 심하고……, 곧 추워질 텐데 젖먹이(중달이)를 데리고 어딜 간단 말이냐. 객지에서 앓기라도 한다면 어쩌려고."

"괜찮아요. 중달이는 장달이보다 튼튼해서 걱정할 것 없어요."

장달이가 첫돌 무렵에 백일해를 앓아서 죽다 살아났기 때문에 미리 걱정하고 있었다.

"아무튼 용단을 내렸다니 마음 단단히 먹거라. 내일 읍내 농협에 가서 알아보고, 그리고 자리 잡을 때까지 양식 걱정은 말거라. 여기서 보내 줄 테니."

"고마워요. 형."

형님의 호의에 임수는 눈시울이 뜨거워졌다.

결국, 부모님도 임수가 떠나는 것을 기정사실화(旣定事實化)해야 했다.

장달이 아버지는 거기서 한참을 더 이야기하고 막걸리도 마시고는 비틀걸음으로 자전거를 끌다가 타다가 하면서 집에 밤 11시경에 돌아왔다.

아내는 그동안 좌불안석으로 기다리기만 했었다. 임수는 아내에게 이러저러하게 되었다고 설명을 하니 아내는 매우 좋아하였다. 아내가 서울에 가면 고생할 줄을 뻔히 알면서도 좋아한 이유는 어려서부터 서울을 은근히 동경하고 있었기 때문이다.

임수가 중학교 3학년 때 초여름,

임수 혼자서 산에 올라갔다. 산딸기를 따러 간 것이다. 이때쯤 되면 산딸기가 많은 곳에는 지천으로 열려 있어서 실컷 따 먹기도 하고 어떤 사람들은 바구니를 들고 와서 따가곤 하였다.

임수는 맨몸으로 올라와서 잘 익은 산딸기를 따 먹고 있는데, 잠시 후에 저편 쪽을 보니 앳되고 예쁘장한 여학생이 바구니를 들고 와서 산딸기를 따고 있었다. 임수는 흘깃흘깃 쳐다보다가 산딸기를 양손에 그득히 따 가지고 여학생에게 다가갔다. 후에 아내가 된 서경자가 혼자서 산딸기를 따러 왔다가 우연히 임수와 마주친 것이다.

"자, 이거도 넣어."

"예? 괜찮아요. 나도 금방 딸 수 있어요."

"난 바구니가 없어서 그래. 그냥 받아."

"예, 고마워요."

이렇게 해서 말문을 트고는 몇 차례 더 산딸기를 따서 바구니에 담아 주면서 대화도 몇 마디 더 했다. 둘은 삼 일 후 방과 후에 여기서 다시 만나기로 하였다. 아직 덜 익은 산딸기가 삼 일만 지나면 빨갛게 익기 때문이다. 그 여학생은 첫눈에 임수가 고등학생인 줄 알았다. 임수는 중학교 2학년 여름 때부터 부쩍부쩍 크기 시작해서 이때쯤에는 거의 어른 키와 같았기 때문이다.

시골의 아이들이 다 그렇듯이 처음에는 서먹서먹하게 산딸기만을 따다가 어쩌다가 말문이 열려서 이야기해 보니 경자는 건넛마을에 사는데 여중 1학년이고 임수는 남중 3학년이었다.

이후로 둘은 조심스럽게 만날 약속을 하면서 연정의 싹을 틔우기 시작하여 고등학교 때까지 이어졌다. 둘은 가정 형편상 대학 진학을 포기하고 임수는 농사꾼으로, 경자는 가사를 돌보는 것으로 세월을 보냈다.

임수가 군 제대 후 양쪽 집안에서도 둘의 사정을 익히 알고 있고, 또 시골이라서 집안 어른들끼리도 어느 정도 안면이 있었기에 얼마 후에 결혼을 시켰다. 이때 임수의 아버지가 재산을 분할하여 자식들에게 상속했다. 그러니 친구 같은 아내인 것이었다.

그런데 아내인 경자는 공부를 매우 잘하여서 꼭 서울에 있는 대학교에 가려고 하였는데 그 뜻을 이루지 못하여 안타까워하고 있었다. 그래서 그런지 이름 자에 서울 '경' 자가 들어가 있어서 그런지 서울에 대한 동경(憧憬)이 매우 컸다.

"나는 옛날 이야기가 재미있어서 고전 문학을 전공하고 싶어."

이게 경자의 바람이었다.

어찌 되었든 그날 밤도 둘은 이런저런 걱정거리에 늦게 잠들었다.

다음 날,

아침을 먹고 일을 하러 나갈 무렵에 이장 집 작은 아이 '풍세'가 왔다.

"서울의 허 씨라는 할아버지에게 전화 왔었다고 전해 달라고 했습니다."

"오, 그러냐? 고맙다."

장달이는 급히 안방에 들어가서 줄줄이 사탕 세 개를 떼어서 풍세에게 주니 고맙다고 꾸벅 인사를 하고 돌아갔다.

"여보, 허 노인이 왜 전화를 했을까? 시세를 내려서 팔겠다고 전화했을까?"

"글쎄요. 아마 그럴 가능성이 있네요. 그래도 그 땅 전부를 사기는 어려워요. 얼마나 싸게 내놓겠어요? 서울 깍쟁이들이."

"하긴, 그러네. 그럼 어떻게 할까? 전화하지 말까?"

"지금 급한 사람은 우리보다 그쪽이니까 조금 더 기다려 보자고요. 사려는 사람도 없었다면서 꼭 팔려면 값을 더 내려서 팔아야겠지요, 아마 오늘 저녁때쯤이라도 전화 또 올지도 모르니 그때까지만 기다려요."

"흐흠, 그럴 수도 있네."

이렇게 하여 양측은 예상치도 않게 기 싸움에 들어가게 되었다.

과연 그날 저녁에 이장 집으로 또 전화가 왔다고 전갈이 왔다. 이번에는 아내가 중달이를 둘러업고, 장달이는 옆집에 잠깐 맡기고는 임수와 함께 이장 집에 갔다. 이장 집의 전화는 동네의 공중전화와 마찬가지였다. 시외 전화는 장부에 기록해 두었다가 한 달에 한 번씩 전화 요금을 내면 되는데 쓰는 사람들이 모두 미안하고 죄송해서 빈손으로 가진 못하고 술 한 병이라도 들고 가야 했다.

"아, 여보세요. 지난번에 구멍가게에서 뵈었던 이임수라고 합니다."

"하이구, 시골이라 연락하기 어렵네요. 다른 게 아니라 우리 애들과 상의했는데 우리 땅을 꼭 사겠다면 거기 전답 시세에 맞추어서 매매하려고 합니다."

이 말은 서울 땅을 사기 위해서 시골의 전답을 매물로 내놓았다니까 시골 땅이 팔리는 시세에 맞추어 주겠다는 것이다. 그렇게만 해도 상당한 금액을 깎아서 사는 셈이었다.

"예, 감사합니다. 그런데 여기도 쉽게 매매가 이뤄지지 않네요. 다들 농촌을 떠나려고만 해서 그런지, 전답 매물이 많아요. 아무튼 호의를 베풀어 주셔서 고맙습니다. 여기에서 매매가 성사되면 연락드리겠습니다."

"그럼 꼭 연락 주세요. 기다리겠습니다."

이런 대화 내용을 옆에 있던 아내가 다 듣고 있었다.

"그거 보세요. 시세가 더 내려갈 것입니다."

"하하하, 그럴까? 그러면 좋고."

부부는 사지도 않은 땅이 자기 것이 된 것처럼 기뻐하였다.

그날 오후에 임수는 임 부자 집에 다시 들러서 전답 중 일부는 형님이 사준다고 하였으니 논 15마지기만 사 달라고 하였더니 크게 좋아하였다.

"허허허, 잘 되었네. 내가 그러지 않아도 춘부장을 보아서 사두려고 했네만 일부라도 형님이 매입한다니 나도 마음이 편하네. 그럼 언제까지 돈이 필요한가?"

"예, 당장은 아니고 보름이면 족합니다."

"그려 그려, 걱정 말게."

"그리고 곧 추수를 해야 하는데 어떻게 할까요?"

"아함, 그렇지, 올해는 자네가 농사를 지었으니 반 만 가져가게."

"예에? 아이구, 고맙습니다."

마을에서 덕망이 있고 인심 좋다고 소문이 난 임 부자는 돈에 크게 개의치 않고 선심을 베풀었다. 농사지을 쌀의 반을 모두 가져갈 수는 없고 둘 데도 없다. 이걸 팔아서 당분간 생활비나 활동비를 쓰면 되었다. 만약 그 땅을 사게 된다면 제일 먼저 시급한 것이 그 자리에 오두막집을 지어야 하는 것이다.

며칠 후,

임수는 아내와 함께 서울에 다시 올라갔다. 허 노인의 땅을 보러 간 것이다. 이날도 전화를 했더니 허 노인이 단걸음에 달려와서 시골 땅 시세에 맞추어서 팔겠다고 거듭 약속을 하였다.

하지만 부부는 계약까지는 하지 않고 둘러보기만 했더니 허 노인은 애가 타서 죽을 지경이었다. 지난번보다 조금 더 살펴보니 아주 오래전의 밭 자리도 있었는데 너무 오래되어서 나무들이 마구 자라 어디가 어딘지 분간할 수 없었다. 집 자리도 있었는데 뭐 하나 쓸 만한 것들이 없었다.

"여보, 여기다가 오두막집이라도 지으려면 구들장과 황토 흙이 있어야 하는데 아무것도 없어요."

이렇게 말하는 것을 들은 허 노인이 얼른 끼어들었다.

"돈을 좀 써야 집을 짓지요. 저기 시장통 입구에 건자재 파는 곳에 가면 구들장, 황토, 문짝 등 다 팔아요. 거기에서 목수나 잡부도 구할 수 있습니다."

"아하, 그렇군요. 그러면 또 돈이 들어가네요."

"그렇지요. 아무리 오막살이라도 짓자면 돈푼깨나 들어가지요."

임수와 아내가 또 돈 걱정을 하니 허 노인은 더 애가 탔다.

"여보, 여기 길은 없나요?"

"길이 없어, 그게 또 문제야."

부부가 이런 대화를 하니까 허 노인의 낯빛이 또 변했다.

"그냥 여기로 나다니면 됩니다. 누가 뭐래지 않아요."

"그래도 남의 땅인데, 만에 하나라도 울타리를 치면 어떡하나요? 하늘로 올라갈 수도 없고."

이 말에 임수도 다시 한번 생각을 해봐야 했다. 이 땅이 싸게 내놓은 편이긴 한데 접근 도로가 전혀 없었던 것을 다시 한번 상기했다. 정말로 울타리를 친다면 오갈 데가 전혀 없는 것이다. 그러니 도로변의 땅값이 비싼 것이었다.

"글쎄 말이야. 길이 전혀 없으니 그게 제일 문제네. 뭘 하든 길이 있어야 할 텐데."

허 노인은 낯색이 변한 채 더 이상 뭐라고 대꾸도 못 하고 외면하고 있었다.

　사실 뭐라고 할 말도 없었다. 없는 길을 뭐라고 변명할 수가 없는 노릇이었다.

　부부가 망설이면서 서성이자, 허 노인은 초조해졌다. 매물로 내놓은 지 십여 년이나 지났건만 통 원매자가 없다가 원매자가 나타나긴 했는데 이래저래 걸림돌이 많았다. 방법이 있다면 한 가지 더 싸게 내놓은 수밖에 없었으나 자식들 등쌀에 그마저 쉽지 않았다. 왜냐하면 이 땅의 시세가 얼마 정도이어서 팔기만 하면 균등히 나눠 준다고 벌써부터 말해 왔기 때문이다. 사실 그렇게 큰돈은 아니었지만 살림이 궁색했던 그들은 이제나 저제나 땅이 팔리기만을 기다려왔다.

　"영감님, 아무래도 더 생각을 해 봐야겠습니다. 전에 말씀하신 대로 맹지를 잘못 매입하였다가는 아무도 못 들어가는 금지(禁地: 드나들지 못하게 하는 땅.)가 될까 두렵습니다."

　"허허참, 괜찮대도, 이제껏 여기로 나다녔다고 하지 않소이까, 여기 찻길도 있고."

　"지금까지야 그랬다지만 지금 세상인심이 하루가 다르게 변하기에 앞으로도 그러리라고는 예측할 수가 없습니다."

　임수가 제법 조리 있게 말대답을 하였다.

결국 그들은 더 이상 대화의 진전이 없이 각자 헤어져야 했다. 임수는 오는 내내 아내와 상의했지만, 별달리 뾰족한 대안이 없었다. 시골 땅은 이미 팔려고 내놓아서 거래된 것과 마찬가지인데 서울 땅이 이래저래 걸리는 게 많았다.

"여보, 아무래도 그 땅이 눈에 들긴 한데, 길이 없네. 무슨 도리가 없을까?"

"그러게요. 혹시 알아요, 지금 농경지도 토지 구획 정리를 하는데 도시라고 그대로 두겠어요? 도시 계획이란 게 있잖아요. 도사님 말씀대로 칠팔 년 후에 도시 계획이 된다면 전혀 새로운 길이나 상가 주택지가 조성될 거예요."

의외로 장달이 엄마가 조리 있게 해명을 했다.

"그럼, 모험하는 셈 치고 그 땅을 살까? 그래도 돈의 아귀가 맞질 않아. 부족해."

"그렇지요. 아무튼 일단 기다려 봐요. 허 노인이 어떻게 나올지. 내려가서 기다려보고 인연이라면 연결될 테고 인연이 아니라면 어쩔 수 없지요."

이런 대화를 하면서 부부는 시골로 내려왔다.

한편,

그날 밤 허 노인 집에는 자식들이 모두 모였고, 허 노인은 황무지 땅의 매매 건에 대하여 그동안 이러저러한 일이 있었노라고 설명을 했다.

그랬더니 자식들 모두가 이구동성으로 하는 말이

"그런 땅을 그렇게 비싸게 내놓으면 누가 삽니까, 척박해서 농사도 못 짓지 길도 없어서 다닐 수도 없지, 그 사람들 말대로 그 앞의 땅에 울타리를 치면 다닐 데는 하늘밖에 없어요. 사실 그 땅을 산다면 앞의 땅 주인이 사야 하는데, 그 사람도 매물로 내놓았다면서요."

"그랬다더라."

"그럼 그 시골 사람도 아노요?"

"아마 모를걸. 안다면 우리 땅을 사려고 하겠니? 평수가 적어도 쓸모 있는 땅을 사는 게 옳은 일이지. 그나저나 이 일을 어찌할꼬."

"아버지, 내일 전화하셔서 연락 달라고 하세요. 연락이 오면 반값으로 후려쳐서 내놓으세요."

"그렇게 하는 수밖에 없어요, 아버지."

자식들이 이구동성으로 아주 싸게 내놓으라는 것이었다. 허노인도 다시 한번 생각해 보니 그 방법밖에 없어 보였다. 사려고 하는 사람이 없는데 이번에 팔지 않으면 어느 세월에 팔릴지 알 수 없었다. 이런 내용을 자식들도 잘 알고 있었기에 반값에 내놓으라는 것이었다.

"너희들 의향이 그렇다면 내가 전화는 해 보마. 싸게 매매가 되었다고 해서 뒷말은 하지 마라. 그렇게 해도 거래가 될지 안 될지 모를 일이다."

"아이참, 걱정 마세요. 한 번 더 시도해 보세요."

허 노인은 "그러마." 하고 대답을 하긴 했는데, 뭔가 아쉽기만 했다. 사람의 돈 욕심이란 그리 쉽게 꺾이지 않기 때문이다.

다음 날 저녁 무렵에 허 노인은 무거운 마음으로 이장 댁으로 전화를 걸었다.

"여보세요. 여기 서울 허 노인이라고 하는데 거기 이임수 씨에게 전화 왔다고 전해 주시면 고맙겠습니다."

"아, 그러세요. 마침 여기 와 있습니다."

임수가 전답을 매물로 내놓았다는 소문이 다 퍼졌고, 임수는 이장에게 몇 가지 문의를 하려고 여기에 와 있던 참이다.

"예, 전화 바꿨습니다. 안녕하셨어요?"

"예, 거 있잖아요. 땅, 어젯밤에 우리 애들하고 상의했는데 원래 가격의 딱 반값이면 매도를 하려고 합니다. 그 아래는 안 돼요. 다시 한번 잘 생각해 보시고 연락 주세요."

"아이구, 그러셨어요. 우린 그만 포기하려고 하던 참인데, 아무튼 오늘 밤에 아내와 상의를 해서 연락드리겠습니다."

"그럼 그렇게 하시구려, 가부간 연락은 꼭 주세요."

"예, 예. 그리하겠습니다."

임수는 곧바로 자전거를 타고 집으로 와서 아내와 상의를 하기 시작하였다.

이제 가격은 내려갈 대로 내려간 듯하였다. 논 20마지기(4,000평) 값으로 12,000평 정도의 척박한 황무지를 사느냐 마느냐 하는 것이다. 긍정적으로 나오던 아내는 마음이 바뀌었는지 망설였다. 농부가 땅 파먹고 살아야 하는데 먹고살 만한 땅도 아닐뿐더러 길이 없었기에 매우 난감해 하였다.

"이왕 시작했으니 매입을 할까? 지금 시세면 얼마간의 여윳돈도 생기니 당분간은 먹고는 살 만해, 내가 아직 젊으니 어디 막일이라도 할 수 있고."

"하지만 선뜻 내키지 않네요. 물가가 비싼 서울에서 살려면 생각지도 않은 돈이 많이 들어갈 거예요."

"그렇긴 하지만, 우리보다 못한 사람들도 살아가고 있잖아."

"아이참, 이를 어쩌나, 간다 한들 당장 오막살이 집부터 지어야 할 텐데. 이를 어째."

"집? 그건 걱정 마, 내가 먼저 가서 거기 목수와 잡부들 사서 집을 지을 테니. 그냥 임시로 짓는 거지. 나무가 많으니까. 그런 나무로 벽체 세우고, 구들장이나 황토는 사면 금세 지을 거야."

아내는 여전히 망설이고 있었으나 이미 일을 저질러 놓은 것이나 마찬가지였다. 임수도 말은 이렇게 했지만 속으로는 큰 걱정이었다. 도사님 말대로 앞으로 7년이나 9년 동안 어디서 어떻게 굴러다니면서 빌어먹는단 말인가.

부부는 뚜렷한 결정을 내리지 못하다가 밤이 이슥해져서 겨우 잠이 들었다.

"으응, 어마맛. 어마나~"

아내가 가위에 눌린 듯 잠꼬대를 하면서 몸을 뒤틀고 있었다. 임수는 깜짝 놀라서

"여보, 왜 그래? 정신 차려" 하고 아내를 깨웠다.

"하이고, 희한한 꿈이네."

"왜? 무슨 꿈인데. 가위에 눌렸어?"

"그건 아니고, 우리가 본 서울 그 황무지 땅 있잖아요."

"응, 거기 꿈인가?"

"예, 내가 그런 곳에 서 있는데 느닷없이 앞에서 커다란 황새 몇 마리가 푸드득거리면서 날아가길래 깜짝 놀라서 깨었네요."

"뭐야? 황새가 날아갔다고, 그거 길몽 같아, 길몽."

"그럴까요? 내가 새 꿈을 잘 꾸진 않는데 영락없이 아주 큰 황새였어요."

"예지몽인 모양이야, 그 땅을 사야겠어."

"그러게요. 아무래도 그 땅이 발복(發福)하는 모양이에요."

"맞아, 맞아."

사람이 어느 한 가지를 골똘하게 깊이 생각하다 보면 꿈에서도 나타나는 법이었다. 장달이 엄마가 너무 많은 고민을 하다가 잠이 들었는데 이런 황새 꿈을 꾼 것이다.

시계를 보니 거의 새벽이 가까워지고 있었기에 둘은 두런두런 이야기를 하다가 날이 밝고 말았다.

그날 아침결에 임수는 허 노인에게 전화했다. 근 시일 내에 계약금을 마련하여 상경하겠다고 한 것이다. 물론 허 노인은 크게 반겼다.

며칠 후 약간의 목돈을 마련한 임수는 마을 이장과 함께 상경했다. 이장은 김동호(金東好)라는 분인데, 이 사람은 마을에서 없어서는 안 될 매우 중요한 인물이었다. 요즘으로 말하면 맥가이버처럼 집을 고치고, 설계 도면도 없이 집을 짓기도 하고, 경운기를 수리하기도 하는 데다 그보다 더 중요한 일은 법률 서식 작성을 전문가처럼 하고 있었다. 그래서 동네의 전답이나 가옥의 매매 건에는 거의 대부분 마을 이장이 서류를 작성하고 등기소까지 가서 명의 이전을 해 주기도 하였다. 마을의 사법 서사, 행정 서사 같은 분이니 동네 부자인 임 부자도 이장에게는 매우 깍듯이 대우해 주고 있었다.

임수가 이장님과 함께 상경하여 다방에서 만났다. 그쪽은 허 노인과 사십 오륙세로 보이는 큰아들이 나와 있었다. 양쪽은 형식적인 인사를 하고는 계약서를 작성하는데, 허 노인이 깜짝 놀라는 눈치였다. 어느 복덕방에 가서 계약서를 작성하려고 생각하였는데 이장님이 서류를 다 가지고 나왔기 때문이고 달필인 필체가 제대로 배우지 못한 자신들을 부끄럽게 했기 때문이다.

허 노인과 임수는 인감도장을 찍어 계약서를 작성하고 중도
금은 보름 후, 잔금은 명의 이전이 완료되면 결제하겠다고 명
시했다.

"잔금은 서류만 다 넘기면 주는 게 아닌가요?"

"예, 통상 그렇게 합니다만 지금 이 땅이 법적으로 하자가 있
는지 없는지 모르기 때문에 명의 이전이 완료되면 지급하는 것
으로 하겠습니다. 하자가 없다면 잔금에 대해서는 조금도 걱정
하실 필요가 없습니다."

이장이 이렇게 점잖게 해명을 하니 더 이상 물어볼 말이 없어
졌다.

"어르신, 이제 땅을 매입한 거나 마찬가지이니 여기에다가
우선 오두막집이라도 지으려고 합니다. 괜찮으시겠지요?"

"아 그럼요. 지난번 집터 봤지요. 그 근방에 좋아요. 그 옆
으로 옹달샘도 있습니다. 지금도 땅 파면 물이 잘 나올 겝니
다. 물맛도 좋아요. 거기 구들장 써도 되는데 아무래도 썩 좋
질 못할 겝니다. 워낙 오래돼서. 시장 입구 건자재상에 가서
구들장, 황토 사고 목수하고 잡부 한두 명만 있으면 아마 열흘
안팎으로 지을 것입니다."

"아, 그렇군요. 그럼 오늘 거기 가서 알아보고 내려가겠습니
다."

16

밑바닥 생활 시작

　임수와 이장님은 곧바로 시골로 내려왔다.

　다음 날부터 임수는 에이텐트(A자 모양으로 예전에 있었던 허름한 텐트)와 침구, 간단한 조리 기구, 쌀과 부식 등 마치 여름철에 바닷가에 며칠 놀러 가는 듯한 짐을 꾸리고는 한옆의 큰 가방에는 톱, 칼, 자귀, 낫, 도끼, 삽 등을 따로 챙겼다.

　사흘 후에 임수는 이 많은 짐을 기차역까지 자전거로 운반하고, 거기에서 기차에 싣고, 서울역에 도착하여서는 거금을 주고 택시에 실어야 했다. 어쩔 수 없는 노릇이었다. 택시 미터 요금이 "딸깍! 딸깍!"하고 넘어갈 때마다 가슴은 "덜컹! 덜컹!"거렸다.

　임수는 그렇게 천신만고 끝에 야봉동 황무지 땅에 도착하여 제일 먼저 에이텐트를 설치했다. 오늘부터 혼자서 여기에 먹고 자면서 집을 지어야 했다.

아무도 없는 황무지 땅에 에이텐트를 치고서 혼자 잔다는 것은 여간 고역이 아니었다. 외로움도 외로움이지만 무슨 짐승소리가 밤새 들려왔다. 그렇게 잠도 제대로 못 자고 새벽에 일어난 임수는 냄비에 밥을 하고 김치를 꺼내어 아침을 먹어야 했다.

아무리 오두막집이라고는 하나 혼자서 짓기는 매우 어려웠다. 집을 지어 본 경험도 전혀 없었기 때문이다. 그래서 임수는 건자재상으로 가서 사람을 구하려고 갔다.

"저쪽 황무지에 집을 짓는다고요? 거기 사람 안 산 지가 십년도 훨씬 넘었을 텐데."

"예. 제가 그 땅을 샀습니다. 당장 묵을 데가 없어서 임시라도 거기에다 집을 지으려고 합니다. 목수하고 미장이와 데모도가 있으면 손쉽게 지을 것 같아요."

임수가 이렇게 부탁을 하는데, 저편에서 오십쯤 보이는 남자가 커다란 가방을 들고서 이쪽으로 어정어정 걸어오고 있었다.

"마침, 저기 대목(大木)이 오는구려. 저분에게 물어보세요."

"아예, 고맙습니다."

주인이 이러저러한 일로 목수를 찾는다고 소개를 하고, 임수는 그 사람과 악수를 하면서 인사를 하였다. 대목은 김 씨라고 했는데 손이 울퉁불퉁하고 매우 거칠었다.

임수는 임시로 나무로 지은 오두막집을 지을 생각이라고 하
니까 같이 가 보자고 하였다. 김 씨는 오늘 일이 없어서 그냥
여기로 나와 본 것이라고 하면서 임수와 함께 황무지 땅으로
갔다.

"여기에다 방 두 칸의 온돌방을 놓고, 벽체는 여기 나무가 많
으니까 나무로 세우고 벽을 황토 흙으로 바르려고 합니다. 지
붕도 나무로 하고 그 위에 슬레이트로 얹으려고 하는데요. 이
렇게 지을 수가 있을까요?"

"있지요. 벽돌 값만 빠집니다. 사람을 써야 합니다."

"그렇겠지요. 저도 한 사람 몫을 하니까 적은 인원으로 시작
할 수 있을까요?"

"그래도, 목수 한 명, 미장이 한 명, 데모도 한 명은 꼭 있어
야 합니다. 손발이 맞아야 일을 하지요."

"아하 그렇군요. 그럼 내일부터 시작할 수 있나요?"

"사람을 알아봐야 하는데, 아마 가능할 것입니다. 그런데 이
자리는 집터로 좋질 않아요."

"그래요? 저기가 예전 집자리 라고 해서 근처로 하려고 하는
데요."

"여기가 지대가 낮아서 여름 장마비에 침수될 가능성이 있습
니다. 자고로 집터는 높은 자리에 있어야 하고, 거기서도 무릎
높이 정도로 높여야 합니다. 그런데 주춧돌로 쓸만한 돌이 없
을 것 같습니다. 막돌에 자갈뿐이지."

"아이구, 그럼 주춧돌도 사와야 합니까?"

"그렇지요. 뭐하나 공짜가 없지요. 돌 하나 흙 한 줌도 다 사다 써야 합니다."

가진 돈이 많지 않은 임수는 걱정이 앞섰다.

"그런데 나무는 볼 줄 아슈?"

"예? 나무요. 그냥 큰 나무로 베면 되는 거 아닙니까?"

"하하하, 집을 처음 지어 본다면서 그런 모양이구려. 그냥 아무 나무나 베면 화목(火木: 땔나무)밖에 더 됩니까? 집 지을 나무를 골라서 베어야지. 기둥, 서가래, 지붕 등의 용도에 맞게 나무를 골라서 알맞게 자르고 다듬어야 합니다."

"하이구, 그런 건 잘 모릅니다. 어른께서 도와주셔야겠네요."

대화가 이렇게 되어 가니 처음부터 사람을 모두 써야 할 형국이었다. 임수는 혼자서 나무를 베고, 집을 지을 때만 사람을 쓰려고 했는데 이게 그렇게 될 수가 없었다. 결국 또 돈이 들어가야 했다. 그렇다고 곧바로 겨울이 닥쳐올 텐데, 젖먹이와 함께 비닐하우스에서 살 수도 없었다. 할 수 없이 살림 밑천으로 남겨 둔 돈에서 집을 지어야 했다.

임수와 목수는 몇 마디 대화를 더 하고 대충 인건비를 계산하고 총 15일 정도에 집을 짓기로 구두 약속했다. 그런데 또 식사가 문제였다. 큰 건축일에는 함바집이라고 해서 전문 식당이 따라다니는데 여긴 외지라 근처에 식당도 없고 조리 기구라고는 임수가 가져온 야외용 간단한 조리 기구밖에 없었다.

적어도 4~5명의 식사가 문제가 된 것이다. 할 수 없이 공사장에 따라다니면서 식사를 해주는 부부를 불러야 했으니 그 돈 또한 만만치 않았다. 정말로 배보다 배꼽이 더 커질 형국이었다.

'하이구야. 이거 큰일 났네. 그냥 톱하고 망치만 있으면 집을 지을 줄 알았는데 이제 와서 그만둘 수도 없고.'

임 씨의 입에서 저절로 한탄 소리가 나왔으나 더 이상 좋은 해결책도 없었다.

"아이구, 이거 잡비가 꽤 들어가네요."

"할 수 없지요. 인부들 삼시 세끼는 제공해야 하니까. 세끼가 아니라 간식과 담배도 있어야 합니다."

"예에? 으으음......."

임수는 기절해서 나자빠질 지경이었다.

"카하하하, 뭘 놀래슈. 형편 안 되면 그만두면 되는 거니까 생각 잘 해보시오."

"가진 돈이 몇 푼 안 돼서 그럽니다. 하이구, 정말 큰일이네."

"그리고 내일부터 일을 시작하려면 구들장이나 황토 흙은 차로 실어와야 하는데 운반비는 기사에게 별도로 주어야 합니다. 우린 노가다 임금만 받으니까요."

"예엣? 그것두요?"

이번에는 진짜로 현기증까지 나는 듯했다.

"하하하, 젊은 양반이 담이 약하네."

임수는 담이 약한 게 아니라 돈에 약한 것이다. 어찌 되었든 내일부터 작업을 시작하는데, 인건비는 매일 저녁에 정산해야 한다고 했다. 왜냐하면 비교적 큰 건축일이나 거래가 있는 사람들하곤 착수금을 받고 일 중간, 완공 후에 결제하기도 하지만, 이런 일은 일당 받는 일이라 매일같이 정산해야 한다는 것이다. 만약 며칠 일 해주고 주인이 오리발을 내밀거나 사라져 버리면 일당을 못 받기 때문이라고 하였다. 과연 서울 사람들은 빈틈이 없었다. 시골 같으면 돈에 크게 개의치 않고 일을 해주곤 하는데 말이다.

임수는 이장에게 전화해서 아내더러 우체국 통장으로 송금하라고 전해 달라고 했다.

다음 날 꼭두새벽부터 사람들이 왔다.

식사 담당 부부가 와서 솥을 걸고 국과 밥을 하고, 작은 트럭에서 황토 흙, 짚, 연장들과 함께 인부들이 다 왔다.

서로 간에 통성명하고 아침 식사를 하고 잠시 쉰 다음에 곧바로 작업에 들어갔다.

임수는 목수의 데모도가 되어서 목수를 따라다니면서 나무를 베어 나르고, 미장이는 데모도와 함께 땅을 고르고 황토 흙과 썬 짚을 섞어서 뭉개는 등 분주하게 움직였다. 그런데 일하는 속도를 보니 시골보다는 두 배도 더 빠르게 일하고 있었다. 깡

마른 사람들이 힘도 센 모양인지 팔뚝이나 다리에 근육이 씰룩거렸다.

 하루, 이틀, 사흘…….

 점점 집 모양이 되어갔다. 방 두 칸, 부엌, 약간의 마루를 만들고 문짝은 중고 문짝을 달았고, 지붕은 슬레이트를 얹었다. 그 외에도 내친김에 한편에 변소도 만들고, 샘물 주변도 정리했다. 돈이 들어가서 그렇지 보기만 해도 흐뭇했다.

 보름을 예상했던 것이 열이틀 만에 완공해서 사흘 치 일당도 절약되었다.

 완공한 날은 모두들 막걸리를 마시면서 축하해 주었고, 임수는 무슨 생각이 들었는지 하루 치 일당을 상여금(보너스)으로 더 주었더니 모두들 크게 반기면서 좋아했다.

 "앞으로 이 집에 대복(大福)이 들어올 겝니다."

 이구동성으로 이렇게 치하(致賀)했다. 요즘말로 치면 대박난다는 것이다.

 그럭저럭 10월 말이 다 되었다. 시골 일은 아내와 형님에게 부탁해서 벼 수확도 다 끝냈다. 임수는 시골에 내려가자마자 이사 준비를 해야 했다. 왜냐하면 인부들이 하는 말이 이런 외딴 집에 사람이 살지 않으면 자재를 다 뜯어가기도 한다는 것이다.

 그래서 임수는 마음이 조급해져서 세간과 양식, 부식 등을 차에 싣고 온 가족이 서울로 향했다. 여러 명의 마을 사람들이 나와서 배웅을 했고, 부모님과 형님 내외도 나와서 배웅을 하였다.

"꼭 성공해야 한다."

"자주 내려와라."

여러 사람들이 여러 말을 하였지만 임수와 아내는 눈물이 앞을 가려서 대답도 제대로 하지 못하였다.

그날 오후에 서울 황무지 땅 야봉동 오막살이에 도착하였다. 사실 짐이라고도 많지 않았기에 금세 하차를 하고는 트럭은 돌아갔고 네 식구만이 덩그러니 남게 되었다.

"여보, 시작했으니 잘해 보자고."

"예. 잘 될 거예요."

이사 온 지 이틀 후 저녁을 먹고 난 다음이었다. 전기가 없으니 당연히 TV, 냉장고도 없다. 작은 라디오가 유일한 전자제품인 셈이었다. 호롱불을 켜고 부부는 이런 얘기 저런 얘기를 하는데 장달이가 잘 놀지 않고 시들거리더니 느닷없이 구토를 하기 시작했다.

"엄마낫, 얘가 체했나?"

"뭘 먹었는데."

"그냥 밥하고 국이지요. 우리가 먹은 것."

장달이는 구토를 하다가 바지를 벗을 틈도 없이 설사를 하기 시작하더니 "엄마, 아퍼, 아퍼" 소리를 내는데 금세 죽을 듯한 목소리였다.

"아이구, 이게 뭐가 잘못되어서 애 죽네. 죽어."

이에 장달이 아버지가 머리를 만져보니 열도 올라 있었다.

"어쿠, 큰 탈 났네. 어서 병원으로 갑시다."

"아이고, 아이고, 지신(地神)에게 고사를 지내지 않았더니 애를 데려갈 모양이네. 아이고,"

아내는 금세 울음소리를 내고 있었다.

"아이참, 그런 소리 그만하고 어서 준비해서 가자고."

그러지 않아도 첫돌 무렵에 백일해를 크게 앓아서 죽다 살아난 이후 체력이 약해져서 늘 신경을 쓰고 있는데 탈이 난 것이다.

장달이가 첫돌이 되기 전에 어느 때부터인가 기침을 하기 시작하였다. 처음에는 별생각 없이 단순한 기침인 줄 알았는데, 어느 날 밤부터는 심하게 기침을 하더니만 밤새도록 멈추질 않고 마구 토하고 있었다. 장달 엄마와 아버지는 크게 놀라서 새벽같이 일어나 자전거를 타고는 읍내 병원에 갔는데 백일해라는 것이었다.

나이 먹은 의사는 주사를 놓고 약을 처방하여 장달이에게 먹였고 집에 돌아왔다. 하지만 그날 밤이 되자 또 장달이는 크게 기침을 하는데 아주 숨이 넘어갈 듯하였다. 장달이 엄마와 아버지는 또 자전거를 타고는 읍내 병원에 갔는데, 의사는 더 이상 처방 방법이 없다면서 경과를 지켜보자고 하였다. 장달이는 눈을 희번덕거리는데 충혈이 되어서 요즘으로 본다면 좀비 형상을 하고 있었다.

"아이고, 장달아, 아이고,"

"장달아, 정신 차려라. 으응? 정신 차려."

아직 말도 못하는 장달이에게 엄마와 아버지는 울어 가면서 달래고 있었다.

읍내 병원에서 집까지는 자전거를 타고도 이삼십여 분이나 걸리기에 집에 갈 수도 없었다. 병이 호전되건 악화되건 병원 근처에 있어야 했다. 하지만 예전에 읍내의 작은 병원은 입원실이 없어서 근처에 여인숙(규모가 작은 여관)의 방 하나를 얻어서 밤을 새웠다. 다음 날은 장달 아버지는 집으로 돌아가고 장달 엄마는 아이를 둘러업고는 병원으로 갔다. 장달이는 고집이 세서 모유만을 먹고 분유는 먹지 않았는데, 아파서 젖도 잘 먹지 않고는 기침을 하면서 토하기만 하니 이틀 사이에 마른 노가리(명태의 새끼)처럼 홀쭉해지고 얼굴은 산사람 같지 않은 몰골로 변해버리고 말았다.

의사는 주사를 놓고 약을 지어주면서 더 이상 특별한 치료법이 없다는 말만 되풀이했다. 아기 스스로 병을 이겨내야 한다는 말이었다.

그렇게 장달이 엄마는 여인숙에 있으면서 매일 병원을 오가게 되었는데 사나흘이 지나자 장달이는 이제 탈진을 해서 기침도 제대로 하지 못하고 겨우 숨을 쉬고 있었다. 장달이 아버지와 엄마는 하염없이 눈물을 흘리면서 낫기만을 기도할 수밖에 없었다.

발 없는 말이 천 리를 간다는 말이 있듯이 동네 사람들이 장달이 소식을 듣고는 여인숙으로 문병을 오기 시작했는데, 한결같이 고개를 가로로 내 저었다.

"장달 엄마, 마음 단단히 먹어요. 예로부터 자식농사 반타작(半打作)이란 말이 있어요."

반타작이란 말은 자식을 키우는데 둘 중 하나는 죽고 하나만 살아남는다는 뜻이다.

"아이구, 안 돼요. 그런 말씀 마세요."

장달 엄마는 눈물을 흘리면서 그런 말을 부인해야 했다.

기운이 다 빠진 장달이는 기침을 할 때 얼굴이 새파랗게 질리면서 충혈된 두 눈이 빠져나올 듯했다. 젖도 먹지 않아서 토할 것도 없는데 헛구역질을 해가면서 입에서 거품 같은 것이 나왔다. 이러니 문병을 왔던 동네 사람들이 기겁하면서 물러섰다.

"장달 엄마, 정신 차려야 해요. 까딱하다가는 에미 애비도 데

려간답니다. 저승사자가 데려간다 해도 삼신 할매가 즉시 점지
해 줄 것이니 마음 단단히 먹어야 해요."

나이 먹은 할머니가 한 위로의 말인데 이 말은 장달이가 죽
더라도 금세 아이가 들어설 것이라는 뜻이었다. 장달이는 이제
피부색마저 붉은 혈색을 띠지 못하고 푸르딩딩한 색으로 변하
고 있었다. 그뿐만 아니라 형님 내외와 부모님도 와서 보고는
낙심을 하면서 눈물만을 흘리고 있었으니 문병을 온 것이 아니
라 초상집에 문상을 온 격이었다.

"아이고, 천지신명님, 우리 장달이를 데려가지 마세요."

"아이고, 아이고, 우리 애를 살려 주세요."

부부가 할 수 있는 일이라곤 이렇게 애원을 하는 수밖에 없었
다. 장달이 아버지는 자전거를 타고 다니면서 선산에 가서 조
상님께 빌고 또 빌었고, 절에 가서 부처님께 손이 발이 되도록
기도를 하면서 애원을 했다.

장달이는 숨을 제대로 못 쉬고 목에서 피리 소리가 나면서 겨
우겨우 한 숨, 한 숨을 쉬고 있었다. 엄마는 어떻게든 젖을 물
려서 한 모금이라고 목에 넘기고 있었다.

지성이면 감천이라던가, 오늘내일하면서 바람 앞에 꺼져가
는 촛불처럼 실낱같은 불꽃으로 명(命)을 이어가던 장달이는
하루하루를 넘기면서 열흘까지 버티었다.

"이제 살아날 모양입니다. 젖을 조금씩 자주 먹이세요."

처음으로 의사가 희망적인 말을 하였다. 장달 엄마와 아버지

는 의사에게 고개를 숙이면서 감사하다고 인사를 하고는 여인
숙으로 돌아왔다. 이때부터 장달이는 조금씩 젖을 더 먹고 쌔
근대던 숨소리도 차츰 좋아지고 있었다.

보름이 지나서야 의사는 이제 살아났다면서 집으로 가서 보
살피라고 했고, 장달이 아버지는 자전거에 아내와 장달이를 태
우고 집에 돌아왔다.

장달이는 그렇게 살아남았다. 아주 서서히 회복했고 그때부
터 체력이 약해져서 잔병치레하게 된 것이다.

그런데 이번에는 또 다른 병이 장달이에게 왔으니 부부는 기
겁하지 않을 수가 없었다. 장달이 아버지는 장달이를 등에 업
고 두툼한 옷으로 칭칭 감고, 아내는 중달이를 등에 업고 포대
기로 둘둘 두르고는 자전거에 올라탔다.

자전거 한 대에 네 명이 탄 셈이다. 평평한 길도 아닌 황무지
길을 지나서 큰길로 나와 한참을 더 가야 의원이 있다는 것을
오가며 봤던 터라 그리로 방향을 정했다.

장달이 아버지는 있는 힘껏 페달을 밟았다.

"암탉도 물 갈아먹으면 알을 낳지 않는다는 말이 있잖아. 지
금 배탈이 난 게야."

"그런 말 있지요. 배탈이라면 천만다행이게요. 열은 왜 나나요?"

"낸들 알 수 있나. 너무 걱정하지 마. 인명은 재천이라는데 애가 그리 쉽게 갈 애가 아니야. 지난번에도 저승 문턱까지 갔다 왔잖아."

"아이구, 그래도 무서워요."

장달이는 끙끙 앓는 소리를 내다가 잠이 들었는지 기운이 빠졌는지 조용하다.

천신만고 끝에 '중앙 의원'에 도착했더니 밤이 깊어서 문을 닫았다. 병원 간판만이 불이 켜져 있을 뿐이었다. 시계를 보니 밤 11시가 조금 넘었다.

"여보세요? 문 좀 열어 주세요."

"문 좀 열어 주세요. 애가 죽게 생겼어요."

부부는 문을 두드리면서 목이 터져라 소리를 질렀다.

아~ 정말로 장달이의 목숨을 살려 줄 모양인지, 인기척이 나더니 젊은 여자가 문을 열었다.

"아이구, 선생님, 우리 애를 살려 주세요."

"지금 문 닫았는데, 큰 병원 응급실로 가셔야지요."

"제가 이사 온 지 얼마 안 되어 큰 병원도 모릅니다. 여기 간판 보고 무조건 왔어요. 의사 선생님 안 계시면 간호사라도 좀 봐주세요. 지금 목숨이 경각에 달려 있어요."

이렇게 애원을 하니 간호사로 보이는 그 젊은 여자가 장달이의 이마를 만져보았다.

"아이그, 불덩이네. 일단 안으로 들어와 보세요."

"예, 예, 감사합니다."

곧바로 병원에 불이 켜지고 그 젊은 여자는 안으로 들어가더니 늙수그레한 남자 의사가 가운을 걸치면서 나타났다.

장달이 아버지는 얼른 앞으로 나가면서 거의 직각에 가깝게 허리를 굽히고는

"의사 선생님, 우리 애를 살려 주세요."하고 애원을 했고 옆의 아내도 울먹이면서 살려달라고 애원을 했다.

"어험, 일단 봅시다. 경기를 했나?"

"그건 아닌 것 같아요. 아니 잘 모릅니다."

의사는 이리저리 살펴보고 목도 들여다보고 배도 꾹꾹 눌러보고 나름대로 몇 가지 진찰을 했다.

"지금 열이 올랐는데 편도선염에다가 폐렴도 있는 것 같군요. 그리고 급성 장염이 와서 배탈이 난 겝니다."

"치료가 되나요?"

"아주 중한 병은 아닌데 열을 내려야 합니다. 그런데 우리 병원에 처음인가요? 처음 보는 얼굴인데."

"예, 얼마 전에 이사 왔습니다."

"흐흠, 그러면 애들이나 어른이나 물을 갈아먹으면 배탈이나는 수도 있습니다. 찬물을 먹이지 말고 보리차를 끓여서 먹이세요."

"예, 예. 그럼 앞으로도 계속 찬물은 못 먹나요?"

"그렇진 않고 치료가 될 때까지는 보리차만 먹이고 나았다고 해도 찬물을 함부로 먹이면 안 됩니다. 서서히 조금씩 먹다 보면 아이에게 적응이 될 겁니다. 오늘은 여기에서 수액 주사를 맞아야 열이 내리고 배탈도 조금 가라앉을 겁니다."

"수액 주사요? 링겔 주사 말인가요?"

장달 엄마가 놀라서 물었다.

"그렇지요. 지금 탈수가 심합니다. 이러다간 쇼크가 올 수가 있어요. 열도 내려야 하고."

의사는 몇 가지 주의 사항을 알려 주고, 그 간호사가 와서 다른 곳으로 데려갔다. 주사실인 모양으로 침대가 있고 옆에는 여러 가지 약품이 있었다. 소규모의 의원이라 입원실이 없었다.

간호사는 장달이의 팔에 아주 작은 바늘을 꽂고 머리통만 한 수액 주사를 놓기 시작했다. 이 모습을 본 장달이 엄마는 안쓰러워서 눈물을 훔쳤다.

"이제 됐어. 죽을병도 아니고 주사 맞고 약 먹으면 된다니까."

하지만 날이 새도록 수액 주사를 다 맞아도 열이 내려가지 않아서 의사는 또 다른 주사를 놓고 약을 처방했다. 음식은 먹지를 못하고 먹자마자 토하곤 했다.

아침이 되어서야 장달이 아버지는 자전거를 타고 집에 와서 아침밥을 하고 반찬과 함께 바구니에 담아서 병원으로 가지고 와서 먹어야 했다. 지금 당장 병원에서 나올 수가 없었기 때문에 좁은 주사실에서 네 식구가 앉아서 있어야 했다.

그렇게 꼬박 이틀 밤을 보내고 그다음 날 점심때쯤 열이 가라앉자 의사는 이제 집에 가서 잘 돌보라고 하면서 여전히 보리차를 많이 먹이라고 했다.

아무튼 장달이는 두 번째 고비에서 살아남았다. 아직 젖을 먹는 중달이는 찬물을 먹을 기회가 없어서인지 이리저리 기어다니면서 잘 놀았다.

그다음 며칠은 집에서 쉰 다음에 시골의 이장님이 올라오셔서 토지를 명의 이전하고 잔금을 모두 치렀다. 토지의 지목은 '전(田)'으로 되어 있었다. 허 노인이 밭이라고 하더니만 그 말이 맞았다. 이제 법으로 소유자가 '이임수'로 된 것이다. 새로 지은 집도 가옥 등기를 했다. 부부는 당장 살기는 어렵지만 큰 기대감을 가지고 마음이 매우 흡족하였다.

허 노인 집에서는 경사가 났다.

"거기가 그린벨트에 절대 농지로 묶여서 아무짝에도 쓸데없는 땅을 시골 촌놈에게 팔아 치웠으니 속이 다 시원하다."

허 노인의 말에 이어 자식들도 이구동성으로

"맞아요. 촌놈이라 그린벨트가 뭔지도 모르는 모양이에요."

"하하하, 이제 잔금 받고 명의 이전까지 다 했으니 우리가 횡재한 거지요."

이렇게들 떠들면서 술을 마셔 대었다.

사실 그랬다. 임수는 그 땅이 그린벨트인 줄도 모르고 산 것이다.

명의 이전 되었다고 해서 그 땅에서 돈이 솟는 것은 아니었다. 그러지 않아도 약간의 여윳돈을 집 짓는데 너무 많이 써 버렸고, 이번 병원비도 수월찮게 나왔다. 당시는 건강 보험(의료보험)체계가 자리 잡지 못해서 대부분의 사람들은 일반 수가로 진료를 받아야 했기 때문이다.

당장 걱정 없는 것은 쌀과 약간의 부식, 그리고 황무지에 널려 있는 땔나무뿐이었다.

임수는 앉아서 쉴 수만은 없어서 지난번에 집을 지을 때 알아두었던 사람에게 전화를 걸어서 막노동이라도 일자리를 알아봐 달라고 부탁하였다.

"그럼 막노동은 해 보았나요?"

"막노동은 안 해 보았지만, 시골에서 농사일을 많이 했기 때문에 웬만큼 힘은 씁니다."

"내일모레부터 건축 공사장에서 일하게 되는데 힘이 좀 듭니다. 질통이라고 들어보았나요?"

"질통요? 메고 일을 해 보진 않았지만 알긴 압니다. 나무로 된 통에다 공구리(콘크리트)나 자갈을 운반하는 거 아닙니까?”

“맞아요. 그게 처음엔 아주 어려워요. 그 질통 자리가 있는데, 십장이 좀 까다로워요. 한번 해 보겠소?”

“해 보겠습니다. 일은 배우면 되니까요.”

“그럼 모레 6시까지 스카이 빌딩 뒤편 골목으로 오세요. 거기가 건축 현장입니다.”

“아침밥은요?”

“식사는 거기서 다 줍니다.”

다음 날, 새벽같이 일어난 임수는 작업복을 입고 나와서 버스를 타고 스카이 빌딩 뒤편으로 갔다.

가자마자 임수는 오금이 저리고 다리가 후들거렸다.

아시바(비계)가 5층까지 올라간 건물인데 구멍이 숭숭 뚫린 철판(아나방)이 지그재그로 5층까지 연결되어 있었고 파이프로 엉성하게 만든 난간이 있었다. 저런 철판 위를 맨몸도 아닌 질통을 지고 올라가야 한다니 정말로 오줌을 지릴 정도였다.

사람들이 다 모인 모양인지 집을 지을 때 알게 된 고 씨가 십장에게 임수를 소개했다.

십장(什長)이란 일꾼들을 감독·지시하는 우두머리로 요즘은 반장이나 팀장으로 부른다.

"질통을 져 보았나요?"

"아닙니다. 처음인데 열심히 해 보겠습니다."

"처음이라면 어려울게요. 숙련된 인부나 하는 일인데. 오늘 5층 바닥 공구리칩니다. 그래서 인부가 더 필요합니다. 이 아래에서 공구리 비벼 놓으면 곧바로 5층까지 올라가서 공구리를 쏟아 놓으면 됩니다. 할 수 있겠나요?"

"예, 다른 분들도 하는데 할 수 있습니다."

임수는 속마음과는 달리 만용을 부리면서 대답을 했다.

곧바로 아침 식사를 하고는 잠시 쉬고 작업 준비를 했다.

아래에서 커다란 철판 위에서 자갈, 모래, 시멘트를 물과 함께 섞어서 올리는 것이다. 이렇게 혼합된 공구리는 쉽게 굳기 때문에 빨리빨리 올려야 한다.

임수가 질통을 메어 보니 영 지게와는 달랐다. 지게는 등에 딱 달라붙는데 이건 덜렁거리고 한 손으로 끈을 붙잡아야 하니 자세가 불안하기만 했다.

곧바로 질통을 멘 인부들이 줄을 서서 공구리를 질통에 싣고 5층으로 올라가기 시작했다. 임수는 멈칫멈칫하다가 맨 마지막에 질통을 메고 올라가는데 구멍 뚫린 철판을 밟자마자 휘청하면서 중심을 잃을 뻔했다. 딱딱한 바닥이 아니라 위아래로 탄성이 있기 때문이다. 조심조심 1층을 올라가고 2층에 올라서는데 벌써 식은땀이 나고 발이 부들부들 떨려왔다. 3층에 올라가서 아래를 내려다보니 아찔하면서 정신을 놓을 뻔하였다. 그 사이에 벌써 첫 번째 질통을 멘 인부가 올라와서 빨리 올라가라고 말하는데, 걸음이 옮겨 지지가 않는다.

"아래를 내려다보면 안 돼요. 위도 보지 말고 철판만 보고 올라가요."

"예."

이런 모습을 쳐다보던 십장이 소리친다.

"거기, 이 씨, 아 빨랑빨랑 올라가. 공구리 다 굳어."

십장은 같은 이 씨인데 사십이 조금 넘어 보였다. 깡마르고 다부지게 생겼고 눈매가 매의 눈처럼 날카로웠다. 잠시 후에 안 일이지만 이 사람은 일을 혹독히 시키기로 유명하다고 하는데도 불구하고 인부들은 이 사람에게 어떻게든 줄을 대려고 하였다. 왜냐하면 일을 잘해 막노동이나 건축 노동에서 하청을 잘 따내기 때문에 일거리가 늘 있어서였다.

아무튼 임수는 떨어지지 않고 5층까지 올라가서 공구리를 쏟아 놓았다.

내려오자마자 곧바로 질통을 메고 올라가는데, 여길 소개해 준 고 씨가 뒤에서 따라왔다.

"힘들지요? 처음엔 다 그럽니다. 참고 지내다 보면 이력이 생겨요."

"예, 감사합니다."

이러고선 올라가는데 어찌 된 일인지 두 번째는 다리 힘이 빠지는지 비척거리면서 올라가니 뒤에서 고 씨가 질통을 밀어주고 있었다.

그렇게 천신만고 끝에 대여섯 번인가 고 씨가 밀어주면서 올라가는데, 매번 늦게 올라가니 뒤에서 줄을 서서 올라가게 되었다.

드디어 이 십장이 폭발했다.

"야, 이 씨, 그만 내려와, 좆도 못하는 자식이 왜 여길 와!"

정말 군대에서 듣던 목소리가 울려 퍼졌다.

임 씨는 아무 대꾸도 못 한 채 질통을 메고 내려왔다.

"아 당신, 일을 망칠 셈이야? 시간 내에 공구리 타설 못하면 공사 다 망친다는 거 몰라?"

"죄송합니다. 처음이라서 그렇습니다."

"그럼 처음부터 못한다고 할 일이지, 아까는 질통 멜 수 있다고 했잖아."

나이로 치면 십여 세 위였지만, 여긴 사회인데 반말 조로 마구 혼내고 있었으나 임수는 일언반구 대꾸도 못 했다.

"아무래도 안 되겠어. 당신 때문에 다른 사람들 작업을 못 하고 있어. 작업 방해야. 에이 참, 삽질은 할 수 있지?"

"예."

이렇게 해서 임수는 질통을 메지 않고 공구리를 비비는 삽질을 하게 되었는데, 이 작업은 앞사람과 함께 순서대로 삽질하는 것이다. 그런데 이 작업도 쉬운 일은 아니었다. 허리를 굽히고서 삽질을 순서대로 하는데 워낙 동작들이 빨라서 힘겹기만 하였다. 뿐만 아니라 허리를 굽히고 있으니 허리까지 아프기 시작하였다.

시골에서 농사일을 할 때보다 노동의 강도가 열 배는 되는 듯하였다. 농사일은 힘들면 내 마음대로 쉬엄쉬엄할 수 있었고 어느 일이나 분초를 다투듯 하는 일은 없었기 때문이다.

아무튼 그날 하루를 어떻게 보냈나 몰랐다. 죽기 살기로 간신히 하루를 버틴 임수는 저녁이 되어 끝나기만을 기다렸다. 드디어 하루 일이 끝나고 일당을 나눠 주는데 십장은 두 눈을 부라리면서 임수의 일당을 몇 푼 깎아서 주었다.

"이 씨, 그렇게 일해선 이 바닥에서 살아남지 못해, 그냥 도태되는 거야. 먹고 살려면 이를 악물어야지."

"예. 잘 알겠습니다."

십장은 제법 그럴싸한 훈계를 잊지 않았다. 발걸음을 돌려서 집으로 향하는데 고 씨가 얼른 뒤따라 와서 몇 마디 위로의 말을 하였다.

"나도 처음엔 눈물깨나 뺐어요. 처자식 먹여 살리려니 별수 없어요. 집에 가서 푹 쉬고 내일 나오세요."

"……"

"왜? 못 나오겠소?"

"예. 너무 힘들어요. 죽을 것 같아요."

"알았수다. 내가 십장에게 말하리다."

고 씨가 대폿집에 가서 막걸리 한잔하고 가자고 하였으나 임수는 집이 그리웠다. 철판에서 떨어져 죽을 것만 같았지만 지금은 살아 있다. 아내가 그립고 장달이, 중달이가 눈앞에 어른거렸다.

버스를 타고 구멍가게 앞에서 내린 임수는 과자와 사탕을 조금 사고 나오려다가, 의자에 털썩 주저앉아서 막걸리 반 주전자를 시켰다. 안주는 무료로 주는 멸치와 된장뿐이다.

막걸리 몇 잔이 배 속에 들어가니 조금이나마 힘과 용기가 나는 것 같았다.

'서울 땅에서 돈 몇 푼 벌기가 이렇게 어렵구나. 앞으로 어떻게 살아가나.'

저절로 눈물이 흘러내렸다.

터벅터벅 집으로 온 임수를 아내가 반갑게 맞이하였고, 지난번에 졸경을 치른 장달이도 반가워서 바짓가랑이를 붙잡고 좋아하였다.

"여보, 힘들어요?"

"응, 힘들어. 농사일하고는 비교가 안 돼."

"그럴 거예요. 서울 깍쟁이들이 쉽게 쉽게 일을 시키겠어요. 진을 다 빼놓으려고 하지."

"그런 모양이야, 잠시 쉴 틈도 없고, 질통 지고 5층까지 올라가는데 떨어져서 죽는 줄 알았어. 지금도 다리가 후들거려."

"아이고, 그렇게 위험한 일을 하다니. 사람 목숨이 중하지 돈 몇 푼이 중한가요. 그런 일자리 말고 다른 일자리를 알아봅시다."

"그래야겠어. 건축 노가다 일은 너무 힘들고 위험해."

"노가다 일도 일 나름이에요."

"뭐가?"

"목수나 미장이들은 기술자라 힘은 덜 들고 품삯도 더 받는다고 하잖아요. 지금 세상은 기술자가 우대받는 세상이니까. 뭐가 되었든 기술을 배워야 해요."

"어엉, 그렇긴 하지."

그런데 아무리 생각해도 그런 기술을 어디서 배운단 말인가. 듣기로는 목수일 배우려면 적어도 십 년은 걸린다고 했고, 미장이 기술도 몇 년은 따라다니면서 배워야 한다는데. 참으로 난감하였다. 살아갈 길이 첩첩산중이었다. 시골 같으면 춘하추동 계절 돌아가는 대로 농사만 지으면 먹고 살았는데 도시 살림은 매일같이 돈을 벌어야 하는 것이었다. 임수는 갑자기 속이 울컥하면서 눈물이 핑 돌았다.

이때 아내가 눈치채고는 옆에 다가와서 임수를 끌어안았다.

"여보, 하늘이 무너져도 솟아날 구멍이 있다고 했잖아요. 이 고비를 넘기면 좋은 대책이 있을 거예요."

아내가 이렇게 달래니 임수는 더욱더 서러움에 북받쳐서 눈물이 주르르 흐르면서 흐느끼는 소리까지 내야 했다.

마치 밖에서 놀림 받고 온 아이들이 엄마 품에 안겨서 엉엉 울 듯이 임수는 아내 품에 안겨서 울고 있었다. 아내는 중학교 때 만난 이후로 결혼까지 했으니 친구이자, 아내이고 엄마 같은 존재였다.

목수 일 배우기는 너무 힘들고 미장일은 배울 만할 것 같았다.

"맞아, 기술을 배워야 해. 목수 일은 너무 힘들고 십 년은 배워야 한다더라고, 미장일은 따라다니면서 배우면 될 것 같아. 벽돌 쌓아 올리고, 벽체 만들고, 온돌방도 만드는 일은 조금 수월할 거야."

이때 당시의 건축 일을 보면 크게 두 종류로 나누어 볼 수 있었다. 하나는 빌딩 같은 큰 건물을 짓는 것이고, 하나는 예전처럼 주로 양옥집을 지으면서 온돌이나 벽체를 만드는 것이다. 그러니 소문난 미장이들은 일거리가 많은 편이었다.

임수는 지난번 이 집을 지을 때 미장이인 최 씨를 만나보기로 했다.

이런 상념 중에 임수는 곧바로 피로와 졸음이 쏟아져서 그대로 자리에 누웠다.

"으악~"

임수가 잠꼬대를 크게 하면서 소리쳤다.

"어맛! 왜 그래요?"

아내가 흔들어 깨웠다.

"하이구, 꿈이었네. 아이고 죽다 살아났어."

"무슨 꿈을 꾸었는데요?"

"질통 지고 5층에서 떨어지는 꿈을 꾸었어."

"에고, 딱하기도 해라. 어제 얼마나 놀랐으면 꿈에서까지 나타날까."

"으응."

그런데 임수가 잠을 자려는데 온몸이 쑤시는 게 통증이 엄습해 왔다. 그동안 안 쓰던 근육을 일시에 온 힘을 들여서 쓰다 보니 온몸에 근육통이 생긴 것이다. 돌아눕기도 어려웠다. 허리가 쑤시고 팔, 다리 안 아픈 곳이 없었다.

"아이구야, 온몸이 쑤시네. 아이구."

이러니 아내가 깜짝 놀라서 뜨거운 물수건을 가지고 와서 여기저기 찜질을 해 주었지만 그게 별 효과가 없이 통증은 계속되었다. 일어나 앉기도 어려웠다.

임수는 그렇게 사나흘을 집에서 끙끙 앓아야 했고, 아내는 약국에 가서 파스를 사 와서 붙여 주었지만 그게 그거였다.

며칠 후 통증이 조금 완화되어서 임수는 자전거를 타고 건자재상으로 갔다.

"지난번 우리 집 지을 때 미장이 있잖아요. 최 씨라고."

"예, 있지요. 또 무슨 일을 더 하나요?"

"그건 아니고 그분을 좀 만나 뵈었으면 합니다."

"그래요. 저기 벽에 '최미장이'라고 쓰여 있고 그 옆에 전화번호가 있습니다."

"아 그래요? 감사합니다."

건자재상은 미장이의 이름을 모르는지 아니면 알고서도 일부러 그랬는지 최미장이라고 써 놓았다. 그 옆에 보니 '아무개 목수', '아무개 인부'라고 쓴 것으로 보아 하는 일을 쉽게 알아보기 위해서 그렇게 일부러 쓴 것으로 생각되었다.

임수는 다시 구멍가게로 와서 전화를 했더니 아내인 듯한 여자가 지금 일 나가서 없으니 밤 8시경에 전화를 다시 하라고 하였다.

"전화했어요?"

"응, 일 나갔대, 저녁때 전화하라고 하드만."

"그럼 저녁때 또 나가야겠네요."

"그렇지, 도시에서 살려니 전화가 꼭 있어야 하는데, 참 답답하네. 시골에선 별다른 연락사항이 없어서 전화 없어도 살 만했지만 여긴 수시로 연락을 해야 하니 번거로워."

"그럼 전화를 놓으면 되잖아요?"

"전화 놓기가 하늘의 별 따기만큼이나 어렵다고 하더라고, 신청해도 이삼 년이나 되어야 나올까 말까 하더라고."

"그래요? 난 신청만 하면 금방 달아 줄 줄 알았는데."

"아냐. 전화를 사고팔기도 한다는데 무지하게 비싼 모양이야."

당시는 백색전화라고 하여 전화의 소유권이 개개인에게 있고 개개인이 전화를 사고팔 수 있는 시대였다. 그런데 그런 전화기 값이 시골집 한 채 값이어서 감히 엄두를 내지 못하였다. 뿐만 아니라 전기도 있어야 했는데 도로에서 한참 들어간 곳에 집이 있어서 전기가 들어오기도 어려웠다. 사람들 말로는 그렇게 도로에서 먼 곳에 전기를 끌어오려면 한전에다가 전봇대 값을 내야 한다는데 그 전봇대 값이 만만치 않고 또 하나로도 부족했다. 전봇대를 오십 미터에 한 개씩 세운다는데 그러면 적어도 너댓 개쯤 세워야 하니 이 돈이 상당한 모양이었다.

"그래도 오늘 나가서 알아보세요. 전화국에도 신청하고 전기회사에 가서도 신청을 해 봐요. 그냥 앉아 있으면 어느 누가 도와주나요? 목마른 사람이 샘 판다고 했잖아요."

"그럴까. 밑져야 본전인데 가서 신청이나 하고 와야겠네."

"그리고 살림에 관해서 너무 신경 쓰지 말아요. 설마 산 입에 거미줄 치겠어요. 양식은 형님댁에서 보내 준다고 했으니 걱정 없고, 여기 이 땅도 나무와 돌이 많아서 그렇지 나무를 베어 내고 돌을 걷어 내면 씨 뿌릴 땅이 있어요. 내년에 거기에다 밭작물 심어서 시장에 내다 팔면 목돈은 안 되어도 생활비는 될 거예요."

"시장이 어딘데?"

"의원 뒤쪽으로 가면 있다고 합니다."

"누가 그래?"

"지난번 장달이 병원에 있을 때 오가는 사람들에게 물어봤지요."

"으음, 거기가 번화가라더라고. 어물전도 있을까?"

"있겠지요."

"어물전에 가서 꽁치를 좀 사 와야 할 텐데."

"그래요. 당신이 나가서 사 오세요."

장달이가 입이 짧아서 잘 먹지 않는데, 지난번 장염을 앓고 나서 더 수척해졌다. 그런데 장달이가 꽁치 조림을 아주 좋아해서 꽁치 반찬만 있으면 밥을 아주 잘 먹었다.

"이따가 미장이에게 전화해서 기술을 가르쳐 달라고 하고선 품삯은 반만 달라고 해 보세요. 아마 틀림없이 데리고 다니면서 가르쳐 줄 거예요."

"그러게, 이장님은 아무에게도 배우지 않았다는데도 목수일, 미장일을 어떻게 혼자서 배웠나 모르겠네."

"그 양반은 조선 땅에서 몇 안 되는 재주꾼이니까 우리 같은 사람이 따라갈 수 없어요."

"맞아, 맞아. 오래전에 이장댁에 갔더니 양수기(揚水機: 물 퍼올리는 기계)를 뜯어 놓고 있더라고. 그래서 이것도 고치냐고 물어봤더니 처음 뜯어 보는 건데 무슨 부속이 망가져서 그것만 바꾸면 될 것 같다는 거야."

"그래서 고쳤어요?"

"고쳤지. 마을사람 누구네 집 건데, 읍내에 가서 부속만 사다 바꾸니 돈 얼마 안 들고 고친 거지. 하여간 대단한 사람이야. 그냥 한 번만 봐도 다 알아."

"그래요. 동네 사람들 뭐가 이상하다 하면 무조건 이장님을 찾잖아요. 혼자서 터득했다고 하니 당신도 희망을 가지고 일을 배워 봐요."

바둑이나 장기를 둘 때, 대국자보다 옆에서 훈수를 두는 사람이 몇 수를 더 앞서 내다보는 수가 있다. 지금 임수의 아내는 그렇게 훈수 두는 사람처럼 조언하고 있었다.

아내의 말에 크게 고무된 임수는 자전거를 타고 다시 나갔다. 전화국, 전기 회사를 가보고 시내 구경도 하고 저녁때 미장이에게 전화할 생각이었다.

신청하는 것은 특별한 내용이 없어 서류만 써서 제출하면 되는데, 전기 회사에서는 이것저것 묻더니 전봇대가 없어서 어렵다고 하였다.

"거기에 큰 나무가 많습니다. 거기에다 전깃줄을 가설(架設)하면 안 되나요?"

"안됩니다. 생목(生木: 살아 있는 나무)에다가는 전깃줄 가설 못 합니다."

"그럼 나무를 죽일까요?"

"하하하, 그렇게 쉽게 되는 게 아닙니다. 아무튼 알았으니까 과장님께 보고는 하겠습니다."

"예, 예, 감사합니다. 꼭 전기 들어오게 해 주세요."

이렇게 해서 두 군데를 들렀다가 근처 시내 구경도 하고 의원 뒤쪽에 있다는 시장도 갔다. 시장은 아주 크진 않지만 웬만한 것들은 다 팔고 있었다. 곧 추워질 것이기에 식구들 옷을 한 벌씩 사고 자기 몫으로 두툼한 점퍼도 사고, 장달이가 좋아하는 꽁치도 샀다. 돈을 써서 그렇지 마음은 한없이 흡족했다.

그럭저럭 저녁때가 되어서 국밥 한 그릇을 사 먹고 천천히 구멍가게로 가서 최미장이에게 전화를 했더니 매우 반가워하였다.

"형님, 사실은 제가 미장일을 배워 보려고 합니다."

"미장일? 거기에다 하우스 재배를 한다고 하더니만."

"아 그게, 땅이 워낙 척박해서 당장은 어렵게 생겼어요. 노가다라도 하려는데 너무 힘들어요. 그래서 미장 기술을 배워 보려고 합니다."

"미장 기술은 하루아침에 배워서 되는 게 아닙니다. 다른 기술도 마찬가지지만 몇 년은 배워야 겨우 흉내라고 내지요."

"제가 열심히 배워 보겠습니다. 데모도로 쓰시고 품삯은 반만 주세요."

최미장이는 거절하려고 하다가 품삯을 반만 주고 데모도 일을 한다고 하니까 마음이 움직였다. 지금이나 예전이나 사람 마음을 움직이는 것은 돈이었다.

"그럼 내일 아침 6시 30분까지 거기 구멍가게 앞에서 기다려요. 그 앞에서 버스 타고 갈 테니까."

"아이구 형님, 고맙습니다."

정말로 임수는 뛸 듯이 기뻐했고, 곧바로 집으로 내달아서 이 기쁜 소식을 아내에게 전했다. 새 옷을 받아 든 아내와 장달이는 입이 함박만 해졌고, 저녁 밥상에 꽁치가 올라온 것을 본 장달이는 엉덩이까지 들썩이면서 밥을 아주 잘 먹었다.

"호호호, 애 좀 보게, 물개띠인가. 꽁치만 보면 좋아 죽으려고 하네."

"하하하. 물개띠도 있던가."

오래간만에 오두막집에 웃음꽃이 피었다.

다음 날 아침 일찍 간단한 요기를 한 다음에 임수는 집을 나섰다.

구멍가게 앞에서 미장이를 만난 임수는 허리가 부러지라고 인사를 했다.

"앞으로 스승님으로 모시겠습니다."

"하하하, 그만 하쇼. 개떡이나 무슨 스승이요. 그냥 곁눈질로 배우는 건데."

"그래도 저에겐 스승님입니다."

최 씨는 지난번 이 십장과는 비교도 안 될 만큼 호인이었다. 성격도 온순하고 가끔 실없는 농담도 하는 사람이어서 인부들이 모두 좋아했던 인물이다.

미장일을 하려면 작업 도구가 들어 있는 무겁고 커다란 가방을 가지고 다녀야 했는데 임수는 재빨리 가방을 받아 들고는 버스를 탔다.

한 삼십여 분 정도 가서 어느 오래된 한옥의 벽체를 허물고 시멘트 벽돌로 쌓아 올리는 작업을 하였다. 이런 작업은 크게 어려울 것이 없기에 시키는 대로 하고 곁눈질로 눈여겨봐 두었다. 일은 네 사람이 했다.

저녁때 최미장이는 반 품삯은 너무 심하니 7할만 준다고 하였다. 임수는 또 고개가 땅에 닿도록 고맙다고 인사를 했다.

이후로 임수는 최미장이를 따라다니며 데모도 역할을 하면서 하나씩 미장이 기술을 배우기 시작했고, 사람 좋은 미장이는 이럴 때는 이렇게 저럴 때는 저렇게 해야 한다고 가르쳐 주었다.

아직 전화가 없기에 연락처를 구멍가게로 하고 벽 옆에 메모지를 붙여 놓기로 했다. 그러면 임수가 하루에 한두 번이라도 나와서 메모지를 보면 되는 것이니 매우 현명한 방법이었다.

곧바로 추운 겨울이 와서 농한기처럼 노가다 일도 멈추었다. 왜냐하면 겨울에 공구리를 하면 얼어서 잘 붙지 않다가 봄이 되면 떨어지기 쉬워서 아주 추운 겨울에는 시멘트 작업을 하지 않는다고 하였다. 그렇다고 일거리가 없는 것은 아니었다. 아직도 온돌방이 많아서 방고래가 막히거나 불이 잘 들지 않는 집에 다니면서 수리를 하거나 아주 심하면 온돌을 모두 거둬내고 다시 구들을 놓기도 하였다. 이 구들 놓는 것이 대단한 기술이었는데도 최미장이는 세세하게 가르쳐 주었다.

'이 다음에 성공하면 최미장이에게 한턱 단단히 내야겠다.'

임수는 이렇게 마음을 먹었다.

겨울이 오가더니 봄도 오자마자 지나갔다. 초여름이 되었을 때, 임수는 여전히 미장이 데모도 일을 하러 나다녔다. 그러던 하루는 집에 오니까 아내 말이 오늘 전기 회사 사람들이 와서 집을 둘러보고 갔다고 하였다.

"어허, 전기를 가설해 주려나?"

"그러게요. 그런데 별말 없이 갔어요."

그러고선 며칠 후 큰 전봇대가 아닌 조금 가는 나무로 된 전봇대를 여러 개 세우더니 집에 전기를 가설해 주었다. 전깃불을 본 장달이는 너무 신기해서 펄쩍펄쩍 뛰면서 좋아했다.

"이제야 광명 찾았네."

"호호호, 그러게요. 이렇게 좋은 것을 암흑 천지에서 살았다니."

"중고 텔레비를 한 대 사 와야 할까 봐."

"아이그, 너무 비싸잖아요."

"중고라 아주 비싸진 않을 거야. 서울 살림 하는 집들 텔레비 없는 집이 없어. 우리 살던 시골엔 임 부자 집만 있었잖아. 밖에서 봤잖아. 집집마다 텔레비 안테나가 서 있어."

"그렇긴 한데, 비싸고 전기도 많이 먹을 텐데요."

"너무 비싸면 못 사니까. 한번 알아볼게. 사람들 말로는 새것도 많이 내렸다고 하더라고."

"그래요? 연속극이 재미있을 텐데."

사실 아내도 은근히 기대하고 있었다. 임수는 연속극보다는 뉴스나 일기 예보가 중요했다.

며칠 후,

임수는 가전 기술자와 함께 왔다. 새 텔레비전을 산 것이다. 다리가 네 개 달린 콘솔형 19인치 흑백텔레비전이었다. 아내와 아이들은 너무 좋아서 어쩔 줄을 몰라 했다. 이때부터 장달이는 만화 영화에 푹 빠졌다.

임수는 작심을 하고는 미장일을 배우려고 하니까 하루가 다르게 일솜씨가 늘었다. 그래서 아주 쉬운 일은 임수가 도맡아하게 되었다. 그렇다고 품삯을 한 사람 몫을 다 주는 것은 아니고 여전히 7할만 받았는데 그것도 꽤 돈이 되었다. 왜냐하면 최미장이에게 일거리가 많았으니까 한 달이면 거의 이십 일 이상 일을 나가고 어느 달은 일요일도 없이 꼬박 일을 나갔으니 티끌 모아 태산이라고 크게 돈 쓸 일이 없던 임수는 조금씩 여윳돈이 모이기 시작했다. 아내는 시골 형님댁에서 씨앗을 보내주어서 나무를 베어 내고 여러 가지 작물을 심었다.

그런데 운 좋게도 또 한가지 돈벌이가 생겼다.

지천에 널려 있는 자갈을 모아 놓으면 건자재상들이 차를 가지고 와서 실어가는 것이다. 이게 또 적은 돈은 아니었다.

큰 돌은 큰 돌끼리 작은 돌은 작은 돌끼리 모아 놓기만 하면 되는 것이다. 그래서 임수도 일거리가 없을 때는 아내와 함께 돌을 모았다. 이때쯤 중달이도 젖을 떼어서 밥을 먹기 시작했는데 워낙 먹성이 좋아서 아무거나 잘 먹고 장달이와 흙장난하면서 잘 놀았다.

그해 가을께쯤에 또 경사가 났다.

전화가 가설된 것이다. 예전처럼 개인 소유의 백색전화가 아니라 전화국 소유라 개개인이 매매는 할 수 없다는 청색전화가 막 보급되기 시작했는데 미리 신청했던 임수가 큰 수혜자가 된 것이다. 사고팔지 못하는 것은 아무 상관이 없었다. 전화만 되면 되는 것이다. 임수는 너무나 자랑스러워서 시골 이장 댁에 전화해 안부 인사를 했다.

이장님도 크게 반기면서 맞인사를 했다.

이대로만 산다고 해도 행복하다고 부부는 좋아했다.

그다음 해에는 임수는 드디어 미장이 일을 독립했다. 아주 완전히 독립한 것은 아니고 어려운 일은 여전히 최미장이에게 가고 좀 쉬운 일은 임수가 하기 시작했다. 품삯은 대번에 미장이 몫으로 받으니 일반 잡부의 두 배 가까이 받게 되었다.

그렇게 일을 하니 살림도 조금씩 윤택해지기 시작했다.

17

허리를 다친 장달이 아버지

그러나 호사다마(好事多魔)라는 말이 있었다.

사오 년인가 지나서였다. 장달이가 이제 국민(초등)학교 다닐 때인데, 임수가 지게에 벽돌을 지고 일어서다가 허리가 삐끗하더니 그대로 주저앉고 말았다. 아침결에 몸이 덜 풀린 상태에서 무거운 시멘트 벽돌을 지고 일어서다가 중심을 잃고는 허리를 다친 것이다.

임수는 낫처럼 구부린 채 병원으로 가서 엑스레이를 찍고 진료를 했으나 당시만 해도 별 치유 방법이 없었다. 그저 찜질하고 진통제나 먹을 뿐이었다. 임수는 최미장이에게 연락을 하고는 택시를 타고 간신히 집에 와서 드러눕고야 말았다.

아내는 기겁하였다. 집안의 대들보인 남편이 허리를 다쳐서 누워 있으니 금세 앞에 까맣고 불길한 생각이 떠올랐다.

"아이고머니, 이게 무슨 일이에요?"

"아이고 허리야, 허리가 부러졌나. 디스크인가?"

디스크란 추간판 탈출증이라고 해서 척추뼈 사이에 있는 둥근 물렁뼈가 튀어나오거나 터져서 척추 신경을 누르는 것이다. 이러면 통증이 너무 심해서 기동을 못 한다. 요즘 같으면 입원하여 간단한 수술로 치료가 가능하지만 당시에는 척추 수술이란 것은 매우 위험한 수술로 시술하는 병원도 흔치 않아 서울의 큰 대학병원에서나 시술한다고 하였다. 그저 자연 치유하는 수밖에 없었다.

임수는 통증이 너무 심하여 화장실 출입도 제대로 못 하였다. 허리를 구부리고 펼 수가 없었기 때문이다. 맨 처음에 최 미장이가 와서 걱정하였고, 얼마 후에는 소식을 알게 된 시골에서 부모님과 형님 내외분들이 좋다는 약재를 가지고 문병을 왔지만, 쉽게 낫지를 않고 매일같이 누워서 끙끙 앓기만 했다. 돈이 없었기에 큰 병원은 가 볼 엄두도 못 내고 있었으니 딱하기만 했다.

아내도 여기저기에 물어서 좋다는 약재를 가져다가 약을 달이니 집안은 온종일 한약 냄새가 났다.

임수는 꼼짝 못 하고 자리에 누워있기만 했다. 좌우로 몸을 돌려 눕기도 어려웠다.

이대로 불구자가 되는 것만 같아서 하염없이 눈물만을 훔쳤다.

그렇게 보름쯤인가 지났는데, 아내가 점심을 먹은 후, 반찬거리가 없다면서 시장에 다녀오겠다고 나갔다가 저녁 무렵에 돌아왔는데, 다리 다친 사람들이 짚고 다니는 목발 두 개를 들고 왔다.

"아니? 그게 뭐야? 목발이잖아. 내가 불구가 되는 건가?"

"아니에요. 이제 치료법을 알아왔어요."

"목발로 치료를 하는 건가?"

"예, 지금처럼 누워 있다가는 평생 자리에서 못 일어난답니다. 아파도 참고 걷는 연습을 해야 한답니다. 그래야 밀려 나왔던 디스크가 제자리로 들어간다고 하네요."

"누가?"

"시장 노점에서 한약재 파는 할아버지가 알려 주셨어요, 이제 제 말대로만 하면 보름이나 이십 일이면 차도가 있답니다."

"그랬어? 아이구 살아나려나 보다."

아내는 임수를 안다시피 하여 일으켜 세우고는 목발을 짚게 하였다. 일어서 있기도 어려웠다. 오랫동안 누워 있었기 때문에 현기증이 났기 때문이다.

"아이구, 어지러워, 허리가 끊어지는 것 같아."

"참아요. 너무 오랫동안 누워 있기만 해서 그래요. 눕기만 하면 영영 못 일어난대요. 일어서야지."

아내는 목발을 임수에게 주고는 한 걸음 한 걸음을 걷게 했다. 저절로 눈물이 나오고 금세 털썩 주저앉을 것만 같았으나 아내가 부축해서 겨우 십여 걸음을 떼었다.

"이렇게 하루에도 십여 차례 이상 해야 한답니다."

"응, 고마워, 여보."

그러고선 임수는 도루 자리에 누웠다. 그랬더니 이번에는 아내가 발목을 잡고 좌우로 흔들면서 잡아당겼다.

"아이구, 아퍼."

"아파도 참아요. 이렇게 해야 디스크가 제자리에 들어갑니다."

이렇게 한참을 하고는 돌아누우라고 하고선 또 그렇게 좌우로 흔들고 잡아당기고 했다.

이것뿐만 아니라 저녁 식사시간에는 백숙을 끓여 내왔다. 집에서 열네 마리 닭을 키우고 있었는데 그중에 한 마리를 잡은 것이다. 평상시 같으면 살아 있는 닭을 죽이지 못해서 임수가 잡곤 했는데 이번에는 아내 혼자서 닭을 잡은 것이다.

"이게 지네 백숙이에요. 허리 병에는 지네가 특효라네요."

"어엉? 그랬어. 어떻게 먹나?"

"그냥 먹어요. 살점도 먹고 지네 세 마리도 씹어 먹어요."

"지네도 먹어?"

"지네가 약이라는데 어쩌겠어요. 지네 먹고 김치 먹으면 입가심은 될 테니 걱정 말고 참고 먹어요."

"우웅."

임수는 백숙의 고기는 반쯤 먹고 나머지는 아내와 아이들 몫으로 남겨 놓았다.

임수가 지네를 입에 넣고 씹으려는 순간 "웩~ 웩~"하고 구역질을 해 대니 아내가 깜짝 놀라서 "어서 뱉어요." 하면서 빈 접시를 들이대었다.

"아이구 못 먹겠어. 지네발이 토막 난 철사 같아."

"아이참, 지네도 먹으라고 했는데, 할 수 없지요. 지네는 건져 내서 닭이나 줘야지."

"그럼 닭 허리 병도 낫겠네."

"뭐라고요? 호호호, 닭도 허리가 있나요?"

"하하하. 닭은 허리가 없고 모가지만 있나."

아픈 중에도 웃음이 터져 나왔다. 아내는 약재 파는 할아버지가 지네환도 팔고 있다면서 다음에 나가면 별도로 지네 환을 사온다고 하였다.

그러지 않아도 시골에서 어른들 말씀에 지네가 허리 병에 특효약이라는 것을 들어왔던 터에 일말의 희망을 갖게 되었다.

"지네는 어디서 났어?"

"그 할아버지에게 샀지요. 이래저래 해서 우리 바깥양반이 허리 병이 생겼다니까 여러 가지를 알려주셨어요."

아내는 정말로 지극정성이었다. 벌레만 보아도 깜짝 놀랐는데 아무렇지도 않게 백숙에 지네를 넣고 삶아 내왔다.

다음 날부터 아내는 틈만 나면 주변 황무지 땅을 뒤져서 지네를 잡기 시작했다.

오랫동안 방치된 땅이라서 돌을 들추면 가끔 지네가 보였던 터라 그리 어렵지 않게 십여 마리를 잡아서 깡통에 넣어 두었다.

그리곤 집에서 기르는 닭들이 너무 크다면서 사나흘에 한 번 꼴로 시장에 가서 영계를 사와 지네 백숙을 끓였다. 물론 매일같이 걷기 운동과 다리를 흔드는 것도 잊지 않았다. 임수는 아내의 정성에 감동하여 '내가 꼭 완쾌하여 걸어 다니리라.'하고 굳게 마음을 먹으면서 이를 악물고 재활 운동을 하였다.

지성이면 감천이라던가.

그렇게 한 이십 일쯤 지났는데 어느 날 갑자기 아침에 일어나려는데 통증이 훨씬 감소했다. 어제만 해도 죽을 맛이었는데 오늘은 참을 만했다.

"여보, 나을 것 같아. 어제보다 부드러워졌어."

"아이구, 천지신명님 부처님이 살려 주신 게요."

아내는 너무 기뻐서 눈물까지 흘렸다.

이날부터 조금씩 차도가 보이더니 이제는 목발을 짚지 않고도 천천히 걷게 되고 돌아눕기도 하였다. 임수는 더욱더 분발하여 문밖으로 나가서 어린아이 걸음마 배우듯 천천히 걸어 다녔다. 이제는 일어서도 현기증이 생기지 않았다.

결국 세월이 약이었다. 그로부터도 대략 한 달가량 지나서 임수는 거의 정상인처럼 걷기 시작한 것이다.

"여보. 이게 다 당신 덕분이야. 당신 아니었으면 산송장 될 뻔했어."

"저보다도 당신의 투병 의지 때문이지요."

"아냐, 아냐. 난 정말 이대로 불구가 되는 줄 알았어. 고마워."

임수는 진심으로 아내에게 고마웠다.

그럭저럭 서너 달이 지나서야 정상인처럼 되어서 걷기도 하고 자전거도 탈 수 있었다.

그런데 이제는 미장일도 못 할 것만 같았다. 무거운 것들을 지거나 들기가 무서웠기 때문이다. 그렇다고 그냥 놀 수만은 없었다. 무엇인가 돈벌이를 해야 했다.

18

떡볶이 장사

"이제 무얼 해먹고 살지? 그동안 미장일이 쏠쏠했었는데."

"그것만으로도 감사하지요. 이제 다른 일을 해 보라는 뜻이에요."

임수가 저녁을 먹고 난 후 아내와 함께 살림 걱정을 하기 시작했다.

"노점상은 어떨까요? 시장 가는 길 번화가에 노점상이 많잖아요."

"노점상? 괜찮을까 모르겠네."

"큰돈은 못 벌어도 먹고살 만하니까 하겠지요."

"그럴까, 노점상 가지 수가 많던데. 과일 장사, 야채상, 양말, 옷, 호떡, 떡볶이."

"많아요. 그중 돈 많이 벌 것 같은 게 술 파는 포장마차지요."

"포장마차? 아이구 난 그건 못 해, 술 취한 사람들 상대 못해."

"호호호, 그렇지요. 누가 하라고 했나요. 노점상이 많다는
게지."

부부는 이것저것을 따져보고 간편히 할 수 있는 것을 찾다가
두 가지로 정리되었다. 호떡 장사 아니면 떡볶이 장사가 큰 밑
천 안 들고 할 만했기 때문이다.

"그런 길거리 음식은 대개 학생들이 하교 때 많이 이용하던데
호떡은 하나씩 일일이 만들어야 하니까 어렵고, 떡볶이는 큰
철판에다 많이 만들어 놓았다가 팔면 되니까 떡볶이 장사가 나
을 것 같네요."

현명한 아내가 떡볶이 장사를 하는 것이 나을 것 같다고 추천
하였고, 임수도 이에 동의했다.

다음 날,

중달이를 업고 장달이는 걸려서 번화가로 나갔다. 떡볶이 장
사가 거리가 떨어져서 두 군데 있었는데 그중 나이 좀 먹고 인
자해 뵈는 데로 가서 떡볶이와 오뎅을 시켜 먹으면서 물어봤다.

오십쯤 먹은 부부가 떡볶이 장사를 하는데, 전에 무슨 사업
을 하다가 파산하여 지금 떡볶이 장사를 하여 근근이 살아간다
고 하였다.

"그냥저냥 목구멍에 풀칠은 합니다."

이 사람은 임수 내외도 사업 실패를 한 줄 알고 있었다.

"우리도 한번 장사를 해 보려고 하는데요. 어떻게 하면 될까

요?"

"하려면 이 근처에선 하지 마쇼. 저 위에도 한집 있잖소, 저 아래편으로 가면 중학교가 있는데 그 애들이 나오는 길목에서 하면 좋을 것 같소이다."

이러면서 동대문 어디에 가면 지붕 있는 포장 리어카와 조리 기구 등을 모두 판다고 하면서 돈만 주면 차로 여기까지 가져다준다고 하였다. 저녁때는 근처 공터나 주차장 같은 데에 잘 보관하면 되는데 월세를 내야 한다고 하였다.

둘은 크게 감사하면서 나와서 시장 구경을 더 하고는 집에 돌아왔다.

"떡볶이 장사를 하려면 혼자 하기 어렵겠어. 아무래도 여자 손이 필요하지. 그런데 애들을 어떻게 하나?"

"할 수 있나요. 장달이는 국민(초등)학교 다니니까 혼자 가라고 하고 중달이는 데리고 다녀야지요."

"길가라 차가 위험할 텐데."

"위험해도 어쩌겠어요. 단속을 잘해야지, 정 안되면 끈이라도 묶어 놓아야지."

"아이구, 사람 새끼 기르는 게 아니라 개 새끼 기르는 꼴 되겠네."

"혹시 알아요. 어디 아이를 맡겨 두는 데 있을지, 아마 도회지라 시골에 없는 그런 곳이 있을 것 같아요. 도시 살림이 워낙 팍팍하니까 애들을 데리고 다니면서 돈 벌기가 쉽지 않잖아요. 그렇게 되면 자연히 애들 돌봐 주는 집도 생겼을 겁니다."

"맞아, 그쪽에 가면 그런 데가 있을 것 같아. 유치원 다니기 전에 꼬맹이들 돌봐 주는 곳이 있을 것 같아."

대화를 할 적마다 우연인가 아내의 말이 딱딱 들어맞고 있었으나 임수는 눈치채지 못하였다. 도시에는 벌써부터 어린이집이라고 해서 아주 작은 어린아이부터 돌봐 주는 곳이 있었다.

"쇠뿔도 단김에 빼라."는 말이 있다면서 임수는 다음 날 동대문 시장으로 가서 그날 저녁때쯤 포장마차와 떡볶이 조리기구 일체를 차로 실어왔다. 길가에 내려놓은 임수는 두리번거리다가 뒷골목으로 들어갔더니 거긴 포장마차를 놓아두는 공터가 있었다. 주인이 누군지는 모르지만 일단 거기에다 옮겨놓고 돌아와서 다음 날 아침 일찍 아내와 함께 나와서 포장마차를 끌고 와서 떡볶이 장사를 시작하였다. 음식을 만들어 본 아내가 금세 맛깔스레 떡볶이와 오뎅을 만들었고, 곧바로 지나가는 행인이 조금씩 사 먹기 시작하였다.

마침 근처에 중달이를 맡길 수 있는 어린이집이 있었기에 금상첨화라면서 부부는 좋아했다. 이렇게 해서 임수 내외는 떡볶이 장사를 시작하여 나흘째에 동네 건달들에게 괴롭힘을 당했다. 자릿세를 내라는 것이다. 할 수 없이 다음 날부터 자릿세를 내면서 영업을 하기 시작했는데 그럭저럭 수입도 괜찮았다. 그런데 수입이 고정적인 것이 아니고 매일같이 들쑥날쑥 기복이 있었다. 어느 날은 십여 명이 넘는 학생들이 우르르 몰려들어서 순식간에 떡 판의 반쯤 되는 것을 다 먹고 가는 경우도 있었다. 아내는 이런 학생들에게 꼭 감사의 표시로 뭘 하나라도 더 주면서 덕담을 잊지 않았다. 칭찬은 고래도 춤을 추게 한다는 말이 있듯이 좋은 말이라도 한번 듣게 된 학생들이 자주 오게 되었다.

떡이나 오뎅 등의 식자재는 일일이 사러 가도 되었지만, 작은 트럭을 가지고 다니면서 판매도 하고 배달도 하고 있어서 그야말로 큰 힘 안 들이고 돈을 벌 수 있었다.

이렇게 해서 또 춘하추동이 가고 몇 년이 지나서 튼튼하게 자란 중달이도 입학을 해서 형이랑 함께 등교하였다.

19

도시 개발

드디어 도사님이 말씀하신 칠 년째의 새해가 밝았다.

닭띠 해였다. 부부는 뭔지 모를 기대감에 부풀었다.

"여보, 올해가 칠 년째 되는 해이네. 무슨 횡재수가 있을까?"

"그러게요. 저도 마음이 설레요. 여기 이 땅이 발복한다면 도시 계획이 되어서 택지로 바뀌게 되는지 모르겠어요."

"글쎄, 그런데 아무 소문이 없어. 대개가 어디가 개발된다면 소문이 먼저 나는데."

"그러게요. 연초가 아니라면 연말이라도 무슨 소문이 돌겠지요."

"그럴까? 걱정도 되고 기대도 되네."

"너무 성급히 생각 말고 그냥 묵묵히 지내보자고요."

"으응, 그래야지, 뭐."

임수와 아내는 정월부터 가슴을 졸이면서 하루하루를 보냈다. 이제나저제나 행운의 여신이 오길 기다렸건만 아무 소식이 없이 봄, 여름이 가고 가을이 왔다. 그렇게 추석이 지나고 며칠이 지났다.

임수와 아내는 떡볶이 장사를 끝내고 어둑어둑해질 무렵에 집에 들어오는데, 낯모를 여러 사람들이 집 앞에서 웅성거리고 있었다.

이들은 임수를 보더니 한결같이 깍듯이 인사를 하면서 앞으로 여기가 개발되는데 땅을 팔라는 것이었다. 부부는 정말로 깜짝 놀랐다. 그토록 기다리던 소식이었기 때문이다. 하지만 당장 어떻게 해야 할 줄을 모르던 임수는 땅을 팔 생각이 아직 없다면서 사양을 했더니 모두들 명함을 주면서 정중히 인사를 하고는 내일 다시 오겠다고 하였다.

명함은 모두 무슨 복덕방, 무슨 부동산 이렇게 되어 있었다.

"여보, 드디어 발복하는 모양이네. 여기가 개발된다면 우린 돈방석에 올라앉는 거야."

"맞아요. 고진감래(苦盡甘來: 쓴 것이 다하면 단 것이 온다는 뜻으로, 고생 끝에 즐거움이 옴을 이르는 말.)예요."

그들은 너무 설레어서 잠을 이룰 수가 없이 행복한 대화를 끊임없이 나누었다.

다음 날,

당장 떡볶이 장사를 그만둘 수가 없었기에 집을 비우고 다시 장사를 하러 나갔다.

그날 저녁때,

사람들이 또 몰려와서 한결같이 땅을 팔라는 것이었다. 그런데 땅을 팔려고 해도 시세도 잘 모르는 임수는 그저 어리둥절할 뿐이고 지금은 땅을 팔지 않는다는 대답만 되풀이해야 했다.

그날 밤 9시경,

이제 사람들도 모두 가고 가족들만 TV 앞에서 시청도 하고 두런두런 대화가 이어졌다.

이때 문밖에서 사람을 찾는 소리가 들려왔다.

"사장님, 계신가요?"

"으응? 누군가?"

생소하게 사장님이란 소릴 들으니 잘못 찾아온 것만 같았다.

"여보, 당신을 찾는 거 아뇨? 또 복덕방 사람인가?"

"글쎄, 누군가?"

임수가 방문을 열고 나가 보니 오십은 되어 보이고 풍채가 좋은 남자 한 명과 삼십여 세 정도의 젊은 남자 한 명이 서 있었다.

"누구를 찾으시나요?"

"여기 사장님을 찾습니다."

"저를 찾으시나요. 여기 주인인데."

"아예, 그러시군요. 처음 뵙겠습니다. 잠깐만 말씀만을 드리고자 왔습니다."

"복덕방인가요? 낮에 열 명도 넘게 다녀갔습니다. 땅은 당장 안 팔아요."

"아, 그러시군요. 우린 복덕방이 아니라 건축 회사에서 나왔습니다."

"건축 회사라면 건물이나 집을 짓는 데 말인가요?"

"예, 그렇습니다."

복덕방이 아니란 말에 귀가 솔깃해진 임수는 몇 마디 더 대화를 하다가 아내가 들어와서 이야기하라고 해서 두 사람을 방으로 들어오게 하였다. 그들은 기다란 종이 통 속에서 뭘 꺼내어 펴들었다.

"이게 여기 도시 계획 청사진입니다."

크기가 엄청 큰 파란 종이에 가로세로 줄이 그어져 있었는데, 임수와 아내는 이런 서류를 처음 보는지라 두 눈을 동그랗게 뜨고서 보긴 보는데 뭐가 뭔지 알 수가 없었다.

"여기가 이 집 자리이고 여기부터 여기까지 4차선 도로가 생깁니다. 여기에는 상가 지역, 여긴 주택 지역 이렇게 개발됩니다."

그러고 보니 지금 집 자리가 상가 지역으로 지목된 모양이었다.

아무튼 그 사람은 열심히 설명하다가 통성명을 잊었다면서 명함을 건네는데 '한양 건축회사, 대표 이주민(李周民)'으로 되어 있었고, 임수는 명함이 없었기에 이임수라고 인사를 했다.

"아니 그럼 아무개 이씨의 이임수이십니까?"

"예. 그렇소만."

"혹시 수(秀) 자가 돌림자인가요. 그 아래는 달(達) 자이고요."

"예."

"하이구, 이거 제게로 대부님 되십니다. 그 아래가 민(民) 자 돌림이지요."

"예에? 그러세요?"

임수는 아직 손자가 없었기에 한 번도 생각해 보지 않았는데, 그 사장은 손자뻘 되어서 대부가 된다는 것이다. 아무튼 그들은 단번에 친한 친척처럼 되어 버렸다.

"우린 떳다방의 복덕방이 아닙니다."

"떳다방이라니요?"

임수는 이런 말도 처음 들었기에 반문을 했다.

"떳다방은 어디에 부동산 시세가 오를 것 같으면 그 즉시 사고팔면서 차익을 챙기는 사람들이지요. 이들은 정해진 사무실도 없이 임시로 천막이나 대형 파라솔 등을 펼치고선 반짝 이익을 챙기고는 사라집니다. 법적인 하자가 있어도 일반인들은 모릅니다. 내일쯤이면 이 앞에도 떳다방 천막이 아마 열 개도 넘게 생길 것입니다."

"아하, 그런 게 있군요. 우린 시골에만 살아서 그런 게 있는 지조차 몰랐네요."

"그러실 겁니다."

그러고 보니 명함을 주는 사람들이 모두 땅을 팔라고 하고, 덩어리가 크니 분할해서 팔라고 했던 것이 생각났다.

이어서 이사장이 설명하는데, 자기 회사는 땅을 사러 온 것이 아니라 땅을 많이 소유하고 있으니 그 땅의 일부를 주면 원하는 곳에 상가나 주택을 지어 주겠다는 것이다.

아무튼 이들을 청사진을 보여 주면서 조목조목 설명을 하고는 돌아갔다.

임수는 선뜻 결정하지 못하고 연락을 주겠다고만 대답을 했다.

그날 밤,

부부는 행복에 젖어서 앞으로의 대책을 연구하기 시작했다. 결론은 땅이 많으니 일부를 떼어 주고 이 자리에다 번화가에 있는 상가 빌딩처럼 상가 빌딩을 지어야 한다고 결론지었다.

다음 날 밤에 그 이사장이 또 왔다.

이 사람은 복덕방 업자들이 왔다간 다음에 조용히 찾아왔다. 이 사장은 신임을 얻으려고 그랬는지 족보를 가져와서 보여주었다. 그 족보에는 이임수 이름도 올라와 있고 이주민도 올라와 있었다. 아주 먼 친척뻘인 것이다.

아무튼 임수와 아내는 이 사람을 신임하게 되었고 땅을 일부 제공하고 여기에다 상가를 지어 주는 쪽으로 대화가 이어졌다.

"대부님, 지금 소유하신 대지가 만평이 넘어 만 이천 평 정도니까 9,000평을 우리에게 주시면 이 자리에다가 9층 상가 건물을 올려드리겠습니다. 지하는 2층으로 주차장을 만들고 건물 안쪽으로도 주차장을 만들 것입니다. 앞으로는 집집마다 차가 한 대 이상 소유하는 세상이 옵니다. 그걸 대비해서 주차장이 넓지 않으면 상가는 다 죽어요. 이렇게 해도 2,000평 정도가 남을 것이에요. 후에 자금이 생기면 상가 건물을 지을 수도 있고, 그냥 나대지로 두었다가 팔아도 되지요. 대부님은 횡재하는 격이지만 우리에겐 별반 남는 게 없어요."

"그래요? 남는 게 별로 없다면서 왜 그런 제안을 하나요?"

"9,000평을 상가로 지어서 분양해야 합니다. 회사 사정을 봐서 일부는 회사 소유로 하고 임대를 줘야 하지요. 여기에서 이윤이 나게 됩니다. 이런 계획도 우리 같은 큰 회사나 하지, 조무래기 회사들은 엄두도 못 내요. 워낙 덩어리가 커서."

"오호, 그렇군요. 그런데 꼭 9층으로 지어야 하나요?"

"예, 고도제한이 있어서 더 이상 못 올립니다. 근방의 상가나 사무실 건물들도 모두 9층까지밖에 못 올리고, 저 안쪽으로 아파트 구역은 아마 15층 정도 올릴 것입니다."

"아하, 그렇군요. 전 도시 계획에 대해서는 무식꾼이라 잘 몰랐네요."

"하하하, 다들 그렇게 살고 있어요."

임수 부부는 느닷없이 땅바닥에 있다가 구름 위에 올라앉은 기분이었다. 이에 이 사장이 몇 가지 서류를 주섬주섬 꺼내 놓고는 인감 증명서 몇 통과 인감도장만 있으면 계약이 성립된다고 하였다.

"아 그렇군요. 그럼 이 서류를 내일까지 준비하나요?"

"빠르면 빠를수록 좋지요. 공사가 곧바로 들어가면 먼저 상가를 지으면 그만큼 분양이나 임대도 빠릅니다."

이때 임수의 아내가 옆구리를 쿡 찌르면서 말문을 막는다.

"사장님, 의향은 알았으니까 서류를 놓고 가세요. 우리들도 알아봐야 하니까요. 처음이라서 당최 뭐가 뭔지 잘 모릅니다."

"하하하, 그렇게 하세요. 오늘내일 급한 것은 아니니까 충분히 검토하시고 근 시일 내에 전화 주세요."

이렇게 해서 이 사장은 관련 서류를 놓고 갔다. 임수의 아내는 내일부터 시내의 대서소나 큰 복덕방 같은 곳을 찾아가서 서류 검토를 하고 한양 건축회사가 어떤지 알아봐야 한다고 했다. 임수는 미처 생각지 못하고 있던 터라 속으로 아내에게 감탄했다.

다음 날,

아이들이 등교할 시간에 부부는 같이 나와서 물어 물어서 등기 관련 업무를 잘 본다는 대서소(지금의 법무사 사무실)를 찾아가서 문의하고 제법 큰 복덕방에 가서 물어도 보는 등 분주히 돌아다녔다.

한양 건축회사는 규모가 큰 회사로 어디 어디 아파트, 또 어디 아파트 단지를 지었다면서 신뢰할 수 있는 회사라고 하였다.

그리고 공사나 서류가 미심쩍으면 상가 건물을 준공 후 명의 이전과 함께 9,000평도 명의 이전해 준다는 내용으로 계약서에 명시하면 특별한 하자가 없을 것이라는 조언을 들었다.

옛말에 "돌다리도 두드려 보고 건너라."라는 말이 있듯이 임수의 아내는 꼼꼼하게 살피고 또 자문을 구하러 다니자고 하였다. 그렇게 5일 동안을 서울 시내를 돌아다니면서 묻고 또 물었다. 대답은 그게 그거였다. 별다른 문제가 없다는 것이다.

마침내 임수는 이 사장에게 전화를 걸어서 인감 증명서가 준비되었으니 관련 서류를 가지고 나오라고 했다. 약속 시간은 내일 11시 번화가에 있는 의원 옆 2층 황제 다방으로 나오라고 했다.

"대부님, 서류를 잘 검토해 보셨나요?"

"제가 서류 볼 줄을 아나요. 그냥 알 만한 사람들에게 물어봤지요."

"그랬어요? 무슨 하자가 있다고 합디까?"

"그런 것은 없고, 여기 9,000평 명의 이전을 상가 준공 후 등기가 되었을 때로 하라고 합니다."

"아, 그거요. 어렵지 않습니다. 몇 문장만 추가하면 됩니다."

이렇게 해서 몇 문장을 추가한 후 도장을 찍고 계약이 성립되었다.

"사장님, 그럼 우리 살림집은 어떻게 하나요?"

"아참, 그 말씀을 까먹었네. 공사 시작하려면 적어도 이십 일을 넘어 한 달 후쯤이 됩니다. 구청에서 결재가 나야 하니까요. 그리고 공사는 일 년 몇 개월이나 이 년쯤 걸리는데 이 근처 어디 아파트 전세를 내서 거기서 기거토록 하겠습니다. 전세 돈도 회사에서 부담하겠습니다."

"오, 그래요? 아이구, 감사합니다."

아내는 아파트에서 살게 된다니까 미리부터 좋아서 어쩔 줄 모르면서 웃음을 지었다.

"그럼 상가 건물을 다 지으면 우리가 거기서 살게 됩니까?"

임수가 덧붙여 물었다.

"아 그건 사장님 의향대로입니다. 대개 꼭대기 층에 살림집을 꾸미는 경우도 있고, 전체를 상가로 하고 나가서 단독 주택이나 아파트에서 살기도 합니다."

"그래요? 그럼 우리도 9층에 살림집을 만들어 주세요."

"그러시지요. 사실 상가 꾸미는 것보다 살림집 꾸미는 게 손이 더 가지요. 비용도 많이 발생합니다. 상가 건물은 그냥 벽체만 세워서 나누기만 하면 되는데 살림집은 여러 가지 실내 장식이 많이 들어갑니다."

"아, 그렇군요. 그런데 지금도 건물 지을 때 공구리를 질통에 메고 올라가나요?"

임수가 질통 메고 공구리를 운반하다가 죽을 뻔한 기억이 떠올랐다.

"그건 벌써 예전 얘기입니다. 하지만 아직도 이삼 층 짓는 데는 그렇게 하기도 하지요. 지금은 커다란 통을 도르래로 매달아서 모터로 끌어올립니다. 인부들은 위에서 공구리를 받아서 타설만 하면 됩니다. 그래서 질통꾼들은 많이 없어졌지요. 우리같이 큰 건물을 짓는 데는 임시로 엘리베이터를 설치해서 운반하기도 하고, 펌프카로 밑에서 위로 그냥 내쏩니다. 공구리도 사람이 비비는 것이 아니라 레미콘 차가 와서 펌프카로 연결만 하면 되지요."

"하 참, 세상이 많이 바뀌었네요. 그리 간단하게 하면 인부들의 밥벌이가 떨어지겠어요."

"그렇지요. 잡부(雜夫)들이 설 땅이 점점 좁아집니다. 자꾸 기계가 대신하니까."

이들은 이러저러한 이야기를 하고 나서 이 사장이 점심을 사준다고 하여 근처의 설렁탕 집으로 가서 점심을 먹었다.

집에 돌아온 임수 내외는 너무 좋기도 하고 꿈인가 생시인가 어리둥절하기도 해서 서로의 볼을 꼬집으면서 깔깔대고 웃기도 하였다.

이후로 도시 계획은 순조롭게 진행되고 임수의 건물도 차근차근 올라가서 9층 상가건물이 완공되었다. 임수의 가족은 9층에 예전 양반집 대궐 같은 살림집을 만들어 주거하게 되니 임금님 못지않다고 자화자찬하였다. 이제 가만히 있기만 해도 매월 임대료가 눈덩이처럼 굴러들어오기 시작하였다.

20

라디에스테지

    세월의 톱니바퀴는 쉬지 않고 맞물려 돌아가서 춘하추동이 돌고 돌아 장달이가 대학생이 되었을 때, 장달이는 우연히 금광석에 관심을 갖게 되었다.

    그러니까 장달이가 복학을 하고 대학교 2학년 겨울 방학 때 TV에서 수맥 탐사에 관해서 방영하는데, 장달이는 별생각 없이 시청하고 있었다. 물에서 발생되는 파동을 인간이 직접 감지할 수가 없기에 시옷 자 모양의 막대기나 작은 추를 이용해서 이를 감지해 낸다는 것이다. 이때 사용되는 막대를 바켓(baguette)이라고 하고 추를 펑쥴(pendule)이라고 하였다. 바켓은 나무로도 만들고 굵기가 가는 철사로도 만드는데 모양은 반드시 시옷 자 모양(역으로 된 Y자)이었다. 이것이 개량되어 안테나처럼 접었다 폈다 하는 엘로드가 개발된 것이다. 추는 대추알만 한 것으로 돌이나 은 등 여러 가지 재료로 만들 수 있다고 하였다.

수맥파가 있다는 것은 전에도 여러 번 보고 듣기도 하고 노점상에서 엘로드도 파는 것을 보았기에 그저 '그런가 보다.'라고 별로 대수롭지 않게 지나쳤었다. 집에도 아버지가 사다 놓은 엘로드가 있었다. 아버지가 엘로드를 이용해서 여기에 수맥파가 있다. 저기에도 있다고 말씀하셨는데 그렇다고 수맥파를 차단하기 위해 뭘 하진 않았다. 이것도 이상한 방향으로 흘러서 종교처럼 되어 버렸고 장삿속으로 변질되었다는 것이다.

그런데 그날따라 수맥파에 궁금증이 생겨서 곧바로 인터넷을 검색하다가 놀라운 사실을 발견하게 되었다. 어떤 사람의 논문에 의하면 모든 물질은 그 물질만이 가지고 있는 고유한 물질파(物質波)가 있는데 이를 라디에스테지를 이용해서 찾아낼 수 있다는 것이다. 이때는 펑쥴을 이용한다는데, 예를 들면 쇠는 쇠의 물질파를 내보내고 있어서 이를 인간이 펑쥴을 이용해서 고유한 흔들림으로 알아낼 수 있다는 것이다.

참으로 놀라운 이론이었다. 금은 금만이 가지고 있는 물질파를 내보내어 이를 펑쥴을 이용해서 감지를 하면 되는 것이다. 그런데 수맥파와는 달리 이런 물질파를 알아내려면 많은 숙련을 해야 알게 된다는 것이었다.

장달이는 신비한 것을 좋아하여 SF영화를 좋아하고 남들이 볼 때 다소 허무맹랑한 것들도 관심이 많았다. 예를 들어 다른 사람들이 UFO가 있다는 것을 "믿거나 말거나" 식이라면 장달이는 "UFO는 진짜 있다." 이렇게 확신을 하고 있었다.

"엄마, 이것 보세요."

장달이는 어느 사이에 벌써 은으로 된 펑쥴(추)과 금반지를 사서 나름대로 시험을 해 본후 거실로 나와서 엄마를 불렀다.

"이게 뭐니?"

"이게 펑쥴이라고 불리는 은으로 만든 추예요. 이걸로 수맥도 찾고 금이나 은도 찾을 수 있다네요."

"뭐어? 막대기로 수맥을 찾는다는 소리는 들었어도 추로 금, 은을 찾는다는 소리는 처음 듣는다."

"저도 지금 긴가민가해요. 책보다 인터넷 검색해서 알았는데, 아버지가 엘로드로 수맥 찾는 거랑 원리가 비슷하답니다."

이때 마침 아버지가 들어왔다.

"여보, 이리와 앉아 봐요. 얘가 이런 추로 금을 찾을 수 있다네요."

"뭐어? 무엇으로 금을 찾아, 이제 조선 땅에 금은 없을 터인데. 다 파가서."

"누가 다 파가요?"

장달이가 의아하게 말했다.

"누구긴 누구야, 일정 시대(일정 강점기) 때 왜놈들이 다 파갔지."

"그래요? 그럼 지금 우리나라엔 금광이 없나요?"

"있기야 있겠지만 알짜배기는 그놈들이 다 파 갔어. 아마 전국 곳곳에 금 캐다가 그만둔 폐광이 많을 거다."

"그런 얘기는 들었어요."

"그런데 넌 무슨 재주로 금을 찾아보겠다는 거냐?"

이리하여 장달이는 한바탕 강의를 하지 않을 수 없었다. 물질마다 독특한 파동을 내고 있는데 인간이 그걸 감지할 수 없기에 추를 이용해서 찾아낼 수 있다고 대략 설명을 하였다.

"아이구, 난 뭐가 뭔지 모르겠다."

아버지는 도저히 이해하기 어렵다는 듯이 말씀하셨다.

"그렇긴 한데, 그때는 원시적인 방법으로 금맥을 찾았지요. 지금은 첨단 기술로 광물질을 찾는데 이 방법은 그것이 아닌 정신으로 찾는 거랍니다."

"호호호, 그렇다고 치고 넌 그럼 금을 찾아볼 테냐?"

엄마는 거의 농담으로 받아들이면서 장달이에게 물었다.

"한번 찾아보려고요. 금광이었다가 폐광된 근처를 나가 보려고요."

"그래라, 내가 말린다고 네가 가지 않을 것은 아닌 것 같다. 네 고집도 알아주니까. 그렇게 돌아다니다가 급매물로 헐한 땅이나 어디 전원 주택지로 적합한 곳이 있으면 알아봐라. 아직도 시골 사람들 매물로 내놓긴 했어도 근처 사람들도 잘 모르는 수가 많아. 그런 땅 잘 사 두면 한몫 잡을 수도 있다."

"예."

이렇게 대화가 끝나고 엄마와 아버지는 안방으로 들어갔다.

"그놈이 고집 센 놈이라 말려도 소용없어. 하다가 안 되면 제 풀에 그만두겠지. 혹시 알아 아주 싼 매물을 잡게 되면 돈도 벌게 되니까. 일석이조인 셈이야."

"그래도 너무 허무맹랑(虛無孟浪)한 것 같아서요."

"하하하, 허무맹랑한 것으로 따지면 우리가 더 하지. 어느 누가 도사의 이름 풀이만으로 서울에 와서 대성공할 줄 알았겠어."

"호호호, 하긴 그렇기도 하네요. 저러다가 땅을 사야 한다고 하면 어쩌나요?"

"땅? 아마 산이겠지. 산이라도 잘 사 두면 은행 이자보다는 나으니까 걱정할 거 없어. 하다가 안 되면 포기하겠지."

"맞아요. 걔가 어려서부터 고집이 세었지요. 갓난아이 때 뭘 안다고 에미 젖만을 먹겠다고 고집 피우지 않았나요. 분유가 더 달달한 게 맛이 있는데도 그걸 한 모금도 먹지 않았잖아요."

"그랬지."

장달이가 갓난아이 때 엄마의 젖이 부족해서 분유를 조금이라도 먹이려면 고개를 도리질하면서 거부했던 것이다. 그러다가 백일해에 걸려서 죽다 살아났던 기억이 떠올랐다.

아무튼 장달이가 한번 고집을 피우면 어른들도 손을 못 쓸 정도였다. 하지만 부모님은 크게 나무라지 않았다. 왜냐하면 그 고집 피우는 것을 좋게 좋게 해석했기 때문이었다.

조금 커서는 다른 아이들과 마찬가지로 프라모델 조립을 좋아하였는데 어려워 보이는 조립도 끝까지 완성하곤 했다. 반면에 중달이는 이런 조립에 큰 관심이 없어서 하다가 지치면 장달이에게 "형, 이것도 조립해 줘." 하고 미루었다. 그러면 장달이는 그것마저 다 조립해서 중달이에게 주었고 중달이는 매우 좋아하였다.

아무튼 장달이가 추를 이용해서 금을 찾는 것에 부모님이 동의한 것이다.

이렇게 해서 장달이는 금광석 탐사는 허락받은 셈인데 학교에 나가느라 딱히 시간을 낼 수도 없었다. 그래서 일단 방안에서 평줄을 이용해서 금을 찾는 것을 연습해야 했다.

책상 위에 금반지를 놓고 그 위에 평줄을 들고 있으면 잠시 후에 평줄이 좌나 우로 빙빙 돌기도 하고 대각선으로 흔들리기도 하였다. 이런 패턴을 잘 숙지해야 했다.

이것이 완전히 숙달되면 여러 개의 컵을 엎어 놓고 그 컵 하나에 금반지를 넣고는 컵을 섞는다. 야바위꾼들이 하는 방법과 똑같다. 그런 다음 컵 위에서 평줄을 놓고 흔들림을 보는 것이다.

이걸 여러 번 하다 보니 맞추기도 하고 못 맞추기도 하였다.

"으음, 이런 식으로 연습하다 보면 금에서 나오는 파장을 내가 느낄 수 있을 것이다."

장달이는 이렇게 믿었다.

결국 실사는 나가지도 못하다가 4월 말쯤 주말에 한 번 근처 산에 가 보고, 유미랑 만났을 때가 두 번째로 나갔다 왔을 때, 차 바퀴에 흙이 잔뜩 묻어 있는 것을 본 유미가 어디에 다녀왔었냐고 물었던 것이다.

그런 다음에 병천에 갔을 때 장달이는 취중에 금을 찾아다닌다고 유미에게 말한 것이었다. 아무 얘기도 하지 않아도 되었을 것을 금을 찾아다닌다니까 졸지에 돈키호테로 내몰렸다. 아무튼 그 이후로도 서울에서 아주 멀리는 못 가고 경기도, 강원도, 충청도 등지를 돌아다니면서 주로 폐 금광 근처로 답사를 나갔다.

이후로 좀 더 장비를 보완하여 휴대가 용이한 금속 탐지기를 사서 늘 차에 싣고 다녔다.

이러니 주말이 매우 바빠졌다. 유미와 데이트도 해야지 금광석을 찾으러 실사도 나가려니 여유가 없었다. 하지만 실사 나간다고 매번 유미에게 말하진 않았다. 왜냐하면 남들에게 진짜 돈키호테로 내몰릴 것만 같았기 때문이었다. 어찌 되었든 한 달에 한 번꼴은 답사를 나가긴 했으나 심신이 고되기만 했지 아무런 소득이 없었다. 마치 낚시꾼들이 대어를 잡으려고 출조 나갔다가 빈 바구니로 돌아오는 심정과 똑같았다.

장달이는 그렇게 몇 달 지나다가 문득 철광석과 금광석이 같이 있을 수가 있다면서 폐철광이나 철광석이 나올 만한 곳을 찾아가기로 했다.

이러다가 4학년 가을께에 유미의 건달 오빠와 패싸움을 하고 유미와 절교를 하였다.

장달이는 매우 상심해서 정말로 죽을 것만 같았다. 당연히 금광석 탐색도 그만두다시피 하였다. 그저 시계추처럼 학교에 왔다 갔다 하고 가끔 혼자서 영화도 보거나 친구들과 어울려서 시간을 때울 겸 술을 마시거나 혼술도 했다. 식욕이 떨어져서 먹는 것마다 입안이 깔깔했다. 그러지 않아도 체격이 크지 않은 장달이는 점점 말라서 부모님도 걱정하기 시작했다. 어려서 부터 잔병치레를 많이 한 장달이었기에 부모님의 관심이 각별 하였으나 뾰족한 대책은 없었다. 그저 실연의 아픔에서 벗어나 길 바라는 수밖에 없었다. 그토록 재미있었던 게임도 시들해져 서 별 흥미를 느끼지 못하게 되었다.

이렇게 실의에 빠진 채 겨울이 왔는데 그때쯤 장달이는 빼

빼 말라가는 자기 몸에 걱정이 되었는지 어느 날 갑자기 헬스클럽에 등록하고 운동을 시작하고 거실에는 커다란 홈짐(Home Gym: 가정용 근육 운동 기구)을 사다 놓았다. 이제 집 식구들이 모두 운동을 하게 되었는데 중달이가 매우 좋아하였다. 어찌 됐건 장달이는 서서히 실연의 아픔을 극복하고 운동을 하면서 식욕도 조금씩 되찾기 시작했다. 곧바로 새해가 와서 졸업을 하고 봄이 또 왔다. 장달이는 이제 대학생이 아니라 남들처럼 백수로 불리게 되었다.

"흐흠, 정신을 차리자. 펑줄 연습도 더 하고 금광석이 있을 만한 곳을 찾아보자."
장달이는 이제 유미를 잊고 금을 찾기로 다짐했다.
그렇게 또 여러 날이 지나갔을 때였다.

21

오랜 옛날에는 금을 버렸단다

그러던 하루는 거실에서 TV를 보던 중에 엄마가 이상한 이야기를 했다. 전부터 말주변이 좋으신 엄마가 어려서부터 옛날 이야기를 많이 들려주었는데, 다 커서는 옛날 이야기를 잘하지 않았다. 왜냐하면 옛날 이야기의 소재가 모두 동나서 재탕, 삼탕인 이야기뿐이었고 장달이나 중달이도 이제는 별 흥미를 갖지 못하기 때문이었다.

그런데 엄마가 하시는 말씀이 장달이에게는 귀가 번쩍 뜨이고 두 눈이 황소 눈 만하게 커지게 하였다.

"아주 오랜 옛날에는 말이다. 금은 가치가 없었단다. 단단한 쇠가 값어치가 있었지. 그래서 쇠돌을 찾아내서 그걸로 칼이나 창, 농기구 등을 만들었단다. 그런데 금은 너무 물러서 아무짝에도 쓸모가 없었던 거야. 그러니 어쩌겠어? 녹여서 금이 나오면 쓰레기처럼 버렸단다."

"예에? 그 말이 정말이에요?"

"내가 어렸을 때 할머니, 할아버지에게 들은 얘기다. 그런데 이치를 생각해 봐도 맞는 말인 것 같아. 그렇게 푸대접 받던 금이 장신구로 가공이 쉽고 쇠처럼 녹이 슬어서 썩지 않으니까 그때부터 귀한 금속으로 대우를 받게 된 거야."

"그러네요. 이 얘기를 또 누가 들었나요?"

"시골에 계신 외삼촌이랑 같이 들었다."

"그래요? 당장 내려가서 확인해야겠어요."

"호호호, 그래라. 아주 오래전 초기 철기 시대 이야기라 중간에 누가 꾸며 대었는지도 모른다."

"괜찮아요. 생각해 보니 이치에 맞는 말이에요."

이렇게 해서 장달이는 들뜬 마음으로 며칠을 보내고 토요일 날 시골에 내려가기로 했다.

드디어 토요일,

장달이는 운전해서 고속도로 두 시간 국도 한 시간 거리의 매향리라는 시골에 갔다.

외삼촌과 외숙모는 언제나 그렇듯 매우 반갑게 맞이하셨다. 외삼촌은 엄마의 동생으로 다섯 살이나 나이 차이가 난다. 첫째 외사촌은 남자인데 장달이보다 일곱 살이나 아래이다. 그래서 외사촌도 장달이를 보면 '고모네 형'이라면서 잘 따랐다.

"외삼촌, 엄마가 그러는데 아주 오래전 초창기 철기 시대에는 금은 물러서 창이나 칼, 농기구를 만들지 못하기에 버려졌다는데요. 이런 옛날 이야기 들으셨어요?"

"하하하, 어려서 듣긴 들었지. 왜 금 찾으러 다니냐?"

"찾아보려고요. 그럼 금을 어디다 버렸을까요?"

"어디다 버렸을까, 대장장이들이 쇠를 녹인 다음 잡석이나 금은 함께 쓰레기처럼 한편에다 버렸겠지."

"그러네요. 만약 그걸 찾는다면 돈방석에 올라앉겠네요."

"글쎄다. 일정 시대에 왜놈들이 금이란 금은 죄다 파갔다는데 지금까지 남아있을 리가 없다."

"혹시 모르잖아요. 워낙 오래전이라 그런 곳이 흙 속에 매몰되어서 발견되지 않을 수도 있을 것 같아요."

"하하하, 그런 희망만을 가지고 덤비기엔 좀 무리인 것 같다."

"만약 그런 데가 있다면 어떻게 찾아볼 수 있을까요?"

"하이구, 나도 더 이상 모른다. 만약 있다면 아주 오래전에 대장간 터를 찾으면 될 것이다. 어쩌면 지명에 쇠 금 자가 들어가 있을 수도 있어. 순수한 우리 지명을 조선 시대 학자들이 한자로 표기하면서 따뜻한 물이 나오면 온(溫) 자를 쓰고 쇠가 나오거나 쇠와 관련이 있으면 쇠 금(金) 자를 썼다고 한다. 그래서 지금도 온 자가 들어간 지명 중에서 온천수가 나오는 곳이 많다고 하더라."

"아~, 그렇군요. 외삼촌 말씀이 맞아요. 일단 쇠 금 자가 들어간 지명을 알아보고 그런 곳에 가서 오래전에 쇠가 나왔는지 알아보면 되겠네요."

"그건 이론이다. 적어도 수천 년 전 이야기인데 맞을 확률은 1할(10%)도 안 될 것 같다."

"그것만으로도 족합니다. 거기에다 제 인생을 건 것은 아니니까, 한번 시도나 해 봐야겠어요."

"아무렴, 그래라."

장달이는 외삼촌의 말씀에 더 한층 고무되었다.

"아 참, 한 가지 더 알아둘 게 있다."

"예에? 뭔가요?"

장달이는 또 한 번 정신이 번쩍 들면서 외삼촌을 쳐다보았다.

"단순히 지명으로 찾기엔 역부족이다. 왜냐하면 일정 시대에 왜놈들이 좋은 지명을 많이 격하시켰어. 예를 들면 봉황새의 봉(鳳) 자를 닭 계(鷄)로 바꾸고 클 태(太) 자를 큰 대(大) 자로 바꾸는 등 제멋대로 횡포를 부렸다. 그러니 아주 오래전에 쇠가 나와 쇠 금 자를 썼다가 쇠가 더 이상 나오지 않으니까 다른 이름으로 바꾸어 놓을 수도 있다는 얘기다."

"아하, 그렇군요. 쇠 금(金) 자 대신에 돌이 많으면 돌 석(石) 자로 바꾸어 놓을 수도 있겠네요."

"그렇단다. 아니면 그 후에 밤나무를 많이 심어서 밤 율(栗) 자를 쓴다든지, 뽕나무를 많이 심어서 뽕나무 상(桑) 자를 쓴다거나 이렇게 지명이 변할 수도 있었을 것이다."

"예, 맞는 말씀입니다. 그러면 아주 오래전 한자 지명이 들어가 있는 지도를 봐야겠네요."

"글쎄, 그런 지도가 있으려나. 대동여지도 같으면 몰라도. 내가 어렸을 때만 해도 한자 지명이 있는 지도책이 더러 있었는데 요즘 나오는 지도 보니까 모두 한글 표기더라. 아무튼 그런 한자 지명 지도를 구해 봐야 할 것이다."

"예, 고맙습니다. 한번 알아보지요. 요즘은 인터넷이 발달되어 있으니 큰 헌책방도 인터넷이나 전화로 문의해 볼 수 있어요. 서울 황학동이나 인사동에 고서적 파는 곳에 가서 알아봐야겠어요."

"그래라, 금맥 찾으면 한턱 내라."

"하하하, 당연히 그래야지요. 아주 중요한 정보를 주셨는데. 그런데 큰 기대는 하지 마세요. 로또보다 더 확률이 낮을 것 같아요. 그래서 아버지도 여기저기 돌아다니다가 싸게 내놓은 급매물 땅이 있으면 알아보라고 하셨어요."

"맞아, 그게 현명한 거지. 인생이란 그렇게 복선을 깔아 놓아야 해."

"예, 옳은 말씀입니다."

장달이는 외삼촌이 주신 정보에 더 한층 기운과 용기가 났다. 둘은 얼마간 대화를 더 하다가 장달이는 서울로 올라왔다.

장달이는 곧바로 인터넷을 검색하여 옛날 지도를 판매할 만

한 헌책방을 찾아서 옛 지도가 있느냐고 전화로 문의하기 시작하였으나 한자 지명이 있는 옛 지도를 파는 곳은 없었다.

하지만 기회는 있었다. 왜냐하면 아직도 많은 헌책방이나 골동품 상가의 사장들은 인터넷 활용을 모르고 있었던 것이기 때문이다. 이런 곳은 일일이 발품을 팔아서 다녀야 했다.

아무튼 장달이는 아주 급한 일이 아니었기에 틈이 나는 대로 청계천, 황학동의 헌책방과 골동품 상가에 들려서 고지도를 찾았다. 운이 좋게도 고지도는 아니지만 한자 지명이 있는 헌 지도책을 구하기도 하였다.

인사동도 다녀 보고 그 외에 서울의 여러 곳을 찾아다녔으나 만족할 만한 자료를 입수하지 못하여 KTX를 타고 대구나 부산까지 내려갔다.

이러는 사이에 날짜는 흐르고 흘러서 졸업 후 첫해인 초여름까지 자료를 구하러 다녔더니 이십여 종류의 옛 지도를 구할 수 있었다. 어떤 것은 책의 형태를 하고 어떤 것은 지그재그로 접어지는 형태를 한 것도 있었다.

여기서 또 문제가 되는 것이 있었는데 한자가 어려워서 읽기가 어려운 글자도 있었고, 낡아서 알아보기 어려운 글자도 있었다. 뿐만 아니라 어디가 어딘지 전혀 가늠할 수 없는 자료도 있었다. 쇠 금 자가 들어간 금오산이 전국 여러 곳에 있었는데 이것은 쇠와는 관련 없는 금까마귀와 관련된 전설이 있는 산이었다. 어찌 되었든 장달이는 그동안 현지답사를 나가지 않고 문헌연구에만 몰두하였다.

22

진금산(眞金山)을 찾아

 그해 초여름쯤으로 일찍 깨어난 매미 소리가 더러 들려올 무렵이다. 장달이는 한 군데 신뢰감이 가는 산 이름을 발견하였기에 찾아가기로 하였다.

 오래되어서 낡은 지도첩에 진금산(眞金山)이란 산이 나오는데 이게 도대체 어디쯤인지 가늠할 수가 없었다. 대동여지도처럼 시커먼 벌레 모양의 산세(山勢)를 그려 놓았는데 주변이 어딘지 알 수가 없었다. 할 수 있는 방법이라고는 다른 지도첩에서 이런 비슷한 모양을 찾아내는 것인데 이게 도무지 쉽지 않았다. 그 산이 그 산 같았기 때문이다.
 하지만 장달이는 포기하지 않고 여러 지도첩을 비교해 가면서 비슷한 그림 찾기에 열중하였다. 그렇게 거의 한 달 동안이나 고심 끝에 찾아낸 지명이 오늘날 예리읍 근처와 비슷하다고 결론지었다. 예리읍으로 추측되는 곳은 옛 지도에는 송흥리(松

興里)라고 표기되어 있었다.

"이번엔 여러 날 있다가 오겠습니다."

"왜? 어디 좋은 장소를 찾았느냐?"

엄마, 아버지가 이구동성으로 말씀하셨다.

"확실한 산은 아니지만 그동안 지도를 분석해 본 결과 지금의 예리읍 근처에 진금산이란 산이 있었던 것 같아요. 지금은 그런 지명이 없지만 답사 나가서 구체적으로 알아보려고 합니다.

"오호, 그래? 잘하면 노다지를 발견한다 이거지."

"글쎄요. 한번 나가 봐야지요."

"알았다. 그동안 너무 집안에만 틀어박혀 있었으니 바람 쐴 겸 갔다 오너라. 혹시 싼 매물 있으면 알아보고, 전원주택 자리면 금상첨화다. 앞에 개울이나 계곡이 있으면 최고다."

"예, 잘 알았습니다."

"그럼 얼마나 있다가 올래?"

"한 보름 정도 계획하고 있어요. 지도에 나타나질 않아서 일일이 현장 답사를 해 봐야 합니다. 운이 좋으면 오래전 진금산을 찾을 수도 있겠지요."

"으흠, 그럴 것이다."

이렇게 해서 장달이는 온갖 도구를 준비해서 차에 싣고 예리읍으로 출발하였다. 온갖 도구는 기본으로 늘 가지고 다니는 펑줄과 휴대용 금속 탐지기, 카메라, 노트북 등인데 배낭에 넣고 간식으로 먹을 빵이나 과자 등도 챙겨 넣었고, 혹시 야영 생활을 할지 몰라서 텐트와 캠핑 장비 일체도 차에 실었다.

예리읍에 도착해서 맨 처음에는 숙소를 저수지 근처의 펜션으로 정할까 하다가 매번 식사하기가 귀찮을 것 같아서 읍내의 모텔에서 자기로 했다. 모텔도 주차장이 있었고 근처에 식당들도 많았기에 우선 여기에서 며칠 묵으면서 다음 장소를 물색하기로 했다.

그렇게 해서 장달이는 예리읍의 '비엔나'모텔로 숙소를 정했다. 하룻밤 숙박비가 펜션의 반값 정도밖에 되질 않았기에 매우 흡족했다.

다음 날부터 인근 산을 탐방하는데, 이게 또 쉽지 않았다. 대부분 알려진 등산로가 없었고 사람들이 오가던 산길을 찾아야 했기에 한참을 헤매야 했다. 뿐만 아니라 마을 사람들로부터 배낭 수색까지 당해야 했다. 외지에서 약초나 산나물을 채취하러 오는 사람들이 있다면서 배낭을 보자는 것이다. 다행히 배낭 속에는 호미나 작은 삽 등이 없었기에 올라갔다 와도 좋다는 허락을 받은 셈이었다. 시골 인심도 이렇게 서서히 무너지고 있었다.

그렇게 힘들게 높고 낮은 정상에 올라서서 옛 지도와 비교하면서 진금산을 찾아보려 했으나 도무지 어디가 어딘지 가늠할 수가 없었다. 시커먼 벌레가 꿈틀거리면서 기어가듯 그려진 산들이 지금 보는 산과 어떻게 비교하여 확인한단 말인가.

"김정호는 아마 유에프오를 타고 다니면서 지도를 그렸나 보다."

이런 탄식이 저절로 입에서 나왔다. 장달이는 포기하지 않고 등고선의 산들과 까만 벌레 산들과 비교를 하면서 산세를 알아보려고 애를 썼다.

그렇게 예리읍에서 일주일가량을 보냈는데 별 소득이 없었다. 아무리 해도 비슷한 산 모양을 찾을 수가 없었기 때문이다.

"이 옛 지도가 잘못되었나? 고서점 주인 말로는 조선 시대 것은 아닌 것 같고, 후에 일정 시대쯤에 누군가가 지도를 필사한 것 같다고 말하던데, 필사할 때 잘못 그린 것은 아닌가?"

장달이는 이런 의구심이 자꾸 떠올랐다. 즉, 누군가 필사를 할 때 엉뚱한 산에 진금산이라고 표기한 것이 아닌가 하는 생각이 들었다.

열흘이 지난 후 장달이는 짐을 싸서 다른 곳으로 이동하기로 결정했다. 현대 등고선 지도에 동남쪽으로 비슷한 산세가 있는 것 같고 작은 개울도 표기되어 있었기에 그리로 가 보기로 결정했다. 이제는 진금산을 찾는 것이 아니라 '시골 땅에 뒤에 산이 있고 앞에 개울이 있으니 전원주택지로 적합하다.'고 한 아버지 말씀을 떠올리면서 한 번 가 보기로 한 것이다. 그렇다고 진금산을 완전 포기한 것은 아니었다. 겸사겸사 답사를 나가는 것이다.

　차로 이십여 분 이상 걸려서 간 곳은 완전한 시골이었다. 농가도 드문드문 있었고 물이 있는 곳에는 논이, 아니면 산 아래 자락에는 밭이 있었다. 외길로 된 포장도로가 있길래 장달이는 길이 있는 데로 그냥 갔다. 그렇게 얼마를 또 갔는데 드디어 포장길이 끊기고 마을버스의 회차 지점인지 조금 넓은 공터에 버스가 회차한 바퀴 자국이 나 있었다. 그 뒤로는 비포장 길이 흙과 자갈, 잡풀들이 자라고 있었다. 즉, 그 안쪽으로도 사람이 사는 것으로 생각되어서 장달이는 천천히 그쪽으로 차를 몰았다.

　대체로 지형이 왼쪽으로는 작은 개울, 비포장 길, 밭, 산으로 이어져 있었다.

　그렇게 얼마 정도 가서 오른쪽으로 길이 약간 구부러졌는데 그 길을 돌아서니 아주 허름한 농가 한 채가 나타났다. 농가의 옆으로는 밭들이 쭈욱 연결되어 있었고, 왼쪽 개울 옆으로는 폭이 좁은 논이 기다랗게 연결되어 있었다.

　'이런 오지에도 아직 사람이 살고 있는 모양이네.'

　장달이가 이런 궁금증을 가지고 서서히 근처로 가고 있는데 마당에 차의 바퀴 자국이 남아있는 것으로 보아 분명 사람이 살고 있었다. 그 차의 바퀴 자국은 경운기 바퀴 자국이었는데 경운기를 잘 모르는 장달이는 일반 차인 줄 알고 있었다.

장달이는 집 앞에 주차하고는 내려서 농가를 기웃거렸다. 오래된 작은 본채는 기와집이고 그 앞으로 투명한 비닐 골판으로 덧대어서 비가림을 하였다. 한쪽 옆으로는 스레트 지붕으로 만든 헛간과 무슨 짐승 우리가 있었는데 소나 돼지의 소리는 들리지 않았다.

마당 한편에는 커다란 감나무가 서 있고 그 아래에 오래되어 보이는 들마루가 놓여 있었다. 이름 모를 산새들의 울음소리가 들리고, 매미 소리도 간간이 들려왔다.

"계신가요?"

"……."

"누구 계신가요?"

"……."

아무런 인기척이 없자, 장달이는 커다란 감나무가 그늘을 만들어 준 들마루에 털썩 앉았다. 저편으로는 펌프 우물이 보였다.

'아직도 이런 시골집이 있네. 지금은 다들 전기 펌프를 쓴다고 들었는데.'

장달이는 자못 신기해서 펌프 우물에 가서 펌프질을 해서 한 바가지 물을 담아 마시기도 하고 세수도 하였다.

"누구시오?"

등 뒤에서 할아버지 목소리가 나기에 장달이는

"아, 예, 지나가다 들렀습니다."

하고 인사를 했다.

"그러시우, 닭 사러 왔소?"

"예에? 닭이요?"

"토종닭 사러 온 거 아니요?"

"닭 사러 온 것은 아닌데 토종닭을 파시는 모양이지요."

"예. 산판에서 큰 닭이라고 사람들이 알고는 알음알음 닭 사러 오기도 합니다."

"아, 그렇군요. 저는 그냥 지나가다가 잠시 쉴 겸 물 한 모금 마시러 들렀습니다. 그런 토종닭은 비싸겠네요?"

"쪼금 비쌉니다. 하지만 좀 커요, 영계는 없고 중닭 이상이지요."

"한 마리에 얼만데요?"

"만 오천 원부터 있습니다. 그런데 안식구 없이 혼자 왔소?"

"하하하, 아직 결혼하지 않았습니다. 그냥 시간 나길래 길 난 대로 오다 보니 여기까지 오게 되었네요. 이 앞에 개울도 있고 뒷산도 있고 공기가 아주 좋아요."

"좋지요. 저쪽으로 가면 텐트 칠 자리도 있어요. 여름철에는 읍내 사람들이 더러 오기도 합니다. 거기다 텐트 치고 이삼일 있다 가기도 합니다."

"아 그래요? 저도 마침 여기서 텐트 치고 며칠 쉬었다 갈 생각이었는데. 자릿세 있나요?"

"자릿세는 없고 그냥 토종닭이나 팔아 주면 되지요."

이때쯤 할머니도 나타났다.

"안녕하세요. 지나가다 들렀습니다."

"예, 쉬어다 가세요."

할머니는 더 이상 말이 없이 장달이만 보고 부엌으로 들어갔다.

"여자가 없으면 조리하기가 성가실 텐데."

"예, 그렇지요. 그냥 대충 해 먹고 다닙니다. 그럼 혹시 토종닭 사면 조리도 해 주나요?"

"해 줍니다. 중닭으로 백숙, 닭도리탕 삼만 원 받아요. 안식구 손맛 값이죠."

"하하하, 그렇군요."

그런데 할아버지가 말씀하실 때마다 바람 새는 소리가 나길래 장달이가 고개를 들어서 살펴보니 앞니가 빠지고 없었다.

"할아버지, 치아가 빠졌네요."

"늙으니 성한 데가 없어요. 앞니가 세 개나 빠졌지요. 윗니하나, 아랫니 둘."

"그러세요? 요즘은 치과 기술이 좋아서 임플란트하면 감쪽같던데요."

"알지요. 그런데 임플란트 비용이 대단합니다. 읍내 치과에서도 한다는데 내가 한다면 여덟 개를 해야 한다네요. 지금 남아 있는 치아도 수명을 다해서 곧 빠진다고 하니, 어쩝니까. 한 개 값도 없는데 여덟 개나 임플란트를 할 수가 있나요. 그럭저럭 갈 때까지 합죽이로 살아야지요."

"하 참, 그러시군요. 안타깝네요. 요즘 비용이 내려갔다고 해도 여덟 개나 되면 큰돈입니다."

"그렇지요."

장달이는 할아버지와 얼마간 더 대화를 했는데, 할아버지 내외가 매우 궁색하게 살고 있음을 알게 되었다.

둘은 이런저런 대화를 조금 더 하다가 장달이가 먼저 텐트를 쳐야 한다고 일어섰다.

할아버지가 알려 준 곳은 개울물의 흐름으로 보아 약간 상류 쪽으로 삼사십 미터 올라가니 개울 옆과 길이 맞닿은 곳에 여러 개의 텐트를 칠 수 있는 빈 땅이 있었고 텐트를 쳤던 흔적이 보였다. 그런데 장달이가 가만히 생각해 보니 여기에다 텐트를 치고 짐을 풀게 되면 몇 가지 걱정거리가 생길 것 같았다. 첫째는 혼자 왔기에 아무도 없는 텐트에 혹시나 도난이 생길까 하는 것이고 두 번째는 노트북, 핸드폰 등을 위한 전기를 쓸 수가 없었다.

"할아버지, 저 위쪽으로 가 보았는데 자리가 저한테는 마땅치 않아요. 혼자 와서 여기저기 돌아다니려니 짐 걱정도 되고 전기를 쓸 수도 없어요. 여기 마당 근처에 텐트를 치면 안 될까요?"

"어허, 그렇기도 하네. 그럼 저쪽 마당 끝자락에 텐트를 치시오, 거기도 텐트를 쳤던 흔적이 있소이다. 며칠이나 묵어갈라우?"

"아, 그랬군요. 감사합니다. 한 사나흘 있다가 가려고 합니다."

이렇게 해서 장달이는 할아버지의 마당 끝자락에 캐빈형 텐트를 치고 공기 충전식 매트리스를 깔고 접이식 탁자와 의자를 펼쳐 놓으니 방과 다름없었다. 옆에서 할아버지가 신기한 듯 구경도 하면서 간간이 거들어 주셨다.

기다란 전선을 기둥에 붙은 콘센트에 연결하니 이제 텐트는 문명 생활을 시작할 수 있게 되었다.

"모텔 숙박비 내지 않고도 마음 편하게 지낼 수 있게 되었다."

장달이는 매우 흡족하였다.

잠시 후, 점심때가 되어서 장달이는 코펠과 버너를 꺼내어 라면을 끓이려는데, 주인 할머니가 오시더니 점심을 같이 먹자고 하셨다. 장달이는 미안하여 사양하였으나 할아버지까지 나서서 숟가락 하나 더 얹어 놓는 거라면서 같이 먹자고 하여서 마지못해 승낙하였다. 곧바로 들마루에 점심상이 차려지고 된 장찌개와 김치 종류를 반찬 삼아서 셋은 점심을 먹었다. 의외로 구수한 맛이 일품이었다.

"할아버지 여기 뒷산에 올라가도 되나요?"

"아 되지요. 저쪽으로 가면 산길이 있고 한참 올라가면 조망이 좋은 곳이 나옵니다. 거기에 내가 넓적한 돌과 나무토막도 가져다 놓아서 의자 삼아서 쉬었다 와도 돼요. 바람도 시원합니다."

"그렇겠군요. 그런데 산이 나무가 듬성듬성하네요. 돌이 많은가 보지요."

"돌이 많아서 돌산이라고 합니다. 저편 쪽으로 가면 너덜겅(돌이 많이 흩어져 있는 비탈)도 여러 군데이지요."

"아하, 그래서 돌산이군요. 그럼 여기 동네 이름은 무엇인가요?"

"여기요? 예리읍(禮梨邑) 석리(石里)라고 합니다."

뭔가 기대를 했던 장달이는 실망을 하고 말았다. 혹시라도 쇠 금 자가 들어가지나 않나 하는 기대감이 무너진 것이다.

"석리인데 예전 어른들께서는 돌부리 마을이라고 했다는군요. 아마 이게 맞는 이름일 것 같습니다."

"으음, 그렇군요. 돌부리면 부리가 새 주둥이란 뜻인데. 돌산의 모양이 새 주둥이 같은 모양이지요."

"하하하, 그런 모양이요. 이 산 위에 새 부리처럼 생긴 큰 바위가 있어요. 아마 그걸 보고 돌부리라고 한 모양이지요. 예전 어른들이, 하하하."

"아, 그렇군요."

점심 식사 후 텐트에 들어온 장달이는 현대 지도를 꺼내어 여기 지명을 알아보니 돌산은 석산이고 석리로 되어 있었다.

'혹시 아주 오래전에 이 근처에서 쇠돌이 나오지 않았었나. 쇠돌이 나왔다가 더 이상 나오지 않고 버려져서 돌투성이가 되어 버리니까 돌산이라고 부른 것만 같았다. 돌산이 석산으로 한자 지명을 쓴 것만 같았다.' 하지만 그 어느 하나 믿을 만한 내용은 못 되고 그저 막연히 추측만 할 뿐이었다.

장달이는 나침판과 평줄, 음료수를 배낭에 넣고 산을 오르기 시작했다. 사람들이 거의 다니지 않은 산길을 오르다 보니 좌우측으로 너덜겅이 보이고 너덜겅을 가로 지르고 계속 올라갔다. 산길은 평지 길은 거의 없고 다소 경사진 길로 오르다가 삼십여 분 정도 지나서 다소 밋밋한 산길이 나타나더니 곧바로 경사진 길이 나타났다. 할아버지 말씀대로 우측에 커다란 바위산이 나타났는데 산길이 그쪽으로 연결되어 있었다. 이 바위가 새 부리처럼 생겨서 돌부리산으로 불린 모양이었다.

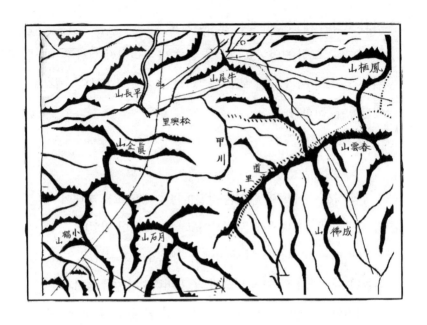

　그렇게 거의 한 시간 정도 올라가서 조망이 좋다는 바위(돌부
리 바위) 위로 올라갔다. 거긴 평평했는데 할아버지가 가져다
놓았다는 넓적한 돌 몇 개와 나무토막이 의자 구실을 하고 있
었다.

　과연 그 앞에 서니 앞에 시야가 확 트이는 게 저 멀리까지 보
였다. 왼편으로 멀리 보이는 곳이 예리읍 방향이었고 저 멀리
에는 크고 작은 산들이 능선을 이루면서 한 폭의 동양화를 연
상케 하였다.

　"흐흠, 과연 조망은 좋구나. 이런 곳에 정자를 하나 세우면
금상첨화겠다. 올라오는 길이 경사지어서 포클레인으로 지그

재그 경사 길을 만들면 좋을 것이다.”

장달이는 나무 의자에 앉아 기분이 매우 유쾌해졌다.

한숨을 돌린 장달이는 먼저 카메라로 주변을 모두 찍은 다음에 지도와 나침판을 꺼내어 현대 지도에서 이곳의 위치를 찾아보니 ‘석산’으로 산 이름이 붙었다. 사람들이 돌산으로 부르는 것을 한자인 ‘石山’으로 표기한 것이다. 이어서 시험 삼아서 펑줄을 꺼내어 움직임을 보았으나 무슨 신호인지 전혀 감지할 수 없었다. 그동안 연습해 온 금에 대한 반응은 나타나지 않았다.

“여기에다 정자를 세우고 저 아래에 전원주택을 지으면 곧바로 팔릴 것 같다. 앞에 개울도 있고, 비포장도로가 얼마 있긴 한데 그건 문제가 될 것 같지 않다.”

장달이는 이렇게 혼자서 계획을 세웠다.

거기에서 위쪽으로 얼마간 더 올라가면 능선이어서 장달이는 그곳까지 올라갔다. 이번에는 저쪽 산의 능선들이 쭈욱 보였다. 그쪽으로는 민가가 없는지 아니면 산에 가려서 보이지 않는지 그냥 산만 보였다. 거기도 조망에 매우 좋았다.

잠시 후, 장달이는 내려오면서 너덜겅에서 펑줄을 꺼내어 시험해 보고 혹시 아주 오래전에 사람들이 인위적으로 돌을 깨트렸나 확인을 하기 위해서 돌을 주어서 이리저리 살펴보았으나 정에 맞아서 깨진 돌은 발견할 수가 없었다. 모두 자연적으로 돌들이 쌓인 너덜겅인 모양이었다.

장달이가 다 내려와서 텐트에 배낭을 풀고 세수라도 할 요량으로 펌프 우물 가게 갔는데 할아버지와 할머니가 두런두런 무슨 말씀을 하시는 것 같더니, 곧바로 할아버지가 경운기 쪽으로 다가가고 있었다.

장달이는 무슨 생각을 했는지 발을 씻으려다 말고 할아버지에게 갔다.

"어디 가시게요?"

"막걸리 사러 갑니다. 반주로 막걸리 한두 잔을 마시는데 막걸리가 다 떨어졌네요."

"그럼 저도 같이 가요. 살 게 있습니다. 어디로 가시나요?"

"버스 종점에서 한참 더 가면 마을이 있는데 거기에 가게가 있지요."

"거기까지 경운기 타고 갔다 오려면 한참 걸리겠네요."

"그렇지요. 삼사십 분은 걸리지요."

"할아버지, 제 차 타고 가시지요. 차가 훨씬 빠릅니다."

"어허, 그럼 그럴까, 젊은이에게 신세 좀 져야겠네."

"아이참, 무슨 신세요. 제가 신세 지는 거지요."

이렇게 해서 돌산 할아버지는 장달이의 SUV차에 탔다.

"할아버지, 읍내 마트에 가면 더 싸지 않을까요?"

"아 읍내 장이나 마트에 가면 싼 줄 아는데 거기까지 갈 수가 있나요? 경운기 타고 갔다 오려면 시간도 시간이거니와 연료비가 더 많이 들어서 배보다 배꼽이 큽니다. 꼭 가려면 마을 버스를 타야지요."

"아하, 그렇군요. 마을버스가 있어서 다행이네요."

"명색이 마을버스지 하루에 네 번 옵니다. 오전에 두 번, 오후에 두 번 그거 놓치면 걸어서 와야지요."

"아이구, 정말 시골 살기 어렵겠네요. 차가 있으면 몰라도."

"그러니 너도나도 마을을 떠나는 겜니다."

"할아버지, 이왕 차 탔으니 읍내 마트로 가시지요. 오늘 장날 아니지요? 저도 느닷없이 텐트를 치고 보니 살 게 여러 가지 있어요."

"나야 좋지요."

읍내가 멀다고는 하나 아스팔트 도로라 이십여 분도 채 안 되어 큰 마트로 갔다. 여긴 지난번 모텔에서 묵을 때 알아 두었던 마트였다.

할아버지는 차를 얻어 타고 여기까지 와서 막걸리를 사게 되었다면서 매우 흡족해했다. 그리곤 막걸리 이외에도 몇 가지 생필품을 사서 바구니에 넣었다.

"할아버지, 계산하지 말고 잠깐만 더 계세요. 제가 몇 가지 더 사야 합니다."

"그러시우."

장달이는 급히 돌아다니면서 소주와 맥주 몇 병을 사고 찬거리 부식도 사고, 소고기, 돼지고기, 오징어도 샀다. 그리곤 부대찌개에 들어가는 햄과 라면 사리도 샀다. 그리고 이런 시골에 와서 꼭 필요한 것이 화장지였기에 화장지 24개짜리 한 팩과 물티슈도 샀다. 아무튼 생각나는 대로 집안 살림에 필요한 것들을 여러 가지 샀다.

"할아버지, 그거 이리 내세요. 제가 한꺼번에 계산할 테니."

"어어~ 그러면 안 되는데. 신세를 너무 지는데."

"아이참, 괜찮아요. 막걸리 몇 병이 얼마나 간다고."

이러면서 막걸리를 보니 겨우 네 병을 담았다. 그만큼 궁색한 살림이었다.

"이거 네 병이면 나흘밖에 못 가잖아요. 집에 냉장고 있지요?"

"냉장고는 큰 게 있지요."

"그럼 됐어요. 막걸리 여섯 병 더 가져오세요. 열흘 정도는 냉장 보관 가능할 것입니다."

이러니 할아버지는 몸 둘 바를 모르면서 막걸리 여섯 병을 더 가져와서 열 병이 되었다.

돌아오는 길에 할아버지는 초면인 젊은이에게 신세를 많이 진다고 거듭 말씀하시었다.

"젊은이는 무얼 하는 사람인데 이렇게 한가롭게 다니시우? 손을 보니 부잣집 자제 같은데."

장달이의 손이 일한 손이 아니고 희고 갸름한 것을 보고 한 말씀이었다.

"손요? 사실은 이번에 대학교 졸업하고 취업도 안 되어서 머리도 식힐 겸 기분 전환하러 그냥 여기저기 다닙니다. 물 좋고 공기 좋은 곳을 찾아서 며칠씩 쉬려고요."

"허허, 그렇군요. 뉴스를 보니까 정말 대학교 졸업하자마자 백수 된다고 떠들더니만."

"예, 그런 셈입니다."

"그렇게 혼자 돌아다니다 보면 끼니가 제일 문제일 텐데요."

"예, 해먹기 귀찮아서 사 먹고 다닙니다. 라면이나 끓여 먹었지요."

"허허허, 나도 안식구가 없으면 밥상 차리기 성가셔서 라면으로 한 끼 하지요. 끼니 차리기 귀찮으면 식비나 조금 내고 같이 먹지요."

"예에? 그렇게 해도 되겠습니까?"

"암만, 되지요. 어차피 차리는 밥상인데."

"그럼 식사비는 얼마나 드릴까요?"

"아 그냥 거저는 안 되고 천 원만 내시게."

"예에? 한 끼에 천원이요? 아이구, 그건 말도 안 돼요. 읍내 식당에서 백반을 오륙천 원 받더라고요."

"거긴 영업집이니까 그리 받아야 먹고 살겠지만 우린 그냥 차린 밥상에 숟가락 하나 더 얹는 셈이니 걱정 말아요."

"아이참, 그래도 천 원이라면 말도 안 돼요."

그 할아버지는 이미 신세를 졌다고 생각해서인지 너무 큰 아량을 베풀고 있었다. 그래서 장달이는 할아버지와 몇 마디 더 입씨름하고는 한 끼에 삼천 원으로 하고 토종닭 값은 별도로 계산한다고 합의를 하였다.

그렇게 둘은 이런저런 얘기를 하다 보니 금세 집으로 돌아왔다. 냉장고는 마루가 부엌으로 연결된 끝에 있어서 부엌에서나 안방에서 손쉽게 접근할 수 있었는데, 한눈에 보아도 음식점 업소용 양문형 큰 냉장고였다.

장달이는 사 온 물품 중에 식재료는 모두 냉장고에 넣는데, 그 옆으로는 뚜껑형 김치 냉장고 있었다. 이러면서 냉장고 문을 열어 보니 칸마다 대부분 비어 있었고, 몇 가지 반찬뿐이었다.

"아이구, 두 분밖에 안 계신 데 냉장고가 엄청 크네요."

"아 그거, 우리 큰애가 식당을 할 때 버리기 아깝다고 가져다 놓은 거랍니다."

옆에 있던 할머니가 해명을 했다.

"아 그렇군요. 여기 김치 냉장고도 있네요."

"그것도 그때 차에 실도 온 건데 전기세 많이 들어가서 지금은 쓰지 않아요. 그냥 비어있어요."

그런데 이때 할머니는 장달이가 식재료를 넣는 것을 보고는 그게 다 장달이 혼자서 먹을 것인 줄 알고는 약간 놀란 표정을 지었다.

"할머니, 여기 사 온 식재료는 제가 여기 있는 동안에 함께 먹을 것입니다. 식사도 같이하기로 했어요."

"예에? 이것을 함께 먹는다고요."

"예. 할아버지랑 의논했어요."

그때 저쪽에 있던 할아버지가 와서 이러저러했다고 할머니에게 얘기하니 할머니 역시 매우 좋아하는 눈치였다. 외진 시골에서 사 먹기 어려운 쇠고기, 돼지고기에다가 굴비도 있고 각종 부식 등이 있었기 때문이다. 게다가 식비를 별도로 삼천 원을 준다니 이게 웬 횡재인가 싶었다.

장달이가 식재료를 냉장고에 다 넣고는

"할머니 김치찌개 끓일 줄 아시지요?"

하고 물었다.

"김치찌개야 아무나 끓이는데요."

"하하하, 그렇지요. 오늘 저녁때는 김치찌개에 다른 것들을 조금 더 넣어서 맛있는 찌개를 끓여야 합니다. 할머니가 다 준비하면 제가 마무리해서 블루스타(휴대용 가스렌지)에 냄비를 올려놓을게요. 들마루에서 식사하시지요?"

"그렇게 하세요."

이런 말을 남기고 장달이가 들마루에 나와서 잠시 쉬려는데 어디선가 닭들이 한두 마리 나타나더니 대번에 스무 마리도 더 되어 보이는 크고 작은 토종닭들이 마당에 나타나서 "꼬~꼬~" 거리고 있었다. 아마 저녁때가 되어서 먹이를 달라고 하는 모양이었다.

　잠시 후 할아버지가 닭 사료를 그릇 몇 개에 쏟아부으니 닭들이 퍼득 거리면서 사료를 쪼아 먹고 있었다.

　'저 닭을 토종닭이라고 파는 거군.'

　장달이가 물끄러미 닭들을 쳐다보면서 혼잣말을 하였다.

　"총각, 총각!"

　부엌에 계신 할머니가 장달이를 불렀다.

　"예."

　장달이가 대답을 하고 부엌에 들어가 보니 커다란 냄비에 김치찌개 재료를 다 넣고는 이렇게 하면 되느냐고 물어보았다. 장달이는 거기에다 오징어를 도넛 모양으로 썰어 넣고 네모난 캔에 들어있는 햄을 썰어 넣었다.

　"됐습니다. 아주 맛있을 것 같아요. 들마루로 가지고 나가서 익힐 테니까 할머니는 밥하고 찬만 가지고 나오세요."

　"하이구, 얌전하게 생긴 총각이 음식 솜씨도 있나 베."

　"하하하, 대단한 것은 아니고 엄마가 만드는 것을 곁눈질로 조금 보았지요."

　어려서부터 허약했던 장달이는 입이 짧아서 뭐든지 많이 먹질 못하기에 장달이 엄마는 어떻게든 맛있게 해주려고 애를 썼다. 이러다 보니 장달이도 대강 어떤 음식을 어떻게 만드는지 알게 되었다. 지금 만든 것은 따지고 보면 국적 불명의 김치, 오징어, 햄을 넣은 부대찌개라고 볼 수 있었다.

상차림을 들마루에 하고 장달이는 블루스타를 가져와서 부대찌개를 올려놓으니 금세 보글보글 끓기 시작했고, 곧 이어서 할머니가 밥과 김치, 깻잎 장아찌에 방금 뜯어온 상추까지 올려놓으니 잔칫상 못지않았다.

"아이야, 이게 무슨 냄새가 이렇게 좋아. 뭘로 만든 게야"

할아버지가 먼저 칭찬을 했다.

"나도 잘 몰라요, 총각이 뭘 더 넣었슈."

"그냥 할머니가 만든 김치찌개에 오징어하고 햄을 더 넣었어요."

"햄? 그게 뭔가? 여기 이거 소시지 아닌가?"

"소시지 비슷한데 맛은 훨씬 좋아요. 이게 도시에 가면 부대찌개라고 해서 팝니다."

"오호, 처음 보는 음식이네. 읍내에도 이런 음식이 있을까?"

"글쎄요. 아마 있을 것입니다. 그런 부대찌개에 오징어를 더 넣으니 국물 맛이 시원하지요."

"오호라, 총각 덕분에 별 진귀한 음식을 먹어 보게 생겼네."

할아버지는 이렇게 말씀하시면서 젓가락으로 햄을 한 조각 먹어보고는 감탄을 마지않았다.

"이거 정말 별미일세. 이빨 없는 늙은이에게 최고네. 그냥 아이스크림처럼 살살 녹네. 이런 진귀한 음식에 술이 빠질 수가 없지."

할아버지는 얼른 일어나서 막걸리와 소주를 가지고 오셨다.

장달이는 막걸리를 별로 좋아하지 않아서 소주를 한 잔 따르고 할아버지와 할머니는 막걸리를 한 컵씩 따르고는 셋이서 건배를 했다.

 할아버지는 세월의 나이테가 가득한 얼굴로 웃으니 영락없이 이빨 없는 하회탈처럼 보였다. 할아버지 할머니는 지난 오륙 년 전부터 웃음을 잃다시피 살아왔었는데 오늘 장달이를 만나서 파안대소하고 있었다. 웃음을 잃은 원인은 자식 때문이었다.

 통성명도 했는데 할아버지의 존함은 송대섭(宋臺燮)으로 75살이나 되었다. 170cm도 안 되어 보이는 키인데 허리가 약간 굽어서 더 작아 보였다. 그러니 서 있으면 할머니와 비슷한 키였다. 외진 시골에서 위로 아들과 아래로 딸을 낳아 잘 키웠는데 시집간 딸이 아이를 낳고 얼마 안 되어 암으로 죽고, 설상가상으로 아들 녀석이 운영하던 중국 음식점이 잘 안 되어서 치킨집으로 바꾸었다고 했다. 그런데 대개 어른들이 자랑 겸 자식 얘기를 하기 마련인데 여기 할아버지 할머니는 그냥 대충 얼버무리고 말아서 장달이는 조금 의아하게 생각하고 말았다.

 여기 시골집 이야기를 조금 하셨는데, 할아버지는 여기에서 태어나서 이제껏 살아오고 있다고 했다. 할머니는 건넛마을에서 시집왔다고 했다.

 할아버지가 어렸을 때는 여기에 세 집이 살았다는데, 개울

상류 쪽으로 가면 지금 옥수수를 심은 곳에 한 집이 살다가 아주 오래전에 이사 가고, 할아버지 집에서 아래로 붙은 밭에 또한 집이 있었는데 여기도 이사 가고 밭만 남았다고 한다. 그 밭주인이 멀리 살아서 농사를 못 짓기에 할아버지에게 부쳐 먹으라고 해서 거기다 밭작물을 심는다고 하였다. 그러니까 소작은 아닌 셈이다. 그 사람 말로는 그냥 내버려두면 산처럼 되어서 후에 땅을 팔더라도 시세가 나가지 않기 때문에 밭으로 남겨두어야 한다는 것이다.

아무튼 이런저런 이야기를 하였는데 장달이가 듣고 싶은 쇠에 대한 이야기나 진금산에 대해서는 아무것도 모르고 계셨다.

장달이가 생각하길 여긴 전원주택보다 펜션을 지으면 최적지일 것으로 생각되었다. 누가 여기까지 와서 오래 살기는 어려워도 며칠이라도 쉬어가는 곳으로는 적합하였기 때문이다. 그러기 위해서는 오늘 올라갔던 돌부리 바위 위에 정자를 하나짓고 등산로를 잘 만들어 놓으면 금상첨화일 것이라고 나름대로 판단했다.

이들은 밤이 되어서 어둑어둑해져서야 대화를 마치었다.

장달이는 텐트에 들어와서 몸을 눕히니 술기운으로 금세 잠에 빠져들고 말았다.

"총각, 총각."

할아버지가 와서 장달이를 깨웠다.

장달이가 얼른 대답을 하고 나와 보니 벌써 아침상을 차려놓고 있었다. 시골은 아침을 일찍 먹는다는 것이다. 장달이는 급히 세수를 하는 둥 마는 둥 물만 찍어 바르고 와서 아침밥을 조금 먹었다. 원래 아침을 많이 먹지도 않을뿐더러 어제저녁에 포식을 했더니 아직도 배가 든든하였기 때문이다.

"총각, 오늘 우리는 저 위쪽 밭에 가서 풀도 뽑고 일을 해야 합니다. 어디 이 근처 가고 싶은 데 있으면 갔다 오세요."

"아이구, 할아버지, 이제 말씀 낮추세요. 손자뻘 다 되는데요."

"허허허, 그래도 공대(恭待)를 해야지요."

"제가 듣기가 너무 거북합니다."

하지만 할아버지 할머니는 쉽게 말씀을 낮추지 않으셨기에 그냥 공대해야 했다. 조선 시대에 어른 상민들이 어린 양반 자제들에게 굽신거리듯 했는데, 오늘날에서도 그와 비슷한 보이지 않는 신분이 있었다. 장달이가 옷은 허름하게 입은 것 같지만 준수한 외모에 얼굴 피부나 손을 보면 아주 부잣집의 귀한 자식임이 틀림없어 보였다. 더구나 젊은 나이에 저런 큰 차(SUV)를 가지고 다니는 것에 할아버지 할머니는 벌써부터 기가 죽어 있었다. 그뿐 아니라 자기 집에 찾아오는 손님이기 때문에 아무나에게 해라를 할 수도 없었다.

"저기 개울 위쪽으로 가면 내가 파놓은 물웅덩이가 있어서 여름 한 철에는 거기서 물놀이도 할 수 있는데 지금은 물이 찰 게요. 그리고 그 위쪽으로 계속 올라가면 개울이 폭이 작아지면서 오른쪽 계곡으로 연결되는데 그 계곡 따라 쭈욱 올라가면 여기 돌산에서 제일 높은 봉우리가 나옵니다. 거기에 올라가면 예리읍도 다 보이고 동서남북이 훤히 잘 보입니다. 계곡에 가재도 살고 있는데 놀러 왔던 사람들이 하도 많이 잡아내어 씨가 마를 지경이어서 내가 계곡에 못 올라가게 철조망을 쳐 놓았지요. 그러니 가재를 보기만 하고 잡아오진 마세요. 총각이 올라간다면 그냥 철조망을 돌아서 올라가면 흐릿하게 산길이 나 있어요, 오늘은 거길 한번 갔다 와요. 올라가는데 한 두어 시간 남짓하게 걸리니까 왕복 대여섯 시간으로 잡아요. 점심은 안식구더러 주먹밥을 싸 달라고 하면 됩니다."

"예에? 아주 좋은 소식입니다. 그러지 않아도 저 높은 봉우리를 한번 올라가 보고 싶었습니다. 조금 있다가 준비해서 올라가 보겠습니다."

이때 옆에서 듣고 있던 할머니가

"그럼 주먹밥을 쌀까요?"

하고 묻는다.

"예."

장달이가 얼른 대답하였다. 할머니는 부엌에 다시 들어가서 호일에 야구공보다 큰 주먹밥을 세 개나 싸고, 작은 병에 김치를 담아 왔다.

"아이고, 할머니 감사합니다. 이거 세 개 다 먹으면 배부르겠어요."

"그래도 젊은 사람이라 먹고 나면 시장기가 들 겝니다."

이렇게 해서 장달이는 배낭을 꾸려서 주먹밥과 물, 간식, 지도, 카메라 등을 챙겨서 등산을 시작하였고 할아버지와 할머니는 밭으로 올라갔다.

할아버지 말씀대로 개울에 파놓은 물웅덩이가 보였는데. 여름철 물놀이 겸 논에 물이 없을 때 물을 대는지 커다란 호스가 연결되어 있었다. 거기를 지나서 완만한 경사길을 얼마간 더 올라가니 우측으로 길이 굽어지면서 산속 계곡으로 이어지고 있었다. 계곡 옆으로 작은 길이 나 있어서 백여 미터 올라갔을 때, 나무로 여러 개의 기둥을 세우고 철조망을 쳐 놓았다. 나무판자에 '출입 금지, 자연 보호구역'라고 엉성한 글씨로 쓴 것으로 보아 할아버지가 직접 쓰신 것으로 생각되었다. 장달이는 철조망을 비켜서 계곡 옆의 길로 계속 올라갔다. 일반적인 산길과 비슷한데 여기도 돌이 많아서 드문드문 너덜겅이 보였다.

왼편에 비교적 폭이 넓고 물웅덩이 같은 계곡이 보여서 장달이는 거기로 내려가서 잠시 쉬기로 하였다. 넓적한 돌에 앉아서 물도 마시고 사방을 두리번거리면서 살펴보았다. 할아버지 집이 있는 뒷산인 돌부리산보다는 약간 비탈지었으나 나무는 더 많아 보였다.

장달이는 계곡에 가재가 있다 길래 돌을 들추어보니 정말로 큰 가재들이 숨어 있다가 깜짝 놀라면서 줄행랑을 치었다. 가재는 보면 볼수록 웃기는 동물이다. 급할 때는 뒤로 도망치고 급하지 않을 때는 앞으로 슬슬 걸어 다니기 때문이다. 그래서 가재를 잡으려면 뒤쪽에다 손을 두꺼비집 모양으로 하고 있으면 가재가 놀라면서 손안으로 쑥 들어온다. 이런 습성을 알고 있었던 장달이는 시험 삼아서 그리 해 보았더니 대번에 가재가 잡혔다. 가재는 잡히자마자 커다란 집게발을 만세 하듯이 올리고는 허우적대는데 그 모습이 또한 재미있었다. 그렇게 세 마리 가재를 잡아보고는 다시 물속에 놓아주었더니 또 뒷걸음질로 재빨리 도망쳐서 구멍 속으로 쑥 들어갔다.

장달이는 쉬엄쉬엄 올라갔다. 정상 부근에서부터는 깔딱 고개처럼 산이 가팔라서 올라가다 쉬다를 반복하면서 힘들게 올라갔다. 정상에 올라서니 교실 두 칸 정도의 평지에 사방이 시야가 탁 트이고 시원한 바람이 불어와서 이제까지 힘들게 올라오느라 피곤함을 단번에 씻어 주는 듯하였다. 과연 저편으로는 예리읍이 희미하게 보이고 산 아래에 가려진 마을은 보이진 않고 첩첩산중처럼 능선들이 연결되어 있었다. 다만 서쪽 편만이 저 멀리 평야 지대가 보였다. 장달이는 눈에 들어오는 것들은 모두 카메라에 담았다.

장달이는 숨을 돌리고는 곧바로 옛 지도와 현대 지도, 나침판을 꺼내어 바닥에 펼치었다. 산정상이라 바람이 계속 불어와서 작은 돌을 주워 다가 여기저기 눌러놓았다.

"진금산"은 시옷 자 모양의 산세 옆에 쓰여 있어서 여러 봉우리 중 어느 산인지 가늠할 수가 없었다. 뿐만 아니라 여기 돌산이 진금산이란 확증도 없었다.

장달이는 옛 지도와 등고선 지도를 비교하면서 시옷 자 모양의 산세를 찾아보는데 어렴풋이 비슷하게 보이기도 하였다. 시옷 자의 두 번째 삐침 끝자락에 할아버지의 집이 있어 보였다. 밤하늘에 별자리를 찾으려면 저 별이 그 별 같고 그 별이 저 별 같아서 찾기 어려운 것처럼 옛 지도에서 진금산을 찾기는 정말로 어려웠다.

그런데 장달이가 생각하길 '만약 철기 시대에 여기에서 사람들이 살았더라면 분명 어느 정도 평지가 있었을 것이다.'라고 단정을 지었다. 즉, 사람들이 살 만한 지형이 곧 평지이지 여기처럼 비탈진 산에서는 살 수가 없다. 게다가 쇠를 얻기 위한 대장간이 있으려면 더 큰 평지가 있어야 했다. 그렇다면 여기 전체를 진금산으로 볼 때 마땅한 자리는 할아버지가 살고 있는 근처인 밭이 가장 유력해 보였다.

정상에서 내려다보아도 대체로 경사가 가파르고 여기저기 너덜겅이 있었기에 사람들이 살 만한 곳이 못 되었으나 할아버지가 살고 있는 땅은 주변 밭과 함께 경사가 완만한 평지 같은 땅이었다.

장달이는 한참 동안을 지형을 살펴보다가 시장기가 들어서 주먹밥을 꺼냈다. 도시에서 파는 전문적인 주먹밥과는 달리 소금으로 간을 하고 깨소금을 듬뿍 섞었는데 김치 한쪽이 주먹밥의 맛을 더해주고 있었다. 산 정상에서 먹는 음식은 뭐든지 맛이 있는 법이었다.

　거기서 그렇게 시간을 보내고 천천히 내려오기 시작하여 오후 세 시가 다 되어서 집으로 내려왔다. 할아버지 할머니는 아직도 밭일을 하시는지 집에 안 계시고 마당에는 상추, 아욱, 열무 등의 채소와 햇감자를 쌓아 놓았다.

　아무도 없길래 장달이는 옷을 벗고 펌프 우물에 가서 대충 샤워를 하였다. 찬물에 온몸이 오싹거렸지만 비누칠을 하고 씻으니 개운하였다. 옷을 재빨리 입은 장달이는 텐트에 들어오자마자 침낭 속에 들어가 잠에 빠졌다.

　얼마후
　"총각, 총각, 일어나서 저녁 먹어요."
　할머니가 깨우는 소리에 장달이는 일어났다. 벌써 저녁 식사 때가 되어서 들마루에 저녁상이 차려졌다. 오늘 저녁은 오징어 국에 굴비 조림과 함께 몇 가지 나물 반찬이 김치와 함께 차려졌다. 할아버지는 연일 잔칫상을 받는다면서 매우 좋아하시었다.

장달이가 오징어 국을 먹어 보는데 우연의 일치인가, 엄마가 끓여 주는 오징어 국과 맛이 거의 같았다. 뜨겁고도 시원한 맛이 일품인 오징어 국이었다.

"채소를 많이 가져오셨네요. 이게 햇감자인가요?"

"올해 처음 캐는 감자입니다. 아직 속이 덜 차서 한 고랑만 캐어 봤지요. 낼이 장날이라 내다 팔려고요."

"아 그렇군요. 많아서 경운기 타고 가셔야겠네요."

"그렇지요. 얼마 안 될 때는 내가 경운기로 마을버스 종점까지 운반해 주고 안식구가 버스 타고 가서 팔고 오는데 많을 때에는 내외가 경운기 타고 다닙니다."

"시간이 오래 걸리겠습니다."

"그래서 아침 일찍 출발해야 합니다. 늦게 가면 좋은 자리가 없어서."

"그러시겠어요."

셋은 담소를 조금 더 하다가 자리에서 일어섰다.

다음 날,

아직 어둑어둑한 새벽인데 할머니가 장달이를 깨우면서 아침 밥상을 차려놓았으니 혼자서 먹으라고 하였다. 이 시간에 경운기를 타고 읍내 장으로 가시는 것이었다.

장달이는 조금 더 자다가 일어나서 밥을 먹고 상을 들고서 부엌으로 갔다. 부뚜막만 예전 것이지 가스레인지도 있었다.

이날 낮에 장달이는 다시 바로 뒷산인 돌부리 산에 올라갔다
가 능선까지 올라가 봤다. 아주 저편에 어제 올라갔던 산봉우
리가 보였다. 장달이는 지도를 꺼내어 이리저리 유심히 살피
었다.

"만약 여기가 진금산이어서 대장간이 있었다면 지금 할아버
지 집터와 근처 밭이 제일 유력하다. 여기 말고는 이 근처에서
평평한 땅이 없다."

장달이는 이렇게 결론짓고 내려와서 점심으로 라면을 끓여
먹었다.

오후에는 낮잠을 자고 그럭저럭 인터넷을 하면서 시간을 보
내는데, 저녁때가 다 되어도 할아버지 내외가 오질 않았다. 장
달이는 걱정이 되어서 차를 가지고 나가 볼까 하다가 닭들이
유난히 "꼬~ 꼬~" 거리면서 장달이를 따라다니기에 '아참, 닭
에게 사료를 주어야지, 아침저녁으로 사료를 주시던데.' 이렇
게 생각하고 추녀 밑에 있었던 닭 사료 포대에서 바가지로 사
료를 퍼서 닭들에게 주었다.

이제 해가 막 넘어가는데 저편에서 "틸, 틸, 틸" 소리와 함
께 경운기가 오는 소리가 나면서 잠시 후 할아버지 내외가 오
셨다.

"총각, 시장하지요?"

"아니 괜찮습니다. 일찍 나가시길래 일찍 들어오시는 줄 알았네요."

"채소와 감자는 일찍 팔았는데 저번부터 경운기가 힘이 없고 이상한 소리가 나는 것 같아서 경운기 수리하느라 늦었지요. 지금은 아주 잘 나갑니다."

"아하, 그러셨군요. 다행입니다."

이날 저녁은 삼겹살을 구워 먹자고 장달이가 제의를 해서 삼겹살을 구워 먹게 되었다. 부식을 모두 장달이가 사 온 것이라서 할머니가 마음대로 선택을 못 하고 있었다.

할아버지가 프라이팬용으로 쓸 넓적한 돌을 가져오고 장달이는 블루스타를 가져왔다.

"와~ 이 돌 진짜 좋네요. 돌 구이가 훨씬 맛있다고 하던데요."

"하하하, 프라이팬보다 고소한 맛이 더 납니다. 이 돌이 우리 집 가보요. 가보."

"하하하, 그런 셈이네요. 이런 돌 진짜 구하기 어려울 텐데."

"어렵지요. 저 앞에 물웅덩이 팔 때 나타난 겁니다."

"야아~ 일석이조로 돌판까지 구하셨네요."

"그런 셈이요."

둘이서 이렇게 담소를 할 때 차 소리가 들리더니 어떤 사람이 승용차를 타고 와서 내렸다. 할아버지가 눈치를 채고는 급히 그리로 갔다. 닭을 사러 온 읍내 사람이었다. 할아버지가 산판에서 놓아서 먹인 토종닭이 좋다는 것을 알고는 멀리서 여기까지 차를 타고 온 것이다. 할아버지는 생닭을 파는 것이 아니라 닭을 잡아서 털을 뽑고 내장을 꺼내어 조리할 수 있도록 해서 팔고 있었다. 만 오천 원씩 세 마리를 팔았다면서 할아버지는 매우 흡족해했다. 할아버지와 할머니는 '낮에는 장에 가서 채소와 감자를 팔았고 저녁때는 닭까지 팔았으니 오늘 일진이 매우 좋다.'라고 생각하였다.

이러느라고 삼십여 분이 지나서 삼겹살을 굽고, 막 뜯어온 상추와 함께 먹기 시작하는데 그 맛이 정말 일품이었다. 장달이는 고기 맛이 너무 좋다면서 소주와 함께 먹고, 할아버지는 여전히 막걸리 애주가여서 막걸리와 함께 드셨고, 할머니도 약간의 막걸리와 고기를 드셨다. 장달이는 이제 할아버지와 한 식구가 된 듯이 사사로운 동네 이야기까지 들어가면서 담소를 나누었다.

그날 밤,
빗방울 소리가 후두둑 들리기에 장달이는 잠에서 깨었다. 텐트 안에서 들리는 빗방울 소리는 매우 컸기에 전등을 켜고 밖을 보니 비가 내리고 있었다. 비는 그치지 않고 아침까지 와서 장달이와 할아버지 할머니는 집 마루에서 식사해야 했다.
그날 점심에 할아버지는 닭 한 마리를 잡고, 할머니는 닭도리탕(닭볶음탕)을 만들었다.

　그저께 처음으로 캔 햇감자를 넣고 닭도리탕을 만든 것이었다. 할머니의 손맛은 훌륭해서 그 맛이 요즘말로 표현하면 끝내주었다. 포실포실한 햇감자와 약간은 질긴 듯한 토종닭의 씹는 맛이 기가 막히었다. 할아버지는 구태여 이 닭은 내가 먹으려고 잡은 것이니 총각은 신경 쓰지 말고 같이 먹자고 말씀하시었다.

　비가 오후에도 추적추적 내려서 내외분이 방에만 있다시피 하면서 TV만을 시청하고 있었고, 장달이는 텐트에 들어와서 노트북으로 검색도 하고 여기 와서 찍은 사진들을 정리하기도 하였다.

　"총각, 총각"

　할아버지가 부르는 소리에 얼른 텐트 문을 열고 밖을 내다보니 할머니와 할아버지가 우산을 쓰고는 장달이를 불렀다.

　"어디 가시나요?"

　"저기 마을에 있는 친구가 오늘 생일이라면서 저녁 먹으러 오라고 해서 갑니다."

　"거기도 한참인데 제가 태워드릴까요?"

　"아닙니다. 이 정도 비는 맞아도 되고 우산 받치고 경운기 타고 갔다 옵니다. 저녁은 낮에 먹었던 닭도리탕을 냄비에 따로 퍼 놓은 것이 있으니 데워서 먹어요. 솥에 밥도 있어요."

"아이구, 제 걱정은 마세요. 제가 알아서 먹을 테니까요. 그
럼 어서 다녀오세요."

"그럽시다."

이렇게 해서 할아버지 내외는 경운기를 타고 동네로 출발하
였다. 장달이는 혼자 남아서 여전히 노트북으로 사진 정리와
일지를 쓰기 시작했다.

할아버지 내외는 아마 밤 10시경쯤에 들어오셨다. 이때 장달
이는 불을 끄고 막 잠에 들려고 뒤척이고 있을 때였다. 비는 가
랑비로 바뀌었다.

다음 날도 가랑비는 계속되었는데 할아버지 내외는 이런 날
이 풀을 뽑기 좋은 날이라면서 밭으로 올라갔다. 장달이는 오
전에 낮잠을 자고는 할머니가 차려 주는 점심을 먹었다. 가랑
비가 오다 말다 하고 있었고 하늘에 구름이 마구 돌아다니면서
잠깐씩 햇살이 비추곤 했다. 딱히 할 일이 없어서 무료했던 장
달이는 일회용 비옷을 입고 밭으로 올라갔다. 할아버지 내외는
쉬지 뭐하러 올라왔느냐면서도 반갑게 맞이하셨다.

"그냥 혼자 있기에 심심해서 저도 풀이나 뽑으려고요."

"아이구, 고운 손 버리려고. 그냥 내려가서 쉬세요. 농사도
짓던 사람이나 하지 선비 같은 사람은 잘하지 못한다우."

"아이참, 괜찮아요. 풀 뽑기가 무슨 농사일 축이나 드나요.
그냥 해 볼렵니다."

"이런 날은 호미질을 할 것 없이 그냥 손으로 뽑으면 쑥쑥 뽑혀요. 뽑은 풀은 한편에 던져놓으면 됩니다."

"아예, 그렇게 하겠습니다."

이렇게 해서 장달이는 허리를 굽히고 풀을 뽑기 시작하는데 팔이 아픈 것이 아니라 구부린 허리가 아파서 오래 할 수가 없었다. 쪼그리고 앉아서 하자니 무릎이 터질 것만 아팠다. 그래서 겨우 두 시간도 못하고는 기권해야 했다.

"아이구, 할아버지, 저는 허리가 아파서 구부리질 못하겠어요."

"하하하, 그럴 것이요. 이것도 농사일인데 아무나 못 한다고 했지요. 어서 내려가서 잠시 누워요."

"그래야겠어요."

장달이는 겸연쩍게 한 마디하고는 바로 내려와서 텐트에 들어가서 누었다. 잠깐 동안에 허리가 어떻게 되었는지 곧바로 펴지질 않아서 조심스럽게 허리를 펴고는 반듯이 누웠다. 그러다 보니 또 잠이 들고야 말았다. 이번에는 한 시간 정도 자고 나서 저절로 눈이 떠졌는데 아까처럼 허리가 많이 아프진 않고 견딜 만했다.

이날 저녁도 마루에서 먹고, 할아버지는 여전히 반주로 막걸리를 드시기에 덩달아 장달이도 반주로 소주를 두 잔 정도 마시었다. 그리고는 또 이러저러한 말씀을 하시기 시작했다. 예전에 비해 요즘은 살기 좋은 세상이라는 것이다. 이런 산골짝에도 전기가 들어오고 가스로 밥을 하고 마을버스까지 나다니니 얼마나 좋은 세상이냐는 것이다. 할아버지와 할머니는 예전을 회상하면서 말씀을 하시었다.

"아이구, 그러믄요. 예전에는 읍내 장에 한번 가려면 새벽같이 일어나서 한나절 걸어야 겨우 장에 가고 또 걸어서 집에 오면 해가 떨어졌지요."

"암만, 지금은 자가용 격인 경운기라고 있으니 얼마나 좋아. 경운기 타면 못 가는 데 없어. 느려서 그렇지. 산길도 막 올라가잖아."

"맞아요. 그렇게 걸어 다니다가 영감 경운기 타고 장에 갈 때가 제일 좋았수. 시원한 바람이 막 불어오고 얼마나 좋은지 몰라요."

"허허허, 그랬지. 경운기 처음 사서 장에 갈 때 나라 상감님 부럽지 않았지. 아 그러다가 몇 년 지났는데 마을버스가 생기더라고. 마을버스가 생길 때 종점을 저 위 동네까지 하려다가 이 아래로 종점을 옮긴 것이 순전히 우리 집 때문이라고 그랬어. 이장이 그 말을 하던데 난 너무 고마워서 눈물이 다 나왔지."

"맞아요. 이장님이 우리를 측은하게 보시고는 여러 모로 챙겨 주시지요."

"그런 이장도 조선 팔도에 얼마 없을 거야."

주로 두 분이 이야기하시는데 장달이도 관심이 가서 귀를 쫑긋하고 간간이 대답하면서 말씀을 듣게 되었다.

"그런데 내가 가진 게 없어서 그런지 자식 농사를 잘 못 지었어. 허허 참. 내 팔자가 그런가, 자식 팔자가 그런가."

"왜 무슨 일이 있었나요?"

"저번에 말했네만 딸이 결혼 후 아이만 낳고 암으로 죽고, 맏아들이 여기서 겨우겨우 고등학교까지 졸업한 후 저 혼자 서울에 가서 중국집(중국 음식점)에 들어가 처음에는 배달만 하다가 군대 갔다 와서 또 그 집에 가서 배달도 하고 요리를 배워서 후에는 중국집을 차렸지요. 그리고 전 사장의 소개로 결혼까지 하고 작은 아파트도 사고 아이도 낳고 잘 지냈어요. 마을에서도 효자라고 소문나고. 그런데 한 오륙 년 전부터 장사가 잘 안된다고 하더니만, 엎친 데 덮친 격으로 며느리가 또 유방암에 걸려서 수술을 받고, 중국집도 안되어 치킨집으로 바꾸었다는데 이것도 잘 안되나 봐. 지금 형편이 아주 어려운 모양이야. 내가 도와줄 수도 없고. 에휴."

할아버지는 낙심한 표정을 지으면서 막걸리 잔을 들었다.

"아~ 그러셨군요. 안타깝네요."

장달이 역시 마음이 좋질 않았다.

잠시 어색한 침묵이 흐른 후,

"할아버지, 아드님이 그렇게 생활이 어려우면 여기로 내려와서 살면 되잖아요."

"허허, 여기 내려와도 못살아. 예전에는 땅 파먹고 살았어도 지금은 세상이 바뀌어서 땅 파먹고 못살아."

이 말은 예전에는 땅을 이용해서 돈을 벌어먹고 살았어도 지금은 땅을 이용해서 돈벌어 살기 어렵다는 말이다.

"내가 젊었을 때만 해도 소, 돼지도 키워서 팔고 남의 집 품삯 일도 하면서 먹고살고 애들 가르치었는데 지금은 어림도 없어. 몇 마리 키우려다 사료 값도 안 나와요. 그리고 지금 세상은 품삯 일이란 게 없어졌지요. 예전에 모내기나 추수를 하려면 이십여 명이나 모여서 큰일을 치렀는데 지금은 사람이 필요 없어졌어. 이앙기가 모내기하지, 컴바인이란 기계가 탈곡 추수를 다하니, 그리고 쌀값 시세가 예전 같지 않아서 수지타산이 맞질 않아요. 대규모로 농사를 지어야지. 허허허, 세상이 좋아지긴 했는데 먹고 살기는 더 어려워진 셈이요."

장달이가 생각해봐도 구구절절 옳은 말씀이어서 더 이상 말대답도 못 하였다.

"그러네요. 지금은 뭐든지 크게 해야 합니다. 장사도 크게 해야지 소규모로 하다가는 적자를 면치 못한다고 하더라고요."

"맞소이다. 우리 애도 그렇게 해서 곤경에 처하게 되었지요."

23

돌산 할아버지의 아들

할아버지가 땅이 꺼져라 걱정하는 큰애는 아이가 아니라 지금 45살이나 먹은 어른으로

이름이 송재성(宋宰成)이다. 재성이는 예리읍에 있는 고등학교를 졸업하자마자 단신으로 상경하였다. 시골에서 천덕꾸러기로 살기 싫어서 무작정 서울에 가서 돈을 벌겠다는 것이다. 당시에는 이런 사람들이 많아서 매일같이 서울역 앞에 수십 명이 무작정 상경하던 시절이었다. 재성이도 어디서 들었는지 무작정 상경하여 여기저기 헤매다가 어떤 시내버스를 탔는데, 깜박 졸아서 무창동이란 종점까지 오게 되었다.

돈도 떨어지고 먹지 못해서 배도 고파서 당장 쓰러질 것 같았다고 한다. 그러다가 우연히 전봇대에 붙인 구인광고 '중국집, 배달원 구함. 대복 반점, 전화 000-0000'를 보고는 물어물어 찾아갔다. 주인은 재성이가 키는 작지만, 농촌에서 자라서 자전거를 잘 타고 힘도 센 편이고 성실해 보여서 그 자리에 채

용했다.

"너, 잠잘 데는 있어?"

"없습니다. 아무 데나 자도 돼요."

"허허 참, 여긴 보다시피 주방과 홀밖에 없어서 밤에 자려면 홀에서 식탁을 붙여놓고 자야 한다. 연탄난로를 때니까 요 깔고 이불 덮으면 잘만 하다. 나도 바쁠 때는 집에 못 가고 여기서 자기도 한다. 지낼 수 있겠어?"

"예, 지낼 수 있습니다. 그런데 사장님, 먹을 것 좀 주세요. 아침부터 아무것도 못 먹었어요."

"허어, 그러냐. 잠시 기다려라, 짜장면 한 그릇 만들어 주마."

사장이자 주방장이고 아내는 홀에서 손님들을 맞이하고 있었고, 배달은 재성이가 하게 된 것이다. 배달원이 있었다는데 얼마 전 다른 동네로 가 버렸다고 했다. 아줌마도 마음이 너그러워서 재성이를 달갑게 대했다.

사장은 첫눈에 재성이가 마음에 들어서 채용하였다. 당시만 해도 먹여주고 재워주기만 해도 큰 일자리인 줄 알았던 때였다. 자동차 수리 같은 기술직은 월급도 없이 부려 먹으면서 얻어맞아 가며 곁눈질로 배우던 시절이었다. 변변한 학원도 없었고 있다 한들 없는 집 아이들이 기술 학원비를 감당할 수 없었다. 자동차 운전도 얻어맞아 가면서 배워야 했다. 그런데 사장은 재성이가 하는 것을 봐서 월급을 조금이라도 주겠다고 약속

했다.

그렇게 재성이는 중국음식점의 배달부터 시작하였다. 당시는 오토바이가 없어서 자전거로 배달하던 시절이었는데 재성이는 용케 넘어지지 않고 여기저기 배달을 아주 잘 다녀서 손님들로부터 호평을 받고 있었다. 거기서 군에 입대하기 전까지 있다가 제대 후 또 그 집으로 갔다. 물론 사장 내외는 매우 반기었다. 이때부터 사장은 재성이에게 중국요리를 하나둘 전수하기 시작했다. 재성이는 어머니의 영향인지 요리 만드는 것을 쉽게 터득하고 나름대로 맛깔나게 음식을 만들어서 사장은 매우 흡족해했다.

그렇게 거기서 몇 년 지나서 사장의 소개로 지금의 아내를 맞이하여 단칸방에서 신혼살림을 차렸다. 아내는 봉제 회사에 다녔었는데 결혼 후에도 계속 다녔다. 둘은 그야말로 깨가 쏟아지는 신혼 재미를 보았다.

그러다가 사장이 다른 동네에 중국집을 확장하여 이사를 가게 되었다. 즉, 돈을 꽤 벌었는데 여기에는 재성이도 한몫한 것이다. 맛있게 요리를 하고 그때그때 배달도 하여 단골손님이 하나둘씩 늘었기 때문이다.

사장은 여기 '대복(大福) 반점'을 아주 헐값에 재성이에게 물려주었다. 이제 월세만 꼬박꼬박 내고 장사만 잘하면 그냥 돈은 들어오게 되어 있었다. 이때 봉제 회사에 다니던 아내가 그만두고 홀에서 손님을 맞이하게 되었다. 재성이는 음식도 만들고 배달도 해야 했는데 그게 너무 힘들어서 아내에게도 요리 방법을 하나둘씩 가르치기 시작했다. 여자라 그런지 하나를 알려주면 두세 개를 터득할 정도로 쉽게 요리를 할 수 있게 되었다. 변두리 음식점이라 아주 복잡하고 비싼 요리는 몰라도 되었다. 누가 시키는 사람도 없었기 때문이다. 중국집의 성패는 "짜장면, 우동, 짬뽕, 볶음밥"이 네 가지에 달려 있었다. 홀에 오는 손님이나 배달도 대부분 이 네 가지 중에 하나였다. 재성이는 어머니의 입맛을 닮았는지 어떻게든 맛있게 만들려고 노력했기에 다른 중국집 요리와는 다른 맛있는 요리를 만들었다. 이러니 입소문이 퍼지기 시작하여 장사가 더 잘되어서 배달원을 한 명 고용했다.

이때만 해도 재성이 내외가 명절 때 시골에 내려오면 동네 사람들이 모두 "효자네, 객지에 나가서 성공했네." 라면서 칭찬이 자자했다. 사실이 또 그랬다.

몇 해 후에 첫딸을 낳고 이년 후에 또 딸을 낳아서 딸딸이 아빠가 되었다. 아이들을 남에게 맡길 수가 없어서 음식점에서 같이 지냈으나 손님들도 별 탓하지 않았다. 아이들이 예쁘다고 얼러보기도 하면서 지냈다. 운수가 좋아서인지 장사가 점점 잘되어서 부부는 눈코 뜰 사이 없이 바빴다. 이때쯤에 배달원들이 오토바이를 타고 배달하기 시작해서 재성이도 오토바이를 사서 타는 법을 배우고 배달일도 배워서 오토바이로 배달했다.

한두 군데라도 더 많이 더 빨리 배달하게 되었고, 그것은 바로 돈이었다.

　이대로라면 작은 가게를 하나 사서 중국집을 차릴 것만 같았기에, 재성이는 근검절약하면서 돈을 저축하였다. 아내 역시 이런 재성이를 적극 지지하면서 둘은 열심히 살았다. 몇 해가 지나자 저축한 돈이 얼마간 모여졌을 때, 근처에 짓고 있는 주공 아파트에 운 좋게 당첨되어서 방 세 개짜리 24평 아파트를 분양받았다. 계약금 일부를 내고 나머지는 20년간 장기 분할 조건이었다. 이 돈은 매월 내야 했는데 이제까지 월세를 내는 것에 조금 더 낼 뿐이어서 큰 걱정은 없었다. 다만 작은 가게를 사려던 돈으로 아파트를 산 것이다. 하지만 부부는 크게 만족했다. 아이가 둘인데 언제까지 사글세를 살 수는 없었기 때문이다. 장사가 잘되니 몇 년간 열심히 일하면 돈을 또 모을 것으로 생각했다.
　그러던 중 엉뚱한 데서 이들의 마음을 뒤흔들기 시작했다. 길을 건너서 아래쪽으로 30여 미터 지난 지점에 허름한 상가가 몇 채 있었는데 그걸 모두 철거하고 크게 상가 건물을 짓는다는 것이다.
　"여보, 저기에 상가 건물이 들어선다는데 무슨 업종이 들어올까?"
　"글쎄요. 아직 모르지요. 거기 써 놓았잖아요. 분양이나 임

대한다고.”

“거기가 목이 좋은 데인데 뭘 해도 잘 될 것 같아. 몇 층짜리
인가?”

“5층이라네요. 엘리베이터도 있대요.”

재성이는 아내와 근심 어린 목소리로 대화를 나누었다. 이들
이 근심 걱정 속에 일 년이란 세월이 흘러서 상가가 다 지어져
서 여러 업체가 들어오는 모양인데, 어느 날인가 문득 쳐다보
니 2층에 대형 중국 음식점 ‘사천성’이 개업한다고 커다랗게 플
래카드를 내걸었다.

“아이구야, 바로 코앞에 중국집이 생기네.”

“그러게요. 이를 어쩌나, 시설 좋고 깨끗한 저리로 사람들이
몰려갈 테니. 이를 어쩌나.”

아내는 벌써 울상을 지었고, 재성이도 낙심해서 안절부절못
하였다.

보름쯤 후 사천성이 개업을 하는지 입구에 화환이 수십 개가
나열되어 있고 많은 사람들이 드나들고 있었다. 들리는 소문에
의하면 개업식 날이라 오는 손님에게 수건 한 장씩을 준다는
것이다.

이날 재성이가 운영하는 ‘대복 반점’에는 하루 종일 다섯 명의
손님이 왔다.

저녁때에 둘은 말없이 눈물만을 흘려야 했다. 다음 날도 사

천성은 사람들로 북적거리는데 재성이네는 배달까지 합하여
겨우 열 그릇 정도 팔았을 뿐이다.

삼 일째 되던 날, 눈치 빠른 배달원이 나가 버렸다. 배달할
음식도 없는데 쭈그리고 앉아 있을 수만 없는 노릇이었기 때문
이다. 셋은 눈물범벅으로 작별인사를 해야 했다.

보름도 되지 않아서 이들은 무슨 결정을 내려야 했다. 매달
들어가는 아파트 할부금과 여기 가겟세를 감당할 수가 없기 때
문이다. 주인집은 이런 사정을 알고는 가겟세를 내려서 어떻게
든 조금 더 버텨 보면 예전 단골손님들이 찾아오고 배달 주문
도 할 것이라고 위로를 했지만 그것은 말뿐이지 현실은 그렇지
않았다.

그러던 하루는 가끔 찾아오던 여학생 여섯 명이 왔다.

"사장님, 여기 탕수육하고 짜장면, 짬뽕을 주세요."

"오, 그래 오래간만이다."

"저 앞집에 몇 번 갔었는데요. 맛이 여기만 못해요. 그래서
다시 여기로 오기로 했답니다. 잘했죠? 사장님."

"오, 그랬어? 정말 고맙다."

이말 한마디에 재성이는 눈물이 핑 돌아서 애써 고개를 돌려
야 했다. 재성이는 정성껏 음식을 만들고 서비스로 군만두 한
접시를 더 주니 여학생들은 소리치면서 좋아했다.

"여보, 주인 말이 맞는 것 같아. 여학생들이 우리 집 음식이

더 맛있다고 하잖아."

"그러게요. 모두들 그런 마음을 갖고 있다면 얼마나 좋겠어요. 아무튼 버티는 대로 조금 더 버텨봐야지요."

하지만 생각대로 되는 게 아닌 것이 세상사였다. 앞집 '사천성'은 오토바이 배달원이 두 명이나 되었고 곳곳에 광고 전단지를 붙이고 뿌리고 다녔다. 광고 전단지 값이 만만치 않아서 재성이는 단 한 번도 해보지 못했던 것을 그 집에서는 일주일에 한 번꼴로 전단지를 돌렸다.

결국 재성이는 3개월을 버티지 못하고 아내와 상의해서 업종을 변경하기로 결정했다. 당시에 양념치킨, 프라이드 치킨 등의 튀김 통닭이 막 보급되던 때여서 치킨집을 하기로 했다. 그러나 유명 상표를 내건 가게(프랜차이즈: franchise)는 돈이 없기에 할 수가 없었다. 둘은 가게 문을 닫고는 시장통이나 상표를 내걸지 않은 치킨집을 돌아다니면서 사 먹기도 하고 주인에게 만드는 방법을 물어보기도 하였다. 어떤 집은 친절히 알려 주기도 하고 어떤 집은 볼멘소리로 잘 알려 주지 않았다. 동대문 시장 어디에 가면 조리기구 일체를 팔고 그쪽에 알아보면 생닭 공급하는 곳과 양념을 전적으로 대 주는 곳이 있다고 하여 멀리 떨어진 동대문 시장까지 갔다. 이들은 매우 친절해서 곧바로 조리 도구 일체를 가게까지 용달차로 운반해 주고 설치까지 다 해주었다.

다행히도 재성이와 아내는 미각이 뛰어나서 어떤 양념을 했는지 대강 알아맞힐 수 있었고, 거기에 부수적으로 맛깔나는 재료를 더 넣으니 정말로 기가 막힌 치킨을 만들 수 있었다.

재성이는 냉장고에 붙이는 자석 스티커를 만들고, 전화번호가 적힌 병따개를 준비하여 개업식 날에 손님들에게 주었다.

이제 막 치킨집이 보급되던 때라 장사는 아주 잘 되었다. 중국 요리보다는 훨씬 쉬웠다. 그저 기름에 튀겨내어 프라이드는 그대로 양념 치킨은 소스를 섞어서 무와 함께 포장만 해서 배달하면 되는 것이다. 아내는 치킨을 튀기고 재성이는 오토바이를 타고는 여기저기 골목길을 누비면서 배달을 했다. 한 가지 흠이라면 끝나는 시간이 밤 12시는 되어야 한다는 것이다. 밤에 주문을 많이 하니까 어쩔 수 없었다. 어떤 손님은 오다가 맥주를 사달라고 부탁을 해도 기꺼이 사다 주었다. 그런 손님들 중에 몇몇은 일이천 원씩을 더 주기도 하여서 재성이는 고개 숙여 감사하다고 인사를 꼬박꼬박 했다.

그렇게 일 년인가 했는데, 또 훼방꾼이 나타났다. 이백여 미터쯤 떨어진 곳에 유명 상표를 내건 치킨집이 생긴 것이다. 여긴 TV에서도 광고를 하는 대형 체인점이다. 그들도 먹고살아야 했기에 자석 스티커를 만들어서 집집마다 돌리고 전봇대, 담벼락 등에 마구 붙이고 다녔다. 재성이는 위험을 직감하고 곧바로 스티커를 돌리고 전화번호가 적힌 볼펜을 주문하여 배달하는 집마다 하나씩 선물로 주었다. 생닭도 그 집보다 약간 무게가 더 나가는 것으로 하고 가격은 천 원씩 일제히 내렸다. 그리곤 가게 앞에다가 크게 홍보 플래카드를 내걸었다. 다행히 이번에는 지난번 중국집처럼 급격히 손님이 줄지 않았다. 맛으로 승부를 하여 이긴 셈이었으나 이익은 줄어들었고 손님도 줄었다.

한때 장사가 잘 되었을 때는 하루에 삼사십 마리의 닭을 튀겨 내었지만, 지금은 이십여 마리를 튀겨도 감지덕지(感之德之)해야 했다. 이렇게 보이지 않는 경쟁과 전쟁 속에서 하루하루 살아남아야 했다.

일 년도 못되어서 어느 날부터인가 매출이 떨어지기 시작하였다. 재성이가 놀란 토끼처럼 여기저기 알아보니 이쪽 길이 아닌 다른 구역에 유명 치킨집이 한꺼번에 두 집이나 생겼다고 하였다. 치킨집이 잘 된다니까 대형 체인점이 우후죽순으로 생기기 시작했다. 이들은 일제히 TV 광고에 나타나고 라디오에도 광고가 터져 나왔다.

유명 상표의 이름이 없이 그냥 간판만 바꾸어서 대복(大福) 반점이 대복 치킨집으로 바뀐 재성이는 이번에는 진짜로 타격을 입었는데, 설상가상으로 아내가 가슴이 이상하다면서 병원에 갔더니 유방암 초기라는 청천벽력 같은 소식이었다.

재성이는 정말로 하늘이 노래지는 게 당장 쓰러져 죽을 것만 같았다. 이제까지 허튼짓 한번 하지 않고 성실하게만 살아왔는데 날벼락도 이런 날벼락이 없었다. 애들은 초등학교에 다니지, 아내는 당장 수술을 해야 한다고 하지, 치킨 영업은 잘 되질 않지, 어느 한 가지도 재성이를 도와주질 못했다.

재성이는 할 수 없이 고향의 아버지에게 이런 사실을 털어놓고 아버지의 쌈짓돈 몇 푼이라도 얻어 써야 했는데 그것으로는 오랜 가뭄에 물 한 바가지 끼얹는 꼴밖에 되질 않았다.

우선순위는 먼저 아내를 수술해서 살려야 하는 것이다. 암이 다른 곳으로 전이되면 몇 해 살지도 못하고 죽을 것이라는데 어쩔 도리가 없었다.

아파트가 할부금이 들어가고 있어서 큰 은행에서는 대출이 되질 않았기에 그보다 규모가 작은 금고에서 아파트를 저당 잡히고 대출을 받아야 했다. 그러니까 24평 아파트에 저당이 두 군데에 잡혀 있는 셈이었다. 이렇게 해서 대출받은 돈으로 아내의 유방암 수술을 무사히 마치었는데 그 뒤로 아내는 늘 피로감을 느끼면서 일을 제대로 못 하였다.

설상가상으로 아내의 수술 때문에 열흘간 문을 닫았더니 사람들은 아주 문을 닫은 줄 알고는 전화 주문도 하질 않았다. 이러니 하루에 열두어 마리의 닭밖에 팔리지 않았으니, 이제 가겟세도 못 낼 형편이 된 것이다.

엎친 데 겹친다더니 한 달 후쯤에는 재성이가 밤늦게 배달을 갔다가 오는 길에 뺑소니 차에 치여서 오토바이가 반파되다시피 하고 재성이는 왼쪽 정강이뼈 한 개가 골절되고 말았다. 교차로에서 오토바이가 좌회전할 때 뒤에서 과속으로 오던 승용차가 뒷바퀴를 치면서 일어난 사고였다. 너무 놀란 재성이는 죽지 않은 것만도 다행이라면서 엉금엉금 기어서 인도로 나왔는데 때마침 순찰을 돌던 경찰차가 발견하고 뺑소니차를 추격했다는데 잡지 못하였다고 한다. 재성이는 병원으로 후송되어 검사했는데 다행히도 크게 골절되진 않고 금이 간 상태이어서 즉시 기브스를 하고는 4주 동안 움직이지 말라고 하였다. 하지만 생활이 어려운 재성이는 지팡이를 짚고 다니면서 가게에 출근하고 사람을 시켜서 오토바이를 수리하여 2주부터는 천천히 배달해야 했다. 한 푼이라도 벌어야 할 때에 이런 사고가 겹쳐서 재성이 내외는 밤마다 눈물이 마를 날이 없었다.

그해는 악운의 연속이어서 연말에 하나밖에 없는 여동생이 간암으로 죽고 말았다. 술도 안 마시고 담배도 피지 않는 착한 여동생이 어린 아들 둘만 남기고 세상을 떠난 것이다. 재성이가 아주 어려서 아래로 여동생, 남동생 둘이 있었다는데 어느 해인가 홍역이 돌아서 넷이서 모두 자리에 누워서 홍역을 앓고 있었는데 두 살, 네 살 먹은 남동생이 아침에 일어나 보니 숨을 쉬지 않더라는 것이었다. 이러니 아래로부터 차례로 세상을 뜬 것이다. 예전에 의료 지식이 없을 때에 이열치열이라는 말이 있었다. 이열치열(以熱治熱)이란 열은 열로써 다스린다는 뜻으로 열이 나는 환자에게 이불을 덮어 주고 뜨거운 것을 먹게 함으로 병을 이기게 한다는 뜻이다. 이 방법은 경미한 몸살 감기 환자에게는 듣기도 하였으나, 열이 많이 오르는 폐렴이나 홍역에는 상극인 처방이었다. 요즘은 이런 환자에게 해열제를 투여하고 얼음찜질을 하여 열을 강제로라도 내리게 하는데, 과거에는 이런 내용을 모르던 대부분의 사람들이 체온이 40도나 치솟는데도 방을 뜨뜻하게 하고 밤에 두꺼운 이불을 덮어 주었다. 이러니 병을 앓던 여러 사람들이 자고 나면 죽게 되는 것이다. 재성이 동생들도 이렇게 해서 죽었고, 위에 재성이와 바로 아래 여동생은 몇 살 더 먹은 탓에 체력이 있었기에 이겨낸 것이다. 지금으로 보면 아무것도 아닌 홍역에도 어린이들이 죽었던 것이다.

돌산 할아버지 할머니는 피눈물을 흘려야 했다. 이제 자식이라곤 재성이 하나 남았는데 빚에 허덕이어 제명에 못 죽게 되었으니 부모로서 그 얼마나 비참할까.

치킨집이 점점 어려워져서 업종을 바꾸려고 하는데 마땅히 할 만한 음식이 떠오르질 않았다. 부부는 이런저런 고심만을 하다가 하루해를 보내기 일쑤였다.

하권에 계속